燃烧的法庭

The
BURNING
COURT

John Carl Dickson

[美] 约翰·迪克森·卡尔———— 著

房小然———— 译

外语教学与研究出版社
北京

京权图字：01-2019-3667

图书在版编目（CIP）数据

燃烧的法庭／（美）约翰·迪克森·卡尔（John Dickson Carr）著；
房小然译. —— 北京：外语教学与研究出版社，2021.2（2024.3 重印）
书名原文：The Burning Court
ISBN 978-7-5213-2386-3

Ⅰ．①燃… Ⅱ．①约… ②房… Ⅲ．①推理小说-美国-现代
Ⅳ．①I712.45

中国版本图书馆 CIP 数据核字 (2021) 第 034883 号

出 版 人　王　芳
项目策划　张　颖
项目编辑　赵　奂
责任编辑　徐晓雨
责任校对　何碧云　黄雅思
装帧设计　人马艺术设计·储平
出版发行　外语教学与研究出版社
社　　址　北京市西三环北路 19 号（100089）
网　　址　https://www.fltrp.com
印　　刷　三河市北燕印装有限公司
开　　本　889×1194　1/32
印　　张　9.5
版　　次　2021 年 3 月第 1 版 2024 年 3 月第 4 次印刷
书　　号　ISBN 978-7-5213-2386-3
定　　价　52.00 元

如有图书采购需求，图书内容或印刷装订等问题，侵权、盗版书籍等线索，请拨打以下电话或
关注官方服务号：
客服电话：400 898 7008
官方服务号：微信搜索并关注公众号"外研社官方服务号"
外研社购书网址：https://fltrp.tmall.com

物料号：323860001

目　录

第一部分

提出指控[†]

我们小酌了几杯，酒至微醺，就寝时已经很晚了。威廉爵士对我说，他的前任，已故的老埃奇博罗的确走进了我的卧室。我当时听罢的确吃惊——但人在兴头上，心里其实并没脸上表现出来的那么害怕。

——塞缪尔·佩皮斯[††]，1661 年 4 月 8 日

1

"从前，有个男人，住在教堂附近……"对一个有待展开的故事来说，如此开篇有点意思。无论如何，爱德华·史蒂文斯也算住在教堂附近，这是对事实最平淡的描述。他家隔壁的德斯帕德庄园有一座小教堂，虽然庄园名声在外，可那座小教堂却算不上什么有名场所。

像你我一样，爱德华·史蒂文斯也是一个普通人，混迹于尘世之中。此刻他正坐在火车的吸烟车厢里，火车将于6点48分抵达宽街站。爱德华·史蒂文斯现年三十二岁，在第四大街赫勒尔德父子出版社的编辑部谋了个不错的职位。他平常租住在东七十街，在费城郊外的克里斯彭镇还有间小屋，出于对乡村生活的热爱，他和妻子周末大多会去小屋度假。这是1929年一个星期五的晚上，天气乍暖还寒，他正坐火车赶去小屋和妻子玛丽会合，随身的公文包里装着高丹·克罗斯关于谋杀案的新书书稿。这些描述虽然平平，但也都是事实。史蒂文斯现在也承认，人还是应该与看得见摸得着的事实打交道，那样心里才踏实。

这里需要特别强调一下，事发当天，或者说当晚，一切都很正常，没有任何蹊跷之处。史蒂文斯也像你我一样循规蹈矩，没有任何出格的举动，只是坐火车回家而已。他对工作、家中的妻子，以及顺风顺水的生活甚感满意。

火车准点抵达了宽街站。史蒂文斯下了车，绕着车站活动筋骨时瞧见车站门上的时刻表写着，七分钟后有一班开往克里斯彭的火车，而且是特快车，停靠的首站是阿德莫尔。克里斯彭站则位于哈弗福德站和布林莫尔站之间，从哈弗福德站沿干线行驶大约三十分钟后即到。至于为何选择在克里斯彭停车，或者说为何要在那儿单设一站，这问题有点让人摸不着头脑，毕竟克里斯彭仅有沿山而上、相隔甚远的六座房子。但在某种意义上，它们却自成一个社区，那里不但有邮局、药店，而且在那条蜿蜒直上、通向德斯帕德庄园的国王大道边，甚至有一家几乎藏身于紫叶山毛榉中的茶室。最让人意外的是，克里斯彭还有一家殡仪馆，虽然这看似不合常理，也没有太大意义。

每次瞧见这个殡仪馆，史蒂文斯总感到莫名其妙。这儿为什么会有一家殡仪馆？会有生意吗？殡仪馆的窗户上印着"J. 阿特金森"这几个字，字体平平无奇，看上去就像名片上的那样。史蒂文斯从来没在殡仪馆的窗户后面瞧见过人，连个人影也没见过，只隐约瞧见过几个小小的奇形怪状的大理石瓶，应该是插花用的，还有挂在铜环上的齐腰高的黑色天鹅绒窗帘。当然，无论在哪儿，殡仪馆的生意都不会热火朝天，你也不会指望殡仪馆前人头攒动。不过，一般来说，殡仪馆的经营者大多善于交际，可史蒂文斯从没见过这位所谓的

J. 阿特金森。正因如此，这家殡仪馆激发了他创作侦探小说的灵感。比如，殡仪馆的经营者其实是个连环杀手，所以这家店才会有足够多的生意。

但是话说回来，老迈尔斯·德斯帕德刚刚撒手人寰，这没准给 J. 阿特金森送去了生意。

为什么会有克里斯彭镇？如果非要对这个问题刨根问底，那德斯帕德庄园也许是唯一的答案。这就不得不说到辉煌的1681 年。在佩恩先生[1]亲自出马，和生活在斯库尔基尔河[2]与特拉华河之间茂密丛林中的人达成和解之前，曾有四位专员奉命来此，为英属宾夕法尼亚殖民地[3]建城选址，"克里斯彭"之名即源自其中一位专员的名字——威廉·克里斯彭。这位专员是威廉·佩恩先生的亲戚，在一次航行中不幸过世，而他的一位表亲——德斯帕德（据马克·德斯帕德所说，德斯帕德这个姓氏原为法文，在经过一番稀奇古怪的拼写变化之后，变成了现在这个样子）则获得了乡下大片土地的所有权，自此德斯帕德家族便定居于此，在庄园中繁衍生息。家族的一家之长，高贵优雅的浪子——老迈尔斯·德斯帕德，不到两周前刚刚过世。

史蒂文斯一边等火车，一边漫不经心地想到了马克·德

---

1. 威廉·佩恩（William Penn，1644—1718），北美殖民地时期重要的政治家、社会活动家，宾夕法尼亚殖民地的开拓者。
2. 美国宾夕法尼亚州东部河流。
3. 1681 年，英国国王查理二世赐给威廉·佩恩一块几乎与英格兰同等大小的土地，即宾夕法尼亚殖民地。国王这么做是为了偿还皇室拖欠佩恩家的16,000 英镑的巨额债务。

斯帕德——德斯帕德家族新晋的一家之长——不知道今晚他是否会像往常一样来家里聊天。史蒂文斯在郊外的小屋离德斯帕德庄园不远，两年前两人便成了朋友，不过老迈尔斯刚刚过世，今晚应该见不到马克或他妻子露西了。经过近四十年纸醉金迷的生活，老迈尔斯的胃黏膜早已变成了一团糨糊，他最终死于胃肠炎。由于老迈尔斯一生多在国外生活，与亲戚们联系得很少，所以亲戚们对他的死并没有感到太悲伤，只是得料理他的很多身后事。老迈尔斯终生未娶，马克、伊迪丝和奥格登是他弟弟的孩子，想必都将继承一大笔遗产。史蒂文斯对这些事倒不怎么感兴趣。

这时，月台的大门当啷一声开了，史蒂文斯晃着身子跳上干线列车，穿过众人一直向前，进了吸烟车厢。初春的夜色已由灰转黑，车上的顶灯灯光惨白，车厢内烟雾缭绕，味道呛鼻，但依然能隐约嗅到丝丝令整个乡下复苏的春的气息。史蒂文斯由此想到了玛丽，今晚她会开车到克里斯彭站接他。火车上尚有一多半空位，车厢里如往常般令人昏昏欲睡，乘客们一边哗啦啦翻阅报纸，一边吞云吐雾。史蒂文斯入了座，将公文包放在膝盖上。人一旦心满意足，就难免会想东想西，史蒂文斯也不由自主地回想起今天碰到的两件怪事。他倒不是非要想个明白，那不符合他的性格，他只是任由心思驰骋，满足一下好奇心而已。

哪两件怪事呢？嗯，比如说这一件。他公文包里装着他很想一睹为快的高丹·克罗斯新书的手稿。不过，有一点很不可思议，高丹·克罗斯这个奇怪的名字竟然是作者的真名。

克罗斯是编辑部的头儿莫利发掘出来的作者，他似乎是个隐士，一门心思想要重现历史上真实发生过的谋杀案。这人虽没亲眼看见犯罪过程，却能把案件描述得活灵活现，而且文风如纪实一般触目惊心，让人读起来如同亲临犯罪现场，所以读者往往对其笔下的内容深信不疑。一位声名显赫的法官就曾经不小心闹过笑话，如此写道："根据《陪审团绅士》一书对尼尔·克里姆案的生动描述可知，作者肯定参加了当时的庭审。"《纽约时报》则讽刺道："克里姆一案发生在遥远的1892年，而克罗斯先生今年四十岁，换句话说，他当时一定是个特别早熟的孩子。"从为书做广告的角度来说，这种趣闻倒并非坏事。

克罗斯之所以大受欢迎，除了其文风之外，最主要的原因还在于他对素材的选择。他的每本书会收录一到两个著名案件，多是过去令人称奇而现在却鲜为人知的案子，这些案子显然让现代的读者耳目一新。尽管书中有图片和文档为证，可内容太不寻常了，以至于一名批评家忍不住站出来，指责克罗斯笔下的案件子虚乌有，是他精心编造的骗局。一石激起千层浪，此话一时间在社会上掀起了轩然大波，结果却变成对书的一种宣传，因为最终事实证明克罗斯书中所写的案件绝非虚构。引发争议的那本书记载的是18世纪发生在布鲁塞尔市的一起残暴罪行，该市市长对凶手印象非常深刻，因此写信给提出质疑的批评家，对批评家的无端指责表示强烈愤慨。正因如此，高丹·克罗斯虽非国内畅销作家，也不是年度热门人物，却成了赫勒尔德父子出版社着力打造的作家之一。

这个星期五的下午，编辑部的头儿莫利把史蒂文斯叫到自己那间安静的、铺着地毯的办公室。莫利坐在办公桌后，朝米色信封里摞得整整齐齐的一沓纸眨眨眼。

"这是克罗斯刚写的书，"莫利道，"这个周末你带回家瞧瞧？我想让你在5月的销售会上谈谈这本书。是你感兴趣的题材。"

"你已经读过了？"

"是的。"莫利踌躇道，"从某种意义来说，这是高丹·克罗斯迄今为止最棒的作品。"接着，他又面露犹豫之色，"当然，原来的书名必须得改。书名实在长得离谱，专业性又太强，肯定会影响书的销售，但这事儿我们以后再说。这次书里写的都是女投毒犯，内容够劲爆。"

"听起来不错！"史蒂文斯真心称赞道。

莫利环视四周，神情恍惚，显然心里有事。他问道："你见过克罗斯吗？"

"没有，不过有可能在办公室和他照过一两次面。"史蒂文斯只能如此回答，他努力在记忆中搜索，说不定在某个转角或者办公室门口，他们曾擦肩而过。

"哦……他这人挺奇怪。我是说他对合同的要求。他非要在合同里单加一个条款，至于其他的，我觉得他根本不在乎，没准他都没好好地完整读过合同。加的那一条挺奇怪，他要求在每本书的封底印上他的大照片。"

史蒂文斯闻言哼了一声。莫利办公室的墙上成排地摆着封面抢眼的书，史蒂文斯随手从中拿起克罗斯的《陪审团绅士》，翻了起来。

"原来是这样啊，"史蒂文斯道，"难怪他的书封底从来没有作者生平，只印一张大照片，下面还写着他的名字，从他出版第一本书到现在一直这样。我之前还纳闷呢，不过大家好像对此也没有什么异议。"史蒂文斯仔细端详着克罗斯的照片，继续道："嗯，这张脸很有特色，一看就是个聪明人，挺不错。可他为什么这么以此为荣，非得四处张扬？"

莫利坐在椅子上，身子没动，只摇了摇头。"不，不是这回事。他可不是个性张扬的人，他这人其实很低调。应该是有其他原因。"

莫利好奇地瞧着史蒂文斯，欲言又止，转而从办公桌上拿起一些东西。"你就别为这事费心了。手稿你拿着，小心点，里面夹着照片呢。哦，星期一早上一上班先来见我。"

两人又寒暄了几句，史蒂文斯就告辞了，此刻他正坐在驶向西费城的哐啷作响的火车上。他微微打开公文包，瞥了眼包里的书稿，但没拿出来，脑中又想起另一件令他费解的事。

如果说高丹·克罗斯这事虽不重要，却让人不明所以，那另外这桩有关老迈尔斯的事就更无关紧要，却也更让人糊涂了。此时史蒂文斯的思绪已飘到德斯帕德庄园，他仿佛瞧见了那座掩映在山毛榉中的古老石房，以及即将从冬季的沉睡中苏醒过来的花园。去年夏天，在老石房后的下沉花园里，史蒂文斯还见过老迈尔斯。按照年龄来说，"老"迈尔斯其实并不老，他入土时才五十六岁。之所以说他"老"，是因为他平日里谨小慎微的言行举止、闪亮的白色立领里干瘦的脖颈、卷曲的灰色八字胡和喜静不喜闹的性格，给人造成了一种垂垂老矣的假象。他迎着暖洋洋的日头，抬起歪戴着的帽子，客客气气向史蒂文斯打招呼的样子还历历在目，那时的他双眼肿胀，目光中流露着痛苦。

患上胃肠炎的滋味确实不好受。老迈尔斯自周游世界归来到去世，一直饱受胃肠炎缓慢而痛苦的折磨，他家的厨娘甚至为主人的坚忍而感动到哽咽落泪。厨娘亨德森夫人也是庄园的管家，这位执掌家务大权的"独裁者"说过，老迈尔斯有时会痛得大声尖叫，但这种情况并不常见。德斯帕德一家九代全葬在庄园私人教堂的地下墓室里，墓室中的棺材排成排，好像一本本被翻得破烂不堪的书籍。老迈尔斯也被葬入了地下墓室，葬礼过后，条石复位，再次封死了墓室。不过，有件事似乎令亨德森夫人印象尤为深刻：老迈尔斯过世前手里曾握着一根普通绳子，上面等距系着九个绳结，他过世后，人们在他枕头下发现了这根绳子。

"他这么做很好，"亨德森夫人曾对史蒂文斯家的厨娘直言不讳道，"我想他是把那东西当作玫瑰念珠[1]之类的东西了。当然，他们家族的人都不是天主教徒，但不管怎样，我觉得这是件好事。"

但是，另有一件事却让亨德森夫人深感不安，至于这件事到底是怎么回事，大家到现在也没搞清楚。这还是老迈尔

---

1. 天主教徒诵念敬礼圣母的《玫瑰经》时用以计数的串珠。

斯的侄子马克·德斯帕德告诉史蒂文斯的，他说起当时的情景时，还有点哭笑不得。

自老迈尔斯去世之后，史蒂文斯只见过马克一次。老迈尔斯是在4月12日星期三晚上去世的。史蒂文斯之所以记得这么清楚，是因为通常他和玛丽只在周末来克里斯彭，可星期三那天晚上他们却在克里斯彭过了夜。他们第二天一早就开车返回了纽约，对老迈尔斯的死毫不知情，后来还是通过报纸知道了这个不幸的消息。4月15日，也就是老迈尔斯去世那周的星期六，他们又回到克里斯彭，还去老迈尔斯家吊唁了，但没参加葬礼，因为玛丽对死亡有种莫名的恐惧，听到"死"这个字就浑身发抖。葬礼过后的当天傍晚，史蒂文斯在空荡荡的昏暗的国王大道上，碰巧看到了正独自一人大步流星地走在街上的马克。

"我们家的亨德森夫人，"马克出其不意地对史蒂文斯道，"瞧见点怪事儿。"

那天傍晚寒风料峭，树林中的花骨朵刚刚冒头，国王大道穿过林地，蜿蜒通往德斯帕德庄园。郁郁葱葱的树林在风中颤抖，犹如一片乌云从空中罩住马克。在路灯灯光的映照之下，马克那张长着鹰钩鼻的脸看起来苍白而狂躁。他双手插兜，倚着路灯杆。

"我们家的亨德森夫人，"马克重复道，"瞧见点怪事儿。但我没搞清她到底看到了什么，因为她说得不清不楚，一边说，还一边不停地祈祷。听着好像是说，在迈尔斯伯伯去世的那个晚上，她看到迈尔斯伯伯在房间里和一个女人讲话。"

"女人？"

"哦，别想歪了，"马克正色道，"只是和女人说话而已。亨德森夫人说的是，房间里有一个'身穿古怪老式服装'的女人在和迈尔斯伯伯讲话。当然，那也没什么可大惊小怪的，因为当天晚上我、露西和伊迪丝都要去圣戴维斯参加化装舞会。露西打扮成了法国国王路易十四最宠幸的情妇——蒙特斯潘夫人。伊迪丝则戴着旧式女帽，穿了一条有裙撑的裙子，我觉得她扮的一定是弗洛伦斯·南丁格尔[1]。有我妻子扮演最伟大的情妇，我妹妹扮演最伟大的护士，我扮成谁已经不重要了。"

"不过，"马克面色阴沉，继续道，"这事听起来还是太奇怪了。你不太了解迈尔斯伯伯，对不对？他是个和蔼可亲的老浪子，对人总是客客气气的，这你应该知道，但他总喜欢一个人躲在房间里，谁也不让进，连饭都要别人送上门。当然了，随着他病情的加重，我就给他请了一位专业护士。为此，他着实大闹了一通。我们安排护士住他隔壁的房间，这样护士就能随时护理他了，可他为了阻止护士随意进入，非要把连通两个房间的门锁上，我们费了好大一番力气，才说服他别锁那道门……这么一想，亨德森夫人瞧见迈尔斯伯伯的房间有个'身穿古怪老式服装'的女人是有可能的——"

史蒂文斯搞不懂马克为什么要为这事烦恼。

"嗯，我觉得这没什么奇怪的。"史蒂文斯道，"你问过露

---

1. 弗洛伦斯·南丁格尔（Florence Nightingale，1820—1910），护理事业的创始人和现代护理教育的奠基人。"南丁格尔"同时也是护士精神的代名词。

西或伊迪丝了吗？也许亨德森夫人看到的是她们两人中的一个？不过，既然你伯伯不让别人进他的房间，亨德森夫人是怎么瞧见那女人的呢？"

"亨德森夫人说她是透过玻璃门瞧见的。迈尔斯伯伯房间的玻璃门正对楼上阳台，一般来说，玻璃门上会拉着帘子。没，我还没跟露西和伊迪丝提过这事。"马克迟疑了一下，然后放声大笑道："我烦的其实不是这事，也不是想跟你故弄玄虚，我烦的其实是亨德森夫人说的另外一件事。据亨德森夫人所说——你要仔细听——那个身穿老式服装的女人先和迈尔斯伯伯聊了一会儿，然后转过身，从一扇根本不存在的门里消失了。"

史蒂文斯瞧着马克。马克一脸严肃，史蒂文斯瞧不出他到底是不是在开玩笑。

"莫非你想跟我说，"史蒂文斯嘴里不置可否地嘟囔道，"那女人是鬼？"

"我想说的是，"马克皱着眉，一字一句斟酌道，"那扇门在两百年前就已经被砖砌死，外面还镶了木镶板。可那位神秘客人竟然打开了门，还从门里消失了。是鬼？不，我可不这么想。我家这么多年从没闹过鬼。我们家族是非常体面的，但你很难想象我家会突然冒出这么一个体面的鬼。虽然这事说出去或许不会影响我们家族的声誉，可来做客的人会觉得受到了冒犯。要我说，亨德森夫人很可能看错了。"

说完这话，马克突然迈开步子，大步流星地走了。

那次碰见马克已经是一周前的事了。史蒂文斯坐在开往克里斯彭的火车上，一边回想着和马克聊天的情景，一边漫不经心地琢磨着其中的古怪。在办公室和莫利谈话，在路上和马克·德斯帕德聊天，这两件事互不相干，不过给人的感觉都很奇怪。史蒂文斯不想搞清楚它们背后的原因，只琢磨着要如何把它们写进同一个故事里。这两件事毫无关联，就像不同版面的新闻一样，想想下面这几点吧：高丹·克罗斯，一个深居简出的作家，执意要把自己的照片印在书的封底上，但并非为了虚名；迈尔斯·德斯帕德，一个深居简出的百万富翁，死于胃肠炎，枕头下有一根系着九个绳结的绳子；最后，还有一个身穿古怪老式服装（具体年代不详）的女人，穿过两百多年前被砖封死的门，神秘消失了。这几点之间没有任何关联，听着甚至有些荒诞，一个精于叙事的作家，要如何才能把它们写进同一个故事呢？

史蒂文斯打消了写故事的念头，但按捺不住对克罗斯的好奇，于是便打开公文包，抽出克罗斯的书稿。好家伙，书稿可够厚的，估摸着得有十万字之多，不过这本书应该会像克罗斯的其他书一样，几乎没有废话，内容简练得恰到好处。每章书稿都以铜钉装订，与书中内容相关的剪报、照片和素描也已经用回形针夹好。史蒂文斯先过了一遍整本书的目录，然后瞥了眼第一章的标题。这时，他的手突然一哆嗦，书稿差点从膝盖滑落到地上——让他心惊的不是这个标题。

这页书稿上夹着一张老照片。照片因为年代久远已经泛黄，但上面人物的面容依然清晰可辨。照片下方用齐整的小字印着：玛丽·德奥贝，1861 年因谋杀被斩首。

史蒂文斯盯着眼前这张照片，照片上的人竟然是他的妻子。

<u>2</u>

史蒂文斯呆坐了半晌，反复核对照片下方的姓名，仔细端详照片上那个女人的面部特征。他一遍一遍查看，脑海中几乎一片空白，恍惚中想起了自己正坐在 7 点 35 分到达克里斯彭的火车里。

过了一会儿，史蒂文斯抬起头，把书稿归置到大腿上放稳，眼睛望向窗外。此刻的他感觉像是牙医椅上刚拔过牙的病人。他的头有些疼，心跳略微加快，但仅此而已，甚至连刚才那种心惊的感觉都已消失了。火车正飞快驶过欧弗布鲁克，铁轨在车轮下咯吱作响，他瞧见不远处柏油路上的几盏路灯隐隐发亮。

这绝非一个巧合，他也不会搞错。照片上写的正是自己妻子的名字：玛丽·德奥贝。那女人看起来很像妻子，连表情都再相像不过了。如果说这张老照片上的人——大约七十年前被送上断头台的女人——跟妻子有血缘关系，比如说是妻子的曾祖母，那照片上写的日期就解释得通了。可两人连细微的表情都一模一样，这真是太古怪了，这种"返祖"现象让史蒂文斯感到不可思议。

当然，这并不重要，即便受刑的是妻子的父母或伯伯也没关系。现在这年头，只有历史学家才对大约七十年前的罪行感兴趣，它们就像桌上摆着的纸糊骷髅头，只是现代人闲来无事时的一种消遣而已，不会对人们的生活造成任何影响。可这张照片却让史蒂文斯心惊肉跳，照片上的女人不但下颌也有一颗小痣，连手上戴的古老手镯也与玛丽的一模一样，他曾见玛丽戴过那只手镯不下百次。如果自己出版的书里赫然刊登了自己妻子的照片，还将妻子列为投毒犯，那可不是闹着玩的。"星期一早上一上班先来见我。"难不成编辑部的头儿其实话中有话？

不，肯定是我想多了。可不管怎样——

史蒂文斯又开始研究起那张照片，他把照片从书稿上取下，想瞧得仔细些。手碰到照片的那一瞬间，他的心中为什么突然涌起一种奇怪的感觉？恍惚诧异间，他突然意识到自己竟如此深爱着妻子，爱得那么死心塌地。照片是一张厚厚的硬纸，上面的灰色部分已经泛黄。照片背面以缩进格式写着照相馆的地址：佩里谢父子照相馆，巴黎七区，让·古让街12号。还有人用法文草草写下的字：我最亲爱的玛丽；路易斯·迪纳尔，1858年1月6日。字迹已褪色为棕色，不知道写字的这位是女人的情人，还是丈夫。

然而，最令史蒂文斯感到震惊的是照片上那女人的表情。她虽然姿态僵硬，看着不自然，可脸上那古怪的、仿佛穿越了时空的表情是掩饰不住的。照片是女人的大幅半身像，在她的身后可以看见树木和鸽子。女人的站姿别扭，好像要向一侧跌倒。她的左手放在小圆桌上，桌上搭着朴素的桌布。她穿着高领裙子，面料好像是淡黑色塔夫绸，裙子褶皱处闪闪发亮。因为领子高的缘故，她的头微微向后仰。

照片中那女人的发色与妻子玛丽的一样，也是深金色，可发型略有差别，老式发卷看着有些别扭，但整体与妻子的相差不多。女人面对镜头，目光落在镜头之后。过于浓重的眼影、大大的双眸、漆黑的虹膜，她的脸上浮现着与妻子一模一样、被史蒂文斯称为"勾魂摄魄"的神情。女人双唇张开，脸上挂着一丝若有若无的笑意。那双眼睛就像画家观察人时那样，趁你不注意便一直打量你。这副表情在鸽子、树木和桌布的烘托之下，几乎散发出一种令人不快的甜媚感，甚至让人心生幻觉，以为照片上的人突然活了过来。史蒂文斯拿着照片，感觉像是握着"猴爪"[1]，他的手忍不住微微发抖。

史蒂文斯再次瞧了瞧照片上的文字：因谋杀被斩首。很少有女人因为杀人被送上断头台。凡是被斩首的女人，肯定都犯下了不可饶恕的罪行。

史蒂文斯喃喃自语："这肯定是个恶作剧，或者是谁在跟我开玩笑。该死的，这就是玛丽的照片。我差点就被骗了。"

史蒂文斯嘴上虽这么说，心里却清楚照片上的人不是玛

---

1. 出自英国小说家威廉·威马克·雅各布斯（William Wymark Jacobs，1863—1943）所著的超自然短篇小说《猴爪》。在这本书中，一名退伍的英国士兵偶然从古印度高僧那里得到一只有魔力的猴爪，虽然猴爪可以帮人实现三个愿望，但每个愿望的实现却要付出令人意想不到的惨痛代价。

丽。人类后代在相貌上有时会与祖先有惊人的相似，这种情况时有发生，并不奇怪。不过，就算是玛丽的曾祖母被送上了断头台，那又有什么大不了的？

他们结婚已经三年了，可史蒂文斯对玛丽的身世几乎一无所知。他不喜欢对这种琐事刨根问底，只知道玛丽是加拿大人，来自一个像德斯帕德那样古老的家族。两人在巴黎相遇，不到两周就闪婚了。他们的浪漫偶遇发生在一座废弃的古老酒店的院子里，酒店离圣安托万街不远，旁边是一家卖卷心菜的菜摊。但史蒂文斯已经记不清酒店具体是在哪条街上，也忘了自己在巴黎闲逛时为什么会到那儿去。等等，那条街的名字是……哦，等等！那地方似乎是他的朋友威尔登推荐他去的。威尔登在大学教英文，对凶杀案颇感兴趣。三年前，威尔登好像对他说过："听说你夏天要去巴黎？如果你对凶杀案现场感兴趣，就去布兰科街，去瞧瞧那个没门牌的房子。"

"那里有什么好看的？"

"到了之后你跟邻居打听吧，"威尔登道，"我先卖个关子，你自己想办法去搞清楚。"

最终史蒂文斯也没发现那里有什么好看的，后来也忘了问威尔登。不过，正是在那儿，他遇见了玛丽，玛丽显然和他一样，也在四处闲逛。玛丽说她也不知道那是什么地方，只是瞧见一个旧式的院子半开着门，便进去了。史蒂文斯在杂草丛生的院子里第一次见到玛丽时，玛丽正坐在一个废弃的喷泉旁。那喷泉在院子中央，处于三面走廊的环抱之中，走廊的石墙上雕刻着人像，但人像的五官已经剥落。玛丽看着就不像法国人，可当她用标准地道的英语热情活泼地打招呼，微笑起来脸上突然露出"勾魂摄魄"的表情时，史蒂文斯多少有些惊讶。从某种意义上说，那是一种因纯粹的健康活力而产生的心动。

玛丽为什么从不谈自己的家世？有必要遮遮掩掩吗？没准那个院子就是照片里那位玛丽·德奥贝的住处。谋杀案发生后，德奥贝家族一定举家从法国搬到了加拿大，玛丽作为后人，出于对祖先的好奇，所以才去探访老玛丽犯下罪案的现场。从玛丽的表哥或姨妈偶尔的来信判断，玛丽的生活单调普通。偶尔她也跟史蒂文斯讲一些家族趣闻，但说实话，史蒂文斯从未对那些事上过心。玛丽有些想法和举止倒是挺古怪，比如，她瞧不得漏斗，就连厨房里用的普通漏斗也不行。不过，还是那句话——

这没什么大不了的。史蒂文斯盯着书稿上玛丽·德奥贝的照片，女人脸上缥缈的笑容似乎在嘲讽他。为什么不拿起书稿，好好读读这位玛丽做了什么？为什么要为一个看着像复活节卡片上的天使，结果却被砍了脑袋的女人担惊受怕呢？为什么不读一读书稿？史蒂文斯把照片插到书的第一章后面，重新拿起书稿。克罗斯的写作天赋显然没能体现在给文章命名上，史蒂文斯心中暗想。在给全书起了个沉闷的书名后，克罗斯试图用更耸人听闻的章节名来吸引读者。书的每一章都以"……之事"命名，比如第一章的标题是"不死情妇之事"，这标题看得史蒂文斯心中一凛。

故事的开篇出其不意，克罗斯仿佛向读者扔了一枚手榴弹。

"砒霜一直被人们称作傻瓜型毒药，这其实是一种误导。"

《化学家》杂志编辑亨利·罗兹如此说道，里昂司法鉴定中心主任埃德蒙德·洛卡尔对此亦深表赞同。亨利·罗兹继续道：

"砒霜可不是什么傻瓜型毒药，犯罪者喜欢砒霜并不是因为他们缺乏创意。投毒杀人的凶手大多聪明，不缺乏想象力。有证据表明，事实与人们的认知恰好相反：作为一种毒药，砒霜之所以受到投毒者的青睐，是因为它的安全性。

"首先，除非有其他理由怀疑是砒霜中毒，否则对于医生而言，要想依据症状判断为砒霜中毒，难度是非常大的。其次，如果控制好剂量，持续下毒，中毒者表现出来的症状与胃肠炎几乎一模一样。"

史蒂文斯瞧着书稿上的这段话发愣，纸上的字在眼前渐渐模糊，他脑海中突然蹦出一个疯狂的想法。人的大脑有时就是这样不受控制，会突然冒出一个念头。你也许会嘲笑自己，以为自己疯了，丧失了理智，但谁又能忍住不胡思乱想呢？胃肠炎，老迈尔斯·德斯帕德两周前刚好死于胃肠炎。史蒂文斯觉得这个疯狂的想法更像是个玩笑，一个不那么好笑的玩笑……

"晚上好，史蒂文斯。"有人突然在史蒂文斯身后打了声招呼，史蒂文斯被这声音吓了一跳。

史蒂文斯瞧了眼周围，火车正缓缓减速，即将在第一站阿德莫尔停车。在大学执教的威尔登博士此时正站在车厢过道里，一只手搭在座椅靠背上，低头瞧着史蒂文斯，一贯喜欢故作严肃的他此刻流露出几分好奇。威尔登那张精瘦的脸上有着苦行僧那般高高的颧骨、尖尖的下巴；他的八字胡修剪得很整齐，还戴着无框的夹鼻眼镜。威尔登这人总是面无表情，只在讲故事时偶尔咯咯轻笑或放声大笑。那时他会双眼圆睁，用他正在抽的雪茄指指点点。威尔登是新英格兰人[1]，工作出色，表面上寡言少语，内心却很友善。他总是衣着得体，看上去干净利索，像史蒂文斯一样，他也总是随身带着公文包。

"想不到会在车上碰到你。"威尔登瞧了眼史蒂文斯身边道，"你家人都好吗？你妻子呢？"

"坐下说。"史蒂文斯暗自庆幸自己刚才把照片夹到了书稿里。威尔登下一站就下车，可还是依史蒂文斯的话，小心地坐在了椅子扶手上。"哦，她挺好的，谢谢问候。"史蒂文斯含糊其词地说，"你家人还好吧？"

"都挺好的。女儿得了流感，但这天气，谁能不得流感？"威尔登满不在乎道。寒暄之中，史蒂文斯暗自琢磨，要是这事发生在威尔登身上，要是威尔登翻开书稿，瞧见自己妻子

---

1. 新英格兰是英属北美殖民地之一，包括美国的六个州，分别为：缅因州、佛蒙特州、新罕布什尔州、马萨诸塞州、罗得岛州、康涅狄格州。来自新英格兰地区的人常被称为"新英格兰人"。

的照片，会怎么想呢？

"对了，"史蒂文斯突兀地问道，"你喜欢研究著名的谋杀案，那你听说过一个名叫玛丽·德奥贝的投毒犯吗？"

威尔登从嘴里拿出雪茄。"玛丽·德奥贝？玛丽·德奥贝？哈！想起来了。那是她出嫁前的名字。"他转身咧嘴一笑，显得他的颧骨更高了，"正好你提起这事，我一直忘了问你——"

"她于 1861 年被斩首。"

威尔登闻言一愣道："那我们说的不是同一个人。"话题突然从流感跳到谋杀，威尔登还有点回不过神来，"1861 年？你确定？"

"确定，这里写着呢。我只是随便问问。这是高丹·克罗斯的新书。你记得这个作家吧，几年前人们还争论过他是否捏造事实。我感到好奇，所以问问。"

"如果克罗斯说是 1861 年，"威尔登望向窗外，火车开始逐渐加速，"那应该没错。你刚问的那个玛丽·德奥贝我不知道，我只听说过另一个玛丽·德奥贝，她婚后的名字更广为人知。她的案子其实是一个经典案例，你肯定听说过。你还记不记得，那次你去巴黎，我还建议你去瞧瞧她的房子？"

"先不说这个，先说说你知道的那个玛丽·德奥贝。"

威尔登显然对史蒂文斯的迫切感到不解，但嘴上没说什么。"我知道的那个玛丽·德奥贝是著名的红颜杀手——玛丽·布兰维利耶侯爵夫人，她的案子很可能是最著名的小剂量缓慢投毒杀人案[1]。看看她的庭审记录你就知道了，那案子当时非常轰动。在她生活的年代，'法国人'一词几乎等同于'投毒者'。正因为投毒事件层出不穷，人们甚至为此成立了一个特殊法庭——燃烧的……"威尔登突然停下，然后继续说道，"你去查查庭审记录，读读其中关于柚木盒子、玻璃面具和其他东西的内容。不管怎样，她毒杀了不少人，其中包括她的家人，她还用'上帝之家'[2]收容的病人试验毒药。我相信她用的就是砒霜。她的庭审供述会是当今研究癔病的心理学家感兴趣的资料，我可警告你，其中有一些骇人听闻的性描述。"

"的确，"史蒂文斯道，"听你这么一说，我记得有这么一回事。她是什么时候死的？"

"她被斩首和焚尸是1676年的事。"威尔登起身拂掉落在衣服上的烟灰，火车已开始缓缓减速，"我马上要到站了。如果这周末你们没什么事的话，欢迎来我家。我妻子让我转告

---

1. 玛丽-玛德莲·德奥贝（Marie-Madeleine d'Aubray，1630—1676），出生于巴黎贵族家庭，父亲位居高官。1651年，玛丽嫁给了安托万·戈贝林·布兰维利耶侯爵，这是一桩门当户对的婚姻。可婚后双方分别有了外遇，并闹得沸沸扬扬。玛丽的父亲认为玛丽有辱门风，父女关系因此破裂；随后父亲利用关系将玛丽的情人投入监狱，而后者在监狱里学会了制毒和投毒的方法，出狱后教给了玛丽，希望玛丽替自己复仇。于是，玛丽假借救助之名，利用医院的穷人试验毒药，掌握了用毒的剂量和时间，并在1666年毒死了自己的父亲。此后，为了继承家族财产，她还毒杀了两位哥哥。1672年，玛丽的情人在制造毒药时突然意外死亡，警方整理遗物时发现了玛丽写给情人的信件，玛丽的罪行最终暴露。

2. 由天主教会设立，是专为穷人提供医疗救助的医院。

你，她已经搞到你妻子想要的蛋糕食谱了。晚安。"

史蒂文斯没几分钟也该到站了。他下意识地将书稿装回信封，放进公文包。刚才的聊天完全扯远了，真是荒唐，史蒂文斯心中暗道，别再管那个什么玛丽·布兰维利耶了，她与高丹·克罗斯的书根本没关系，只会让人越想头脑越发晕。他现在脑子里翻来覆去只有一句话：如果控制好剂量，持续下毒，中毒者表现出来的症状与胃肠炎几乎一模一样。

"克里斯彭站到了！"从车头处传来一声如同鬼魅般的大吼，火车咣唧唧停了下来。当史蒂文斯双脚踏上火车月台，站在清朗凉爽的夜色中时，他脑海中那些荒诞的念头一下子就烟消云散了。他先走下一段水泥台阶，随后走进狭窄的街道。街道十分昏暗，远处药房影影绰绰的灯光依稀可辨。这时他瞧见了汽车大灯的灯光，他熟悉的那辆克莱斯勒敞篷汽车正停在路边等他。

坐在车里的玛丽为史蒂文斯打开了车门。瞧见玛丽的一刹那，史蒂文斯忍不住脸色一变，那张照片仿佛被施了可怕的魔咒，他一想起来就暗自心惊。这感觉虽然倏忽即逝，却吓得史蒂文斯只将一只脚迈进了汽车，另外一只脚还留在车外。他瞧着玛丽，感觉自己荒唐得可笑。玛丽今天身穿棕色裙子和针织衫，浅色外套像披风一样搭在肩上。街边商店的微光透过窗户，洒在玛丽深金色的头发上。玛丽回瞪着史蒂文斯，一脸的困惑。她身材苗条，声音却很低沉，一开口整个世界仿佛又恢复了常态。

"你怎么了？"玛丽被史蒂文斯莫名其妙的举动气乐了，

"愣在那里傻笑什么？别笑了！你是不是喝——"玛丽忍住没往下说，随后也乐了起来，"你得为自己醉成这样子感到羞愧，我也很想喝鸡尾酒，可我一直在等你，想着和你一起喝。"

"我没喝多，"史蒂文斯正色道，"刚才只是在想事情。你——这里！"

史蒂文斯的目光掠过玛丽的肩膀，顺着照亮她头发的那束微光望去，然后整个人突然愣住了。那束光来自一家商店的窗户，那地方在漆黑的街上竟亮得扎眼。史蒂文斯依稀辨认出一些小小的大理石瓶，还模糊地看到铁杆的铜环上挂着黑色窗帘，下摆垂到齐腰高的位置。在窗帘上方透出的白光下，铁看起来比铜更显眼。窗帘上有一个男人的身影，那人站着一动不动，正望着街道。

"我的天！"史蒂文斯道，"终于见到那个 J. 阿特金森了！"

"原来你没喝多，"玛丽打量着史蒂文斯，"但有点晕头晕脑的。快上车！艾伦为我们准备了特别的晚餐。"她扭头瞥了眼窗户里一动不动的人影，"阿特金森？他怎么了？"

"没怎么。不过我好像头一次瞧见那里面有人。"史蒂文斯说完又加了一句，"他好像在等什么人。"

玛丽发动引擎，以她自己那种不管不顾的开车方式调转过车头。榆树和山毛榉的叶子从他们头顶掠过，车子一路穿过兰开斯特高速公路，驶上昏暗的国王大道，沿山而上行驶半英里 [1]，来到了德斯帕德庄园大门前。史蒂文斯心中有种说

---

1. 英里：英美制长度单位，1 英里约等于 1.609 千米。

不出的奇怪念头，觉得现在不像 4 月末，而是像万圣节。他刚才好像听到街上有人喊他，可当时汽车刚好转弯，玛丽踩了油门，汽车排气管发出巨大的嘶吼声，所以他也拿不准自己是不是听错了。他没跟玛丽提这事，只探头向车后瞧了瞧，大街上空荡荡的根本没人。玛丽今天看上去一切正常，瞧着她看见自己时兴高采烈的样子，史蒂文斯就打消了疑虑。人太累了或许会出现幻视或幻听，但这其实有点说不过去，因为史蒂文斯壮得简直像头牛，不过玛丽也曾对他抱怨过，说他像牛一样冒傻气。

"真好，太棒了！"玛丽道，"你感觉到空气中的春意了吗？那边篱笆旁的大树下有漂亮的藏红花，你还记得吗？对了，今天下午我瞧见了报春花。哦，它们太可爱了！"玛丽深吸了一口气，活动着僵硬的身子，头向后靠，然后转脸笑盈盈地瞧着史蒂文斯道："你累吗？"

"一点也不累。"

"真的？"

"我刚都说了，不累！"

玛丽一脸不解。"亲爱的特德[1]，你今天火气怎么这么大。看来你真的需要来杯鸡尾酒。特德——今晚我们不出门，对吧？"

"我不想出门。怎么了？"

玛丽两眼紧盯着前方的路，眉头微蹙。

---

1. 特德是史蒂文斯的昵称。

"哦，今晚马克·德斯帕德一直打电话找你。他说有要紧事，要见你，又不肯告诉我是什么事。不过，他不小心说漏嘴了，我觉得他找你肯定跟他伯伯老迈尔斯有关。他听起来怪怪的。"

玛丽转头瞧着史蒂文斯，脸上露出他再熟悉不过的"勾魂摄魄"的表情。路灯灯光下的玛丽睁着大眼睛，目不转睛地看着他，一脸的甜蜜可爱。

"特德，不管马克说什么，你都别在意，好吗？"

3

"他找我？"史蒂文斯还有点没回过神，"你知道的，能不出门，我就不会出门。不过也得看情况，如果他真有要紧事，或者——"

史蒂文斯没继续说，因为他也不知道该说什么。他注意到玛丽有几次别过头去，脸上露出让人琢磨不透的表情。不过，这肯定是街上的灯光给他造成的错觉，因为玛丽很快便把马克·德斯帕德抛到了脑后，大谈特谈正为纽约那套公寓里的家具做的罩套。史蒂文斯心中暗想，一会儿到了家，先喝杯鸡尾酒，然后再跟玛丽说照片的事，嘻嘻哈哈一下，照片这事就会被他们忘掉的。

史蒂文斯努力回想玛丽之前是否读过克罗斯的书。她有可能读过克罗斯的书稿，因为自己的很多书稿她都帮着看过。玛丽显然读过很多书，阅读面之广令人赞叹，但多限于略读，且多是些人物传记、地域文化之类的书。史蒂文斯瞥了眼玛丽，瞧见她衣袖下露出的左手手腕上戴着手镯——纯金打造，扣环是猫叼着红宝石的造型——与他在那张该死的照片上看到的手镯一模一样。

"对了，"史蒂文斯问道，"你读过克罗斯的书吗？"

"克罗斯？他是什么人？"

"专门写谋杀案的那个人。"

"哦，你是说那个人！没读过，我可不像有些人那样心理病态。"玛丽似乎严肃了起来，接着道，"你知道吗，我一直觉得你和马克·德斯帕德，还有那个威尔登博士，竟然对那些谋杀案和可怕的事情那么感兴趣，这样有点……你不觉得你们这样心理有点不健康吗？"

听到这话，史蒂文斯吃了一惊。玛丽虽然有时说话直接，甚至被他称为"艾尔茜·丁思莫尔"[1]，可也从没说过这种话。这有点不太对头，很反常。他再次观察玛丽，玛丽一脸严肃，没在开玩笑。

"有一位权威人士曾说，"史蒂文斯道，"只要美国人民还在关注谋杀和通奸这些事，这个国家就是安全的。说到心理不健康，"史蒂文斯抬手敲敲公文包，"我这里正好装着克罗斯的新书。你要不要看看？里面写到的女投毒犯碰巧也叫'玛丽'。"

"哦，你读过了吗？"

"只瞥了几眼。"

玛丽对书似乎并不怎么感兴趣，她没搭理史蒂文斯，皱着眉，全神贯注地把车开进他们房子旁的车道上。下了车，

---

1. 美国作家玛莎·芬莉（Martha Finley，1828—1909）于 1867 至 1905 年间所著的童书系列中的主人公。这套书讲述了一个八岁小女孩凭借坚定的宗教信仰克服种种困难并长大成人的故事。

史蒂文斯感觉浑身疲惫，饥肠辘辘。他们的小屋是依照新英格兰的风格建造的，整体漆成了白色，有绿色的百叶窗，明亮的灯光透出窗帘，看上去让人精神一振。空气中弥漫着嫩草和丁香花的味道。屋后的山上是一片树林，沿山向上走大约一百英尺[1]，便是德斯帕德庄园高大的围墙，围墙一直向远处延伸，与查理二世大街的一端相连。

进了家门，史蒂文斯只想坐在椅子上休息。走廊的右侧是客厅，里面有罩着橙红色罩布的沙发和几把高背椅，桌上摆着装有球形灯泡的台灯，有着漂亮护封的书成排地摆在墙上的白色书架上，壁炉上方挂着伦勃朗名作的仿画——还有调酒器，这已经成了美国人家中必不可少的东西——简而言之，这是一个典型的美国普通家庭。透过走廊对面厨房的玻璃门，史蒂文斯瞧见胖墩墩的艾伦正在忙着布置餐桌。

玛丽接过史蒂文斯的帽子和公文包，赶他上楼洗澡，这正合史蒂文斯的心意。换洗完毕，史蒂文斯一边下楼，一边吹着口哨，可还没到楼下，身子却突然定住了。他瞧见自己的公文包被放在走廊的电话桌上，闪亮的银色搭扣被人打开了。

史蒂文斯的心一下子沉到了谷底，那感觉就像是家里出了内鬼，这事他绝对不能忍受。他喜欢凡事开诚布公，讨厌被人蒙在鼓里。这会儿他脑中一片混乱，倒像自己做错了什么似的，急忙走到电话桌旁检查公文包里的书稿。

果然不出所料，那张玛丽·德奥贝的老照片不见了。

---

1. 英尺：英美制长度单位，1 英尺约等于 0.3048 米。

史蒂文斯顾不上细想，急匆匆走进客厅。玛丽正坐在鸡尾酒桌旁，懒洋洋地靠在沙发上，手里拿着一个空玻璃杯，史蒂文斯隐约觉得气氛有些不对。玛丽脸颊绯红，伸手指着桌上的另一个玻璃杯。

"你辛苦一整天了，"玛丽道，"喝点吧。会让你感觉舒服点。"

喝酒时，史蒂文斯感觉玛丽在不停地打量他。他脑海中闪过一些危险的念头，又埋怨自己不该这样想。于是他又给自己倒了一杯鸡尾酒，喝完后轻轻放下玻璃杯。

"对了，玛丽，"史蒂文斯道，"我现在脑子有点乱，总感觉家里好像哪里不对，觉得怪怪的。现在就算窗帘里突然伸出一只手抓住我，或者从衣柜里突然滚出尸体，我都不会觉得惊讶。你跟我说，你知道很多年前有人和你同名，还喜欢给人喂砒霜吗？"

玛丽瞪着史蒂文斯，眉头紧锁。"特德，你到底在说什么？我感觉你这次一回来就怪怪的。"她犹豫了一下，然后笑了，"你该不是怀疑我在你的鸡尾酒里下毒了吧？"

"哦，你那么做我可不会觉得奇怪。不开玩笑了，有个问题虽然听着挺荒诞，但我想认真问一下：你听说过有谁和你长得一模一样吗？差不多是一百年前的人，那人甚至还有一只猫头手镯，和你的那只一模一样。"

"特德，你到底想说什么？"

史蒂文斯正色道："听着，玛丽，别跟我打马虎眼。没必要，这没什么大不了的。问题是现在可能有人想跟我开玩笑，把你穿着 19 世纪 50 年代衣服的照片放进书稿，冒充一个过去女人的照片。从那女人的下场判断，她可能把她家附近一半的人都杀了。这事说出来没人相信。早就有人质疑那个克罗斯胡编乱造。你还记得《世界报》的拉德波恩吗？他曾经指责克罗斯，说克罗斯在书里写的案件都是捏造的，当时还挺轰动的。眼前这事太像恶作剧了。你坦白跟我说，玛丽·德奥贝是谁？她是你的亲戚吗？"

听了这番话，玛丽站了起来。她既没生气，也不惊讶，只是略显激动地瞧着史蒂文斯，脸上半是迷茫，半是关切。然后她僵硬地向后退了一步。史蒂文斯此前从未注意到玛丽的神情会有如此古怪的变化，似乎听一个玩笑的工夫，或者脖子一侧的皱纹波动一下，她的相貌就变了。

"特德，"玛丽道，"既然你这么认真，那我也尽量认真地说吧。过去有个叫玛丽·德奥贝的人（你知道的，这是个很大众的名字），那人在不知多少年前杀了人。现在你认为我就是她，或者说她就是我，所以对我摆出一副大法官审判犯人的样子。如果我是那个玛丽·德奥贝，"她偷偷瞥了眼身后墙上挂着的镜子，那一刻史蒂文斯还以为那面镜子有问题，"如果我就是那个玛丽·德奥贝，那你就可以在法庭上就某个更关键的问题给我作证了，那就是我的穿衣打扮很有品位，是不是？"

"我要说的不是这个。我是想问你，你和那个女人是不是远亲？"

"远亲！来，给我根烟，再给我倒杯鸡尾酒。简直是胡说！亲爱的，清醒点。"

史蒂文斯深吸了一口气，身子向后一靠，仔细端详着玛丽。

"你真行，"史蒂文斯承认道，"总有办法说成是别人的错。没关系，我的宝贝，我不介意。你就闹吧。但有一点，大出版社可不能把作者书稿里的照片拿出来据为己有……瞧，玛丽，这里也没外人，刚才你有没有打开过我的公文包？"

"没有。"

"你没打开我的包，没从里面拿走 1861 年因谋杀被斩首的玛丽·德奥贝的照片？"

玛丽发火了。"我没拿！"她大吼起来，"哦，特德，你说的这些胡话到底是什么意思？"

"好吧，反正有人拿了那张照片，照片不见了。家里除了艾伦，再没外人。除非是我在楼上洗澡时，有个邪恶的功夫高手溜进屋，偷走了照片，不然照片怎么会不翼而飞呢？那书稿封面上有克罗斯的电话。我之前还在想是否应该给他打个电话，问问他能不能不用那张照片；现在可好，该死的照片竟然没了，这可不行——"

这时，不识趣的艾伦在门口探头探脑，兴高采烈地宣布："晚餐准备好了，史蒂文斯先生。"与此同时，走廊外突然传来了门环敲打大门的声音。

有人敲门没什么稀奇的，也不值得大惊小怪，一天说不准有十几个人敲门，但今天一听到敲门声，史蒂文斯却着实愣了一下。他坐在沙发上，目光斜穿过拱门，落在客厅角落里的陶瓷伞架上。艾伦嘴里不满地嘀咕着，踩得地板嘎吱作响地去前门开门，随后史蒂文斯听到门锁滑动打开的声音。

"史蒂文斯先生在家吗？"是马克·德斯帕德的声音。

史蒂文斯闻言起身。玛丽依旧站着，面无表情。史蒂文斯从她身边经过时，心里有种莫名的冲动，便拿起她的手，放在唇边亲了一下，然后才走到走廊热情地欢迎马克，说他们正要吃晚餐，问马克要不要也来杯鸡尾酒。

马克·德斯帕德站在进门处，身后跟着一个陌生男人。在走廊铜灯的映照下，马克那张长着鹰钩鼻的光洁的脸闪闪发光。尽管他的下巴轮廓坚毅，体格孔武有力，但他的内心其实十分敏感。他那又粗又硬的浅黄褐色连心眉下，一双凌厉的浅蓝色眼睛正扫视着走廊。他还长了一头粗硬的头发，同样也是浅黄褐色的。马克是一名年轻律师，继承了父亲位于板栗街上的律师事务所，他父亲是几年前过世的。马克的律师生意不怎么景气，因为他是个十足的理论派，用他自己的话说：都怪我那该死的辩证看待事物的能力。马克总是喜欢在德斯帕德庄园转悠，每一回他都是一身猎场看守人的装束：射击服、法兰绒衬衫、灯芯绒马裤和长筒靴。此刻马克站在门口，瞧着走廊，帽子在他修长的手指上转来转去，那双手像是音乐家的手。马克的声音坚毅果断、礼貌客气。

"抱歉打扰了，"马克道，"但你知道，若非事关重大，我绝不会贸然登门拜访。恐怕这事不能再等了。呃——"

马克转身瞧着跟在他身后的那个男人，陌生男人也迈步进了门。此人身材更魁梧，但比马克矮一些。他的行为举止虽然彬彬有礼，但却更像是一种自我防御。他的下巴上有一些胡茬，坚毅的脸庞因为饮酒发了福，但看上去仍令人眼前一亮。他的双眼呈深棕色，眉间皱成 V 字形，嘴角却带有几分笑意。即使穿着厚厚的大衣，他也显得气质不凡，令人印象深刻。

"这位，"马克介绍道，"是我的老朋友，帕廷顿医生——不，是先生。"马克迅速纠正了自己的口误，帕廷顿听了却不为所动。"特德，"马克接着道，"我们想跟你单独聊聊。可能要聊挺久，不过你要是知道原因，一定不会介意我们打扰你……"

"你好，马克！"玛丽一如既往地笑着从拱廊处打了声招呼，"特德，去你书房吧，你们都去。吃晚餐不急。"

待马克和帕廷顿跟玛丽寒暄过后，史蒂文斯就急匆匆地领着两人向书房走去。他们走到走廊尽头，下了几级台阶便进了史蒂文斯的书房。书房不大，刚好容得下三个人。史蒂文斯打开打字机桌上方的吊灯，清冷的灯光一下子洒满整个房间。马克小心地关好书房门，背对着门站住。

"特德，"马克道，"我伯伯迈尔斯是被谋杀的。"

史蒂文斯早就怀疑马克这次来是为了此事。听了这话，史蒂文斯虽然不紧张，心里却还是哆嗦了一下。这是因为马克如此开诚布公地将此事坦白相告，使他吃了一惊。

"我的天啊！马克……"

"他是被砒霜毒死的。"

"快坐下说。"史蒂文斯愣了一下，然后指了指书堆中的两把皮椅，示意两人坐下，他则坐在打字机桌旁自己的椅子上。史蒂文斯背对桌子，胳膊靠在桌边，看着两人沉声问道："谁干的？"

"不知道，只知道是庄园里的人干的。"马克用同样沉重的声音回答，然后深吸了一口气道，"既然我把这事说出来了，那么我也得说说我为什么要告诉你这些。"

马克坐在椅子上，身子前倾，长长的双臂夹在两腿间，浅蓝色眼睛紧盯着吊灯。

"我打算做一件事，这事必须要做。但除我之外，还需要三个人帮忙。我已经找到了两个人，你是我可以信任的第三个人。如果你决定帮忙，那你必须向我保证，无论我们在老头子的尸体上发现了什么异常，你都绝不能报警。"

史蒂文斯低头瞧着地毯，试图掩饰内心的慌乱。"你难道不想——不管那人是谁，你难道不想那人受到惩罚？"

"惩罚？哦，我当然想。"马克点点头，狂热中透着一丝冷酷，"但你不明白，特德。我们所处的社会很扭曲。大家不先管好自己，却偏偏爱对别人家的事指手画脚，这点我尤为痛恨。我最讨厌的就是'社会关注'这个词。我是说对个人的关注。美国人已将这种关注奉为神明，对它十分狂热，甚至把它当作改变命运的契机。'只要能引发社会关注，随你们怎么说'，这就意味着，我们评价一个人成就（即便是贬义上的）的标准已变得和报纸上的名录一样不靠谱。这不是报纸的错，报社也没办法，这就好比照镜子，镜子对执意要照镜子的人又能怎样？如果这么做仅仅是为了虚荣，那还情有可原。可我家这件事性质完全不同。不管是不是谋杀，我都不想把家事变成街头巷尾那群闲人的谈资。那群人，哪怕他们只是在街上问我现在几点了，我都懒得搭理。你现在明白我的想法了吧。所以这事必须保密，一个字也不能泄露出去。

"如果今晚你肯帮我，我们就去打开教堂的地下墓室，开棺验尸。我确定我伯伯是被毒死的，但必须找到砒霜作为证据。现在我就把我知道的都告诉你。

"我伯伯是被谋杀的，这事我一个多星期前就知道了。可我现在什么也做不了。要验证此事，就必须开棺对尸体进行解剖，而且要做到人不知鬼不觉。但没有医生愿——我是说——"

此时，帕廷顿悦耳的声音响起。

"马克的意思是，"帕廷顿道，"体面的医生是不会做这种尸检的，所以他就把我找来了。"

"我可不是这个意思！"

"我知道你不是，老伙计！"帕廷顿把目光投向史蒂文斯，手指敲着自己的硬礼帽道，"我觉得应该先让你了解一下我在这件事里扮演的角色。我是马克认识时间最久的朋友。十年前我在纽约当外科医生，事业发展得相当不错，当时我还和马克的妹妹伊迪丝订婚了。但我做了一个流产手术，原因就不说了，我有充分理由。总之这事后来闹得沸沸扬扬，我暴露了。"他似乎很愿意把这件往事讲给史蒂文斯听，脸上的笑容中也瞧不出痛苦，"想必当时没什么值得报道的新闻，所以马克那些报界朋友就大肆宣扬此事，我因此被吊销了医生营业执照。但这没什么大不了的，我已经赚够钱了。可伊迪丝一直以为我给做手术的那个女人是……这都是陈年往事了。"说到这儿，帕廷顿的目光移到门上，眉头皱起，手摩挲着自己泛青的下巴。才说了几句话，他的嗓子就开始干渴了。史蒂文斯看出来了，起身从橱柜里拿出威士忌。"自那之后，"帕廷顿继续说道，"我就一直舒舒服服地住在英格兰。一周前，我突然接到马克的电报，说有件事必须等我回来才能做，于是我马上乘坐第一班船赶回来了。现在，你知道的和我一样多了。"

史蒂文斯摆好玻璃杯和苏打水瓶。

"听着，马克，你大可放心，我肯定会保密的。"马克和帕廷顿根本想不到，史蒂文斯其实更加热切地想查明真相，"假如你真找到了嫌疑人，证明你伯伯确实死于谋杀，那接下来你打算怎么办？"

马克双手抱头道："天知道该怎么办。我心里也一直在纠结。我能做什么？你会做什么？谁又能做什么？执行私刑？再上演一次谋杀？不，谢谢，我还没喜欢迈尔斯伯伯到那个程度。但我必须查明真相，你知道吗？我不能明知道家里有一个投毒的凶手……而且我痛恨凶手这种故意折磨人的做法。特德，迈尔斯伯伯可不是一下子断气的，他死得非常痛苦。那人一定喜欢瞧着迈尔斯伯伯受苦，直到他咽下最后一口气。"马克拍打着椅子的扶手，"另外，我还要告诉你，凶手显然是连续几天，甚至连续几周一直在下毒。我们可能查不出最开始下毒的时间，因为我伯伯确实患有胃肠炎，胃肠炎的症状和砒霜中毒的症状几乎一模一样，无法区分。在伯伯病情恶化到我们必须给他请一位专业护士之前，他的午饭和晚饭总是被放在托盘里送到楼上。他甚至不让玛格丽特——"马克转身瞧着帕廷顿，"他甚至不让玛格丽特——就是那位女佣——把盘子送进房间。他总让她把盘子放在门外的桌子上，有空时他会自己去拿。盘子有时候会在桌上放很久。也就是说，主宅里的所有人（要我说，还包括来访的客人）都可以轻松在食物里下毒。但是——"

"但是，"马克不由自主地拔高了调门，"我伯伯最后一次吃下毒药是在那天晚上，咽气的时间则是凌晨3点，这就排除了外人下毒的可能。正如侦探小说里写的那样，凭此我们就可以锁定嫌疑人的范围。我必须要查出这个凶手，无论如何我都会一查到底，哪怕最终只能证明杀死迈尔斯伯伯的不是我妻子。"

史蒂文斯刚要掏雪茄，听马克这么一说突然愣住了。不管这位神秘的凶手到底是谁，事情的发展倒是出人意料，奇怪的事一件接着一件。此刻史蒂文斯脑海中浮现出马克的妻子露西那美丽贤淑的样子：苗条的身材、偏分的黑发、鼻子旁淡淡的雀斑和爽朗大笑的脸庞；露西是那种聚会上大家会交口称赞的人，也是一桩幸福婚姻中的完美另一半。想到这儿，史蒂文斯觉得马克刚才的话实在太荒谬了。

马克一眼看穿了史蒂文斯的心思。

"我知道你在想什么，"他瞧着史蒂文斯道，"觉得我的话很荒谬，是不是？以为我在胡言乱语，对不对？是的，我知道你会这么想，就像我清楚地知道我正坐在这把椅子上一样，但我怎么说不重要。迈尔斯伯伯遇害的整个晚上，露西和我一直在圣戴维斯参加化装舞会，不过这也不重要。重要的是还有一些我无法回避的其他间接证据。特德，幸亏你不用像我一样面对那些证据。虽然它们说明不了什么，但我却不能视而不见，我这人痛恨秘密，眼里揉不得沙子。我一定要把杀死迈尔斯伯伯的凶手查出来，那样我就知道是谁要陷害我妻子了。我得提醒你，这事理解起来有点困难。我也不知道自己能不能说清楚……"

"说不清楚？"史蒂文斯纳闷道，"好吧，先不管这个。你刚才提到间接证据。什么间接证据？"

直到此刻，桌上的酒瓶和酒杯还没人动过。马克深吸了一口气，仿佛要把烟深深吸入肚中。他给自己倒了几指高的威士忌，举起杯子对着灯光瞧瞧，然后喝了个精光。

马克说道："我们家的厨娘兼管家亨德森夫人亲眼看见了这场谋杀。她看到了凶手最后一次下毒的情景。而且根据她所说的判断，唯一可能下毒的人就是我妻子露西。"

　　帕廷顿探着身子，对史蒂文斯道："听到马克刚才的话，还能保持冷静，很好。"然后他笃定地对马克说："要我说，你的目击证人根本不可靠。"

　　在马克喝酒时，帕廷顿一直直勾勾地盯着马克。史蒂文斯瞧出来了：帕廷顿很想喝，却不伸手去拿，甚至还假装没注意到马克手里的酒杯。于是史蒂文斯给帕廷顿倒了杯威士忌加苏打水，帕廷顿则故作漫不经心状拿起了酒杯。这些不同寻常的举动说明帕廷顿是一个安静的，不招摇的人，而且长期酗酒。帕廷顿继续说道：

　　"你刚才说的那个亨德森夫人，是很早就在你家的那个老妇人吗？有没有可能她——？"

　　"我现在脑子乱成一团麻了。"马克不胜疲倦道，"任何事都有可能，但我觉得她不是在发神经或说谎。她的确有嚼舌头的坏习惯，但你什么时候见她发过神经？再者，你也说了，她和她丈夫从我小时候起就一直在我们家，奥格登就是她带大的。你还记得我弟弟奥格登吧，帕廷顿？你离开的时候，他还是个小学生……我清楚亨德森夫人真心喜欢我们家，也知道她喜欢露西。而且她根本不知道我伯伯是被毒死的，还以为我伯伯死于胃肠炎，以为她看到的那些根本无关紧要。所以我好不容易才让她守口如瓶，不要再告诉别人。"

"等一等，"史蒂文斯突然插嘴问道，"你刚才说这是亨德森夫人看到的，那这事是不是与那个穿着古装，从根本不存在的门里消失的神秘女人有关？"

"是的，"马克不自在地承认道，"这正是让我百思不得其解的地方。整件事中就这点让人摸不着头脑。完全不合情理！那天碰巧看到你，我想用这件事试探一下你，看你听了会作何反应，所以我就假装开玩笑。这样吧，我说出来让你们自己判断。"马克那修长的手指不安分地摆弄着卷烟纸和一小袋烟草，他喜欢自己卷香烟，手法很敏捷。他继续道："我把这事从头至尾说一遍，其中有几个地方十分诡异，我一直也没想明白。我最好先给你们介绍一下我家族的历史。对了，帕廷顿，你以前见过迈尔斯伯伯吗？"

帕廷顿想了想道："没有，过去他总是在欧洲。"

"迈尔斯伯伯和我父亲相差不到一岁。迈尔斯伯伯出生于 1873 年 4 月，我父亲是 1874 年 3 月出生。一会儿你就明白我为什么要强调这个细节了。我父亲成家早，二十一岁就结婚了，迈尔斯伯伯却一直单身。1896 年我出生，伊迪丝是 1898 年，奥格登则生于 1904 年。我们家族的财富主要来自土地，因为祖先们不光在费城分到不少油水，在这儿也拥有了一大片土地。这些财产大都被迈尔斯伯伯继承了，我父亲对此并无怨言，父亲是一个积极进取的人，而且律师事务所的生意也蒸蒸日上。六年前，我父母都因肺炎离开了人世，母亲是因为坚持护理生病的父亲而被感染肺炎的。"

"我记得他们。"帕廷顿飞快地插了一嘴。他坐在那里，抬手遮住眼睛，好像并不喜欢回忆这段往事。

"我说这些是为了让你们对事情的背景有个大概了解。"马克激动地说道，"迈尔斯伯伯这辈子没惹过麻烦，没跟人红过脸，也没做过任何坏事。他是个老浪子，这没错，不过他不加节制的酗酒、对女人的殷勤都是老派作风，以当今时代的标准来看，堪称斯文得体。我这么说吧，这世上根本不会有人恨他。实际上因为在国外生活多年，他在这儿和谁都不熟。如果有人想毒死他，那此人肯定只是喜欢看人受折磨而死……当然，也可能是图他的钱。"

马克瞧着眼前的两人。

"如果凶手是为了钱，那庄园里的所有人都有嫌疑，而且我的嫌疑最大。家族的每个人都会因为迈尔斯伯伯的离世而继承一大笔遗产，这事大家都心知肚明。正如我之前所说，迈尔斯伯伯和我父亲先后出生，相差不到一岁。两人从小到大像是双胞胎，更是好朋友。我父亲很早便娶妻生子了，既然家族已经有了继承人，迈尔斯伯伯便从没考虑过要成家。所以除此之外，我也想不到其他犯罪动机了。伙计们，就是在这种和睦的家庭环境中，有人开始给他下砒霜。"

"我有两个问题。"帕廷顿插嘴道，依然一脸冷漠，但已不像之前那么拘谨，"首先，你有证据证明他被人下毒了吗？其次，你曾话里话外暗示，你伯伯在死之前有一段时间行为异常——把自己锁在屋里之类的。这种行为异常是从什么时候开始的？"

马克又犹豫了，双手张开又握紧。

"我就怕你们会误解，"马克道，"这正是我想避免的。别误会，迈尔斯伯伯并没有突然变得极其古怪，或者说变成怪人，也没有干涉家事。他一直都以自己的老派作风为荣。我觉得更确切的说法应该是，他变得与从前不太一样了。我们最先注意到他发生了一些变化是在不到六年前，当我父母过世，他从巴黎回来的时候。他不再是我们记忆中那个和蔼可亲的伯伯了，但也算不上郁郁寡欢，只是看上去有些心不在焉，或者说心事重重，好像脑袋里一直在想着什么。他那时也还没把自己关起来，他是从……嗯……"马克想了想道，"对了，特德，你是什么时候来到克里斯彭的？"

"大约两年前吧。"

马克点头微笑，巧了，两者在时间上差不多。"那就是从你搬到这儿几个月后，他才开始把自己关起来的。但不是彻底与世隔绝，也没有一直待在房间里不出来；他只是在房间里吃午餐和晚餐，晚上在房间里睡觉。你知道迈尔斯伯伯的生活习惯。早上他会下楼吃早餐，天气好的话还会去花园散散步，抽根雪茄，在画廊里逗留一会儿。我只能说，他给人一种心事重重的感觉，就好像迷失在雾里走不出来。中午回房间之后，他就不再出门了，一直待在房间里。"

帕廷顿紧绷着脸问道："他在房间里做什么？读书？搞研究？"

"我觉得不是。他不是那种爱读书的人。有仆人说他只是坐在藤椅里，眼睛望着窗外。也有人说他显然闲得无聊，将大把时间花在了换衣服上。他有很多衣服，而且一直对自己的相貌和打扮颇为自傲。

"六周前，他开始出现呕吐、痉挛等症状，而且听不得别人说请医生。他总说：'胡闹！我过去也有过这种情况。只要给我来点芥末膏，再来一杯香槟，我就没事了。'直到最后他疼得实在受不了了，我们才赶忙请来了贝克医生。贝克医生检查过之后，摇摇头，说是非常严重的胃肠炎。于是我们给迈尔斯伯伯请了一位专业护士，不管怎样，那时他还只是胃肠炎，而且从那之后病情显然有了好转。4月的第一个周末，大家见迈尔斯伯伯的身体明显见好，都松了一口气，然后就到了4月12日那天晚上。

"我们庄园里一共有八个人，除了露西、伊迪丝、奥格登和我之外，帕廷顿，你还记得老亨德森吧？他负责看护墓地，修剪花草，各种维修也基本都是他的事。还有他的妻子亨德森夫人，另外就是护士科比特小姐和女佣玛格丽特了。正如我之前所说的，露西、伊迪丝和我那天晚上去参加化装舞会了，而其他人也几乎都不在家。

"亨德森夫人差不多一星期前就出门了，去克利夫兰给某个亲戚的小孩当教母，她喜欢做这种事。那边会有盛大的家庭庆祝活动，所以她会多待几天。12号是星期三，是科比特小姐正常的休息日。玛格丽特那天临时有事，要和喜欢的男人约会，没费多大劲儿就跟露西请了假。奥格登要去镇上参加聚会。所以家里只剩下亨德森陪着迈尔斯伯伯。

"伊迪丝像往常一样忧心忡忡。她认为照顾病人这种事只能靠女人，还打算留在家里照顾伯伯，可伯伯根本不答应。另外，亨德森夫人会在那天晚上提前赶回家，她的火车会在晚上9点25分抵达克里斯彭。于是伊迪丝又不放心了，因为亨德森要开着家里的福特车去火车站接亨德森夫人，也就是说有整整十分钟，家里只剩下迈尔斯伯伯一个人。奥格登见状说了句'那怎么行'，他自愿留在家里，等亨德森夫人回来后再走。这样一来，那天晚上一切都安排得妥妥当当。

"玛格丽特一早就走了。科比特小姐也是，还给亨德森夫人留了便条，告诉她如何照顾病人。露西、伊迪丝和我晚上8点左右吃了便餐。楼上的迈尔斯伯伯心情不太好，说他什么都不想吃，也不需要任何东西，但他同意喝杯温牛奶。吃完晚餐，我们都上楼换衣服去了，露西用盘子端了一杯牛奶给迈尔斯伯伯。有件事我记得很清楚。伊迪丝在楼梯平台那儿赶上了露西，对她说：'自己家的东西你都找不到，你端的是酸了的牛奶。'不过两人都尝了，牛奶是好的。"

听着马克从容不迫的讲述，史蒂文斯脑海中想象着那天的情景：橡木楼梯平台位于大玻璃窗下，墙上挂着巨幅人物肖像画，地上铺着厚如浴室脚垫的印度地毯，窗洞里放着一张电话桌。自己怎么总会想到电话桌？他可以想象到露西当时的样子，露西活泼可爱，一头黑发，脸上有几点雀斑，是聚会上"讨人喜欢的人"。他也能想象到伊迪丝的样子，她身材比露西高挑，依然漂亮，但风韵渐减，眼睛四周开始微微凹陷，人也变得越来越吹毛求疵，越来越喜欢谈论高雅的品位。他可以想象到两人为一杯牛奶争执的情景，但她们之间既没有矛盾，也不曾心生嫌隙。年轻的奥格登则站在两人身后，双手插兜，一脸挖苦相。奥格登不如马克庄重沉稳，但也是聚会上"讨人喜欢的人"。

令史蒂文斯感到揪心的问题是：那天晚上他和玛丽在哪里？他其实知道答案，却不敢面对。老迈尔斯过世当天他们就在克里斯彭，就住在自己的小屋里。原本他们只有周末才从纽约到克里斯彭来，但那天是个例外。虽然那天并非周末，但他必须到克里斯彭见《里滕豪斯杂志》的人，商谈连载文章的公事。他和玛丽开车从纽约来到克里斯彭，在那儿住了一晚，第二天一早就赶回去了。两天之后，他才得知老迈尔斯过世的消息。老迈尔斯过世那天，他和玛丽在小屋里一切正常；当晚也没有客人，两人很早就上床睡觉了。没错，早早就睡了，一夜平静无事。

马克的声音将史蒂文斯拉回了现实。

"我再说一遍，牛奶没有任何问题。"马克的目光扫过眼前的两个人，接着道："露西端着牛奶上楼，敲敲迈尔斯伯伯的门，打算把牛奶放在他门口的桌子上。之前我说过，迈尔斯伯伯一般不会马上出门拿，但这次他却开了门，亲手接过盘子。他看上去精神了很多，不像往常那样一脸迷茫，好像丢了什么东西，又不知到哪儿去找似的。（你从没见过我伯伯，帕廷顿。你想象一下，他是一个英俊的老绅士，脖颈干瘦，胡子灰白，额头饱满。）那天晚上他甚至穿了件老款的白领蓝色棉睡衣，脖子上围了一条围巾。

"伊迪丝问他：'你确定你没事吗？别忘了科比特小姐出去了，你按铃楼下也没人，如果需要什么只能自己取。你真的可以吗？要不我给亨德森夫人留个信，让她一回来就上楼候在走廊里？'

"迈尔斯伯伯说：'一直候到凌晨两三点吗，亲爱的？这真是胡闹！你们去吧，我自己一个人舒服着呢，我现在感觉很好。'

"正巧这时，伊迪丝养的那只名叫乔吉姆的猫正在走廊里追什么东西，猫悄悄绕过迈尔斯伯伯的脚，跑进了他的房间。迈尔斯伯伯喜欢乔吉姆。他说了些类似只要有猫陪着他就行的话，祝我们玩得开心，然后就关了门。我们就都去换衣服了。"

这时，史蒂文斯突然抛出一个显然莫名其妙的问题。"我记得你说过，"史蒂文斯提醒道，"露西参加化装舞会时扮演的是蒙特斯潘夫人？"

"是的，她打扮得很正式。"不知为何，马克似乎被这问题吓了一跳，这还是他头一回面露惊讶之色，他瞧着史蒂文斯道，"我不知道露西怎么想的，非要扮成蒙特斯潘夫人，也许她觉得穿成那样更体面。"马克咧嘴一笑，"露西的衣服实际上是她自己做的，是她按照画廊里一幅肖像画上的衣服做的。不管怎样，画中的女人与蒙特斯潘夫人是同时代的人，至于那女人到底是谁，目前尚无定论。画中女人那张脸的大部分，还有肩的一部分都已经被某种酸性物质腐蚀了，显然是很多年前被毁坏的。我记得祖父曾说过，有人想修复，但没成功。但不管怎样，那幅画似乎是内勒[1]的真迹，虽已面目全非，却一直保留了下来。据说画中的女人是某个布兰维利耶侯爵夫人……你干吗问这个，特德？"马克像是突然急了，语气中透着不耐烦。

"我想我需要吃点东西。"史蒂文斯漫不经心道，"好吧，你继续说，你刚才说的那女人是 17 世纪法国的投毒犯吧？你们家族怎么会碰巧有她的画像？"

这时帕廷顿嘴里念念有词，身体像刚才一样费力地前倾，到底没忍住，又给自己倒了一些威士忌。

"如果我没记错的话，"帕廷顿抬头道，"你们家族过去和那个女人有某种关联，是不是？或者，在说不清道不明的过去，你们家族里有人和她有关系？"

马克一脸不耐烦地说道："是的。我不是说过吗？我们家族改过姓氏，将原来的法语姓氏改成了英语姓氏。我们家族的姓原来是德斯普雷斯，是法语姓。但别管那个什么侯爵夫人了。我就是想告诉你们，露西穿的是她按照画上的款式做的衣服，花了三天时间才做好。

"我们大约在晚上 9 点半离开了庄园。露西一身盛装，伊迪丝穿着南丁格尔那种有裙撑的裙子，我的装扮有些奇特，镇上服装店的店员坚称那是骑士的打扮。那身衣服穿着居然挺舒服，再说了，但凡有机会腰佩宝剑，哪个男人会拒绝呢？奥格登当时站在门廊的灯下，目送我们向车走去，还跟我们

---

1. 戈弗雷·内勒爵士（Sir Godfrey Kneller，1646—1723），英国著名肖像画家，开创了英国标准肖像画的风格，即大于半身且包括一只手或双手的画像。

开了好一阵玩笑。车子沿车道转弯的时候，我们正好碰见亨德森开的福特车，他把亨德森夫人从火车站接回来了。

"舞会上我们玩得不太尽兴。作为一场化装舞会，它一点也不刺激，大家都没喝醉。说实话，我多数时候都坐着，无聊得感觉身子都要生锈了，不过露西跳了很多支舞。凌晨2点刚过，我们就离开舞会回庄园了。那天晚上明月高悬，夜色迷人，在屋子里憋了几小时终于可以呼吸到外面清爽的空气了。伊迪丝弄破了自己的蕾丝裤，就是穿在裙子里面的那玩意儿，她有点闹情绪。露西则一路兴高采烈唱着歌。回到庄园，我们瞧见房子一片漆黑。我把车开进车库，里面还停着那辆接亨德森夫人的福特车，但奥格登的别克车还没回来。我把前门钥匙给了露西，她跑着先去开门，伊迪丝也跟过去了。我下了车，站在车道上尽情呼吸着夜里的空气。这是属于我的时刻，我喜欢这样。

"这时，我听见伊迪丝在门廊喊我。我转弯上了台阶，赶到走廊。露西正站在走廊里，一只手放在电灯开关上，半仰着头瞧着天花板，一脸惊恐。

"露西对我说：'我刚才听见一个可怕的声音。真的！就刚才。'

"庄园的走廊年代相当久远，有时难免会让人觉得有些恐怖，但那次可不是幻觉。我急匆匆上了楼，身上的剑倒不碍事。楼上的走廊里一片漆黑，我总感觉哪里有点不对。不是走廊本身不对劲，而是走廊里好像有什么异样。你们有过那种感觉吗？就好像有什么东西经过，留下了不祥的气息。你们可能没感受过……

"我刚要找电灯开关，就听见钥匙在锁孔里转动的声音，然后瞧见迈尔斯伯伯的房门突然半开。房间内灯光昏暗，迈尔斯伯伯的身子半隐半露。他人虽然站着，但弯着腰，一只手捂着胃部，另外一只手用力抓紧门框，手上青筋突起。他整个人好像悬在门上一样晃来晃去，身子几乎弯得要对折了。他吃力地抬起头，鼻翼两侧的皮肤仿佛油纸，两眼鼓胀，看着有平常的两倍大，前额上满是汗水。他每呼吸一次，身体就猛地哆嗦一下，你甚至可以听到他胸腔里发出的颤动声。随后，他抬起头，目光呆滞。我以为他瞧见我了，可他开口后，又好像不是在对我说话。

"迈尔斯伯伯嘴里嘟囔着：'我再也受不了了。我再也受不了这种痛苦了。我跟你说，我再也受不了了。'

"随后他又用法语重复了一遍。

"我跑上前，赶在迈尔斯伯伯跌倒前扶住他。我把他扶起来——不知为什么，他就像痉挛了一样拼命挥舞胳膊，试图要摆脱我——我把他扶到房间的床上。他身子拼命向后缩，像是要瞧清楚我是谁，拼命……要怎么形容呢……拼命从脑海中把我清理出来，从迷雾中将我分辨出来。刚开始时他像一个被吓坏的孩子，对我说：'不会连你也……？'我可以告诉你，听他这么说我感到很伤心。但他终于恢复了神智，两只眼睛看着清澈了许多，借助床头昏暗的读书灯，他似乎终于看清楚了我是谁，不再像吓坏的孩子那样躲着我。我感觉他简直变成了另外一个人，那感觉我不知道该怎么形容。迈尔斯伯伯一脸茫然地开了口，这次说的是英语。他说浴室里有药，可以止痛，他自己没力气去浴室。他大声喊着要我去帮他取药。

"他说的是之前他犯病时，我们曾给他吃过的巴比妥类药。露西和伊迪丝站在门口，被眼前这一幕吓得面无血色。露西听见迈尔斯伯伯的话，马上跑进走廊去拿药了。我们都知道迈尔斯伯伯要不行了。当时我没怀疑有人下毒，还以为是他的老毛病又犯了。人的大限将至，任谁也没办法；你只能把他要的药给他，然后自己心痛地咬紧牙关。我悄悄让伊迪丝给贝克医生打电话，请医生赶紧过来，伊迪丝手脚麻利地悄声照做了。当时唯一让我感到不解的是迈尔斯伯伯脸上的表情，他好像瞧见，或是认为自己瞧见了什么令人毛骨悚然的东西。为什么他的表情会像个受惊的孩子？为什么他会那样拼命挣扎，不让别人碰他？

"为了转移迈尔斯伯伯的注意力，缓解一下他的疼痛，我问他：'你这个样子有多久了？'

"'有三个小时了。'他答道，眼睛闭着，侧躺在床上，身子蜷缩成一团。他的头闷在枕头里，我几乎听不到他在说什么。

"'你怎么不大声喊出来，或是出门求救呢？'

"'我不想，'他对着枕头说，'我知道这一天早晚会来，就这样死了要比等着它到来更好。但我发现自己受不了了。'然后他似乎突然醒过神来，抬头瞧着我，一脸的失魂落魄。他还有些害怕，喘息声还是很大，他对我说：'听着，马克，我快不行了。'他不理会我的安慰，继续道：'别说了，马克。你给我听着，我要用木棺材下葬。你听到了吗？木棺材。我

要你发誓，你会按我说的做。'

"迈尔斯伯伯执拗得让人害怕，眼睛直勾勾地盯着我，就连露西给他拿来药和水时，他还依然盯着我。他抓住我的斗篷，嘴里不停地念叨着木棺材。他在吃药上费了好大力气，因为他一直吐，吐了很多次，最后我好歹让他把药咽下去了。他嘟囔着身子冷，要盖被子，然后就闭上了眼睛。他的床尾处有一条叠着的棉被，露西默默地把被子拿过来，盖在了他身上。

"我起身想再找点东西给他盖上。房间里有个大衣柜，里面放着迈尔斯伯伯那些华丽的衣服，我猜柜子最上面的架子上可能有毯子。柜子的门没关严，微微敞开着。我在柜子里没找到毯子，却发现了一些别的东西。

"柜子最下方，在摆得整整齐齐的一排鞋子前，放着当天晚上送饭用的托盘。托盘里还放着那个玻璃杯，杯子里只有一点儿剩下的牛奶。此外，我还发现了另外一件东西，那东西并不是我们之前拿上来的。那是一个圆肚的银杯，直径大约四英寸[1]，上面有些类似浮雕的奇怪图案——据我所知，那玩意儿一点也不值钱。我记得它一直被放在楼下。我不知道你们是否曾注意过那个杯子？总之，杯子里有一些看上去黏糊糊的残渣。乔吉姆，就是伊迪丝的那只猫，四肢伸开躺在杯子旁边。我摸了摸那只猫，发现它已经死了。

"正是那时，我突然意识到，迈尔斯伯伯有可能是被人下毒了。"

---

1. 英寸：英美制长度单位，1 英寸约等于 2.54 厘米。

5

马克·德斯帕德双手紧握，沉默了片刻。

"我想，"马克若有所思道，"人在潜意识里会不断琢磨那些令你感到不解的事，但你自己意识不到；随着时间推移，说不定什么时候，你就会突然开了窍，一切就变得豁然开朗——

"我当时就起了疑心。我转身看露西是否也瞧见了这些，她显然没看见。她几乎背对着我站在床尾，一只手搭在床栏上；与以往的活泼不同，她那一刻看上去十分无助。房间里只开着床头灯，灯光昏暗，却凸显出了露西的装束：红蓝相间的丝绸裙子，上面点缀着一些碎钻，下摆很宽。

"我站在那里，脑海中回忆着迈尔斯伯伯往日的症状。他饮食困难；鼻子和眼睛发炎了，瞧着你时双眼肿胀，呈淡红色；嗓音沙哑；皮肤日渐粗糙，起了皮疹；甚至连走路也颤颤巍巍，双腿几乎无法支撑身体。他其实是中了砒霜的毒。当时，我可以听见被子下迈尔斯伯伯沉重的呼吸声，甚至还听见了伊迪丝在走廊里跟接线员讲话时焦虑而低沉的声音。

"我什么也没说，关上衣柜门，见柜门锁孔里插着钥匙，就锁了柜门，把钥匙放进兜里。然后我出门进入走廊，下楼梯到楼梯平台，伊迪丝正在那里打电话。我们现在唯一能做的就是找医生，仅此而已。护士第二天早上才会回来。我绞尽脑汁地想砒霜中毒该如何处理，可想不到任何办法。伊迪丝放下电话，神色虽然平静，双手却在颤抖。她刚才给贝克医生家打了电话，医生不在，我们也不知道附近还有谁是医生。我只知道沿路向下一英里之外的公寓旅馆倒有个医生，但我不记得他叫什么名字。于是我开始给旅馆打电话，伊迪丝则匆忙上楼去看迈尔斯伯伯。她总觉得自己可以护理病人，虽然她实际上并不知道该做什么。但还没等我拨电话，露西就冲进了走廊。

"'你最好上来瞧瞧，'露西道，'我觉得他已经走了。'

"迈尔斯伯伯已经死了。身体不再抽搐，心脏停止了跳动，他再也不会感到痛苦了。我翻过他的身体想进一步确认时，手在枕头下碰到了那根绳子。你们可能都听说了，那是一条普通的包装绳，大概有一英尺长，等距系着九个绳结。我不知道那是什么东西，到现在也不知道。"

"继续说！"见马克停下，帕廷顿突然催促道，"然后呢？"

"然后？然后就没什么了。我们没惊动庄园里的其他人。没有必要，再过几小时天就亮了。露西和伊迪丝想休息一会儿，可都没睡着。我说我要守在迈尔斯伯伯的房间里，出于对伯伯的敬意什么的。那其实是借口，事实上，我想趁机把杯子拿出房间。另外，奥格登还没回来。我最好夜里守着点，万一奥格登喝多了，在这时候带了什么人回来……你们懂的。

"露西把自己关在我俩的房间里。伊迪丝哭了一会儿。在震惊之余，我们都为自己的疏忽深感自责，但我知道这怪不得我们。等她们一走，我就返回迈尔斯伯伯的房间，先拿床单盖住他的脸，然后从柜子里拿出银杯和玻璃杯，用手帕包好。别跟我提指纹的事儿！我当时那么做完全是出于本能……我就是这样一个人……在决定怎么做之前，先把证据藏好。"

"你从没想过把真相说出来？"帕廷顿问道。

"如果当时能及时找到医生救治迈尔斯伯伯，我当然会说。我会告诉医生：'别管什么胃肠炎了，他是被人下了毒。'可惜没找到医生。所以我也就没说。"马克似乎变得激动起来，史蒂文斯注意到他身体僵硬，抓紧了椅子扶手，"我为什么会这么做，你应该清楚，帕廷顿，你还记得有次我差点——"

"别激动，"帕廷顿突然打断了马克，"继续讲。"

"我把银杯和玻璃杯带下楼，锁在我书房办公桌的抽屉里。你知道的，到现在还没有一丁点证据能证实我的怀疑。另外，我必须得先把猫的尸体处理掉。我用骑士服的斗篷包住它，从侧门出了主宅，以免惊动住在后面的亨德森一家。在车道对面，草坪的另一侧是刚刚翻过土的花圃。我知道亨德森总在侧门外的小柜子里放一把铁锹，所以就用铁锹挖了一个深坑，把猫的尸体埋了。伊迪丝还不知道她的猫怎么了，大家都以为猫跑到哪里玩去了。刚埋好猫的尸体，我瞧见远处闪过奥格登的车灯。一时间我还以为他看见我了，不过我抢先一步回了家。

"目前来说，情况就是这样。第二天，听完亨德森夫人的那番话，我就带着银杯和玻璃杯去了镇上，委托一个我完全信任的化学家对它们进行秘密检测。结果很快就出来了：玻璃杯没问题，银杯里的残渣是牛奶、红酒和蛋液的混合物，在残渣里检测出两格令[1]的白色砒霜。"

"两格令？"帕廷顿转过头重复道。

"是的，剂量很大吧？我一直在研究——"

"光残渣里就有两格令，"帕廷顿一脸严肃道，"那真是可怕的剂量。曾经有过两格令砒霜致死的案例，这是有记录的砒霜最小致死剂量，没错。如果残渣里就有两格令，那整杯液体中的砒霜剂量之大可想而知。"

"砒霜致死的一般剂量是多少？"

帕廷顿摇摇头道："没有一般剂量这一说。我刚说了，有两格令致死的记录。另外，根据记载，有一个受害者曾吃下两百格令的砒霜（这是已知的最大剂量），可后来竟恢复了健康。砒霜致死剂量的范围太广，不太好说。比如，你们听说过玛德琳·史密斯[2]的案子吗？这位来自苏格兰格拉斯哥市的美人被控在 1857 年毒死了她的法国情人。她情人的胃里有八十八格令的砒霜，辩护律师因而在法庭上辩称，吞下这么

---

1. 格令：重量单位，1 格令约等于 64.8 毫克。
2. 玛德琳·汉密尔顿·史密斯（Madeleine Hamilton Smith，1835—1928），出身于苏格兰格拉斯哥市的上流家庭，年轻时与情人秘密相恋，而不知情的父母为其在上流社会安排了门当户对的婚姻。于是玛德琳试图与情人断绝关系，可情人却用两人之间的通信威胁玛德琳嫁给自己。不久有人瞧见玛德琳在药店购买了砒霜，随后其情人便因砒霜中毒身亡。玛德琳因情人所藏信件均被发现而被捕。

大剂量的毒药，死者不可能毫无察觉，所以死者肯定是自杀。毫无疑问，这个理由对审判产生了影响。最终法庭判决'无法证明'对被告的指控，这种判决的意思就是'无罪，但下不为例'。六年后，一位名叫休伊特的女人因毒杀了自己的母亲而在切斯特城受审。老人的死最初没引起任何人的怀疑，直到开棺验尸之前，医生还认定老人死于胃肠炎，结果仅在老人的胃里就发现了一百五十四格令的砒霜。"

帕廷顿一下子打开了话匣子。虽然他那下巴泛青的脸上闪着正义的光芒，可似乎讲述这些案子让他乐在其中。

"另外，"帕廷顿晃着手里的空玻璃杯道，"19世纪60年代初期，在凡尔赛，还有一个名叫玛丽·德奥贝的女人犯了重案，性质十分恶劣。人们几乎找不到那女人的犯罪动机，好像……她就是喜欢瞧着人死去。她给其中一位受害者下了十格令的砒霜，给另一个受害者下毒的剂量则高达一百格令。这个玛丽·德奥贝可没玛德琳·史密斯那么走运，她最终被送上了断头台。"

史蒂文斯此时已起身，坐到了打字机桌边沿，表面上随意点头附和着帕廷顿的话，暗地里其实在留意通向走廊的那扇刷着白漆的门，因为有几次他注意到门有些异样。走廊的灯比房间里的亮，正常情况下，你可以看见一丝微光透过锁孔照进来，可现在却一丝光线也看不到，一定是有人正在门外偷听。

"总之，"帕廷顿道，"剂量并不是最重要的。我会解剖尸体的。最关键的其实是下毒时间。从你提供的时间来看，你伯伯毒发得也太快了。人一旦服下大剂量的砒霜，快则几分钟，慢则一小时就会出现明显的中毒症状——这取决于砒霜是片剂，还是液体——随后在六到二十四小时内毒发身亡，但也可能会拖很久，有的人可以坚持好几天。所以你现在知道你伯伯毒发身亡得多快了吧。你们离开庄园是在夜里9点半，那时你伯伯的身体状况还不错。凌晨2点半你们回到家后，发现他已经奄奄一息，没过多久他就咽气了，对不对？"

"是的。"

帕廷顿陷入了沉思。"好吧，这情况完全有可能，甚至合情合理。你伯伯的身体已经被器质性的胃肠疾病拖垮了；再者，如果你猜得没错，他一直都在慢性中毒。所以他一旦服下大剂量的砒霜，很快就会一命呜呼。如果我们能知道他最后服下毒药的时间——"

"我可以告诉你准确的时间，"马克打断了他，"是11点15分。"

"哦，"史蒂文斯插嘴道，"这就是亨德森夫人那个诡异故事里说的吧？我们很想知道她到底说了什么，可你却一直拖着不讲。她到底说了些什么？你为什么不告诉我们？"

史蒂文斯担心自己过于激动，表现得太好奇了。幸好，马克并没在意，而是似乎在犹豫要不要把亨德森夫人的话告诉他们。

"现在，"马克道，"我还不想说。"

"不想说？"

"因为你们会觉得我或者亨德森夫人疯了。"马克看起来很矛盾，他举起手道，"先等等，你们先等等！这事我已经翻来覆去想过几百次了，甚至因此夜不能寐。但当我第一次要告诉别人，第一次要把这事清晰明白地讲出来时……我才意识到故事的某些部分会显得太匪夷所思。要是现在就告诉你们，没准你们就不会帮我打开地下墓室了。可我必须得查出迈尔斯伯伯的死因。你们能先等几个小时吗？我只要求你们给我一点时间，等打开地下墓室，把该做的事做完了，我就告诉你们。"

帕廷顿晃晃身子道："你变了，马克。天啊！我都搞不懂你了！到底什么事那么奇怪？你刚才说的话也没有多荒谬，可能很糟糕，或者邪恶——但谈不上有多荒唐，只是谋杀而已。你不想说的部分到底会有多离奇？"

"一个已经死了很久的女人，"马克平静地答道，"可能还活着。"

"这是什么胡话……"

"不，我脑袋清醒着呢。"马克镇静自若地回应道，"不信你测测我的脉搏，敲敲我的膝盖，看有没有膝跳反应。我当然也不相信这是真的，就像我绝不相信露西是下毒的凶手一样。现在，凶手的身份有两种可能，但都不成立。我只能说，这件事一直在我脑海里挥之不去，我很想讲出来让大家一笑了之。但如果我现在说了，天知道你们会怎么想……所以，你们愿意先帮我打开墓室吗？"

"我愿意。"史蒂文斯答道。

"那你呢，帕廷顿？"

"我大老远从三千英里之外赶回来，可不想就这么稀里糊涂地回去。"医生嘴里嘟囔道,"但你听好了,我帮了你之后,你别想再用胡话敷衍我。天啊!我真不敢相信!伊迪丝怎么受得了——"帕廷顿冷漠的棕色眼睛里闪过一丝怒火,可当马克给他倒上第三杯酒后,他又变得和善可亲起来,"要怎么打开地下墓室呢?"

听帕廷顿这么一说,马克立刻精神一振。"好!很好!打开地下墓室并不难,但需要费些时间和力气。这活需要四个人干——亨德森是第四个人,他值得信任,而且很有力气。现在家里只有他一个人在。另外,他和他妻子正好住在通往地下墓室那条路的右侧,哪怕我们只搬了一块石头,事后他都能看出来……我已经找借口把家里其他人都支走了,不然即使只动几块石头,住在主宅后面的人也能听见,更别说大张旗鼓地打开墓室了。至于怎么做……"

史蒂文斯眼前浮现出德斯帕德庄园的情景。一长排低矮的灰色房子,房后是一条宽阔笔直、由碎石铺成的水泥路,两侧各有一座下沉式花园。路两边榆树林立,在离房子大约六十码[1]远的路尽头,伫立着一座私人小教堂,这教堂一个半世纪前就已经封闭不用了。从教堂出来继续向前,不远处的路左侧有一间小房子,那里曾经住着德斯帕德家族的牧师,现在住的是亨德森一家。史蒂文斯听说地下墓室的隐秘入口就位于教堂门前的碎石路下,但路面上没有任何标记。马克这时也刚好讲到地下墓室的入口。

---

1. 码:英美制长度单位,1 码约等于 0.9144 米。

"首先要翻开大约七平方英尺的路面，"马克道，"我们得速战速决，要撬的地方有很多。先把一打铁棍，长的那种，插进石头之间缝隙中的水泥里，尽量插深一点，然后向一侧用力撬开——路面多数连接处都能用这方法撬开，然后再用锤子敲一遍，就可以把石头成块成块地搬起来了。路下面还有大约六英寸厚的碎石和泥土。再往下就是用于密封地下墓室入口的条石，条石长六英尺，宽四英尺，我得提醒你们一下，条石的重量在一千五百到一千八百磅[1]之间。用铁棍把条石撬起来是最费劲的，之后只要下台阶就可以进地下墓室了。我知道，听起来这挺费力……"

"确实挺费力气。"帕廷顿先抱怨了一下，随后一拍膝盖道，"让我们放手去干吧！但你不是希望保密吗？这么一折腾，事后我们还能把路面恢复原样吗？难道别人看不出来？"

"别担心，不会的。只有特别留意的人，比如亨德森和我，才能瞧得出来。我觉得别人根本看不出来。而且因为上次迈尔斯伯伯下葬，道路边缘已经有被翻过的痕迹了。再说，碎石路看起来都差不多。"马克焦躁不安地站起身，掏出手表，继续道，"那就这么定了。现在9点半，我们抓紧出发，趁主宅那边现在没人干扰我们。我们先去，特德，你吃点东西，然后尽快过去和我们会合。最好穿旧衣——"马克突然想到了什么，惶恐道，"真该死！我怎么把这事忘了！你妻子玛丽怎么办？你怎么跟她解释？你不会告诉她我们要打开地下墓

---

1. 磅：英美制重量单位，1磅约等于0.4536千克。

室的，对不对？"

"对，当然不会。"史蒂文斯答道，眼睛盯着房门，"放心，我不会告诉她的，放心好了。"

史蒂文斯可以看出马克和帕廷顿察觉出了自己语气的异样，他们看起来都有些惊讶，但似乎各有心事，所以选择相信他。书房里烟雾缭绕，再加上没吃东西，史蒂文斯起身时感觉头有点晕。这使他突然想到老迈尔斯遇害当晚，也就是4月12日星期三的晚上，他和玛丽在小屋过夜，他们很早就上床睡觉了。那天晚上不知道为什么，他整个人昏昏欲睡，看书稿时差点一头栽倒在桌上，所以他10点半就上床睡觉了。玛丽说他之所以这么困，是因为克里斯彭的空气比纽约的清新，让他的精神突然放松了下来。

史蒂文斯陪着马克和帕廷顿出了房间，玛丽不在走廊里。马克挤在两人前面，显然急着要回庄园。帕廷顿在前门踟蹰片刻，彬彬有礼地将帽子放在胸前，眼睛四下打量，嘴里念叨了几句问候史蒂文斯夫人的话，然后跟着马克走上了砖路。路面上响起了一阵嘎吱嘎吱的脚步声。史蒂文斯站在屋外，呼吸着夜里的空气。没一会儿他就瞧见马克的车灯亮起，随后听到了汽车引擎的轰鸣声，以及树木在夜空下的沙沙低语。然后呢？然后他转身进屋，轻轻把门关上，目光落在了棕色的陶瓷伞架上。玛丽正在厨房，他听见玛丽在厨房里面一边忙活，一边半哼半唱："下雨了，下雨了，牧羊女……"她非常喜欢这首关于瓷牧羊女[1]的歌曲。史蒂文斯走过餐厅，推开弹簧门进了厨房。

艾伦显然已经走了。玛丽系着围裙站在碗柜前，正在切冷鸡肉三明治。三明治里面夹着生菜、西红柿，还抹上了蛋黄酱，被整整齐齐地码在盘子里。瞧见史蒂文斯进来，玛丽抬起握着面包刀的手，将一缕深金色的头发拂到耳后，深色眼影下的那双灰色眼睛一本正经地瞧着史蒂文斯，脸上似笑非笑。史蒂文斯突然想起萨克雷嘲讽歌德的那首短诗里的一句话[2]：

夏洛特，宛如品行端正的少女

假模假样地继续切面包和黄油

铺着白色瓷砖的厨房里，电冰箱正发出嗡嗡的声音。此时此刻，整个场面真是太荒诞了。

"玛丽——"史蒂文斯道。

"我知道，"玛丽笑呵呵地接口说，"你要出去。亲爱的，先把这些吃了。"她用面包刀拍拍三明治，"吃了这些就有力气了。"

---

1. 安徒生作品《牧羊女与扫烟囱的人》中的角色。该童话讲述了陶瓷做的牧羊女与陶瓷做的扫烟囱人相爱的故事。

2. 威廉·梅克比斯·萨克雷（William Makepeace Thackeray，1811—1863），英国维多利亚时代的小说家，与狄更斯齐名，尤其擅长创作滑稽作品，其代表作是《名利场》。此处引文出自萨克雷为嘲讽歌德《少年维特的烦恼》的大获成功而写的讽刺诗《维特的烦恼》。

"你怎么知道我要出去？"

"当然是偷听了。谁让你们几个人搞得那么神神秘秘，这可怨不得我。"玛丽脸上流露出一丝紧张，"我们这个美好的夜晚算是毁了，但我知道你肯定要去，不然你心里会一直惦记着放不下。亲爱的，今晚我还提醒过你，说你们这种心理有些病态。我早就预感到会有这事。"

"预感？"

"嗯，也不全是预感。克里斯彭这地方人不多，大家已经在到处议论了。今天早上我一到克里斯彭就有所耳闻。我是说，大家都说庄园里有些不对劲，但到底出了什么事，谁也不清楚。也不知道是怎么传出来的。想找流言的源头是不可能的，大家甚至连自己是听谁说的也记不清了。你会小心点吧？"

然而厨房的气氛似乎与往日有所不同，一切都变了样，就连走廊里那个棕色陶瓷伞架好像也变了颜色。玛丽拿着面包刀的手放了下来，刀碰到碗柜的瓷釉架子，发出了轻微的叮当声，她走上前抓住了史蒂文斯的胳膊。

"听着，特德，我爱你。你知道我爱你，对不对？"

史蒂文斯打心底知道玛丽深爱着自己。

"关于，"史蒂文斯道，"我之前想的那件事——"

"听好，特德。只要我们彼此了解，就会一直相爱下去。我不知道你脑子里现在在想什么。等有机会了，我跟你说说那座在一个叫吉堡的地方的房子，还有我的阿德里安娜姨妈，然后你就会明白的。但这不是你现在应该考虑的。别这么笑，好像你懂的比我多似的。我可比你年纪大，大很多很多。如果你这时瞧见我突然面容枯槁，皮肤变黑——"

"别说了！你发什么神经！"

这时，尚握在玛丽指间的面包刀一下子掉落到地上，她惊得嘴巴大张，接着俯身捡起刀。

"我可能是疯了。"玛丽道，"但现在我想告诉你，今晚你们要掘墓，不过我猜，只是猜而已……你们什么也找不到。"

"没错，我也觉得不会发现什么。"

"你不明白我在说什么，你不会明白的。但我求你，求你千万别把这事太当真。就当我求你，你肯听我的吗？我希望你好好考虑一下。我现在只能跟你说这么多。你好好想想我对你说的话，不用太明白，只要相信我就行。现在，你吃点三明治，喝杯牛奶，然后上楼换一下衣服。你那件旧汗衫挺合适的，客房衣柜里还有一条旧法兰绒网球裤，刚好去年我忘记洗了。"

夏洛特，宛如品行端正的少女，假模假样地继续切面包和黄油。

第二部分

证据提交

亡灵一敲门，门锁应声开，
门闩、横木、绳子统统飞！

——理查德·哈里斯·巴勒姆[†]
《英戈尔兹比传奇故事集》

† 理查德·哈里斯·巴勒姆（Richard Harris Barham，1788—1845），
笔名托马斯·英戈尔兹比（Thomas Ingoldsby），英国牧师、小说家、
幽默诗人，著有《英戈尔兹比传奇故事集》。

6

史蒂文斯沿国王大道向上走,抄近路来到德斯帕德庄园门前。天空中那轮明月已消失得无影无踪,仅剩下满天的繁星。庄园入口处的每根柱子上都立着一个不起眼的石球,铁栅栏大门像往常一样没锁。史蒂文斯进了庄园,回身关上门,插上门闩。通向庄园主宅的长砾石车道由低渐高,沿精心设计的路线蜿蜒而上,因而显得更长了。要管理好这么一大片庄园,亨德森还需要两个人给他打下手。当他们三人开着割草机四处忙活时,你便会瞧见他们的脑袋在装饰树篱上来回晃动,或者像幽灵一般突然从树丛中探出来。夏日,当你慵懒地躺在草坪最高处的帆布躺椅上,俯看着阳光下花团锦簇的花坛,听着大剪刀每咔嚓两下停一下的单调节奏时,整个人都会觉得昏昏欲睡。

史蒂文斯一边向上走,一边努力想象着在庄园生活的景象,不愿再想其他事。仿佛只有不去思考那些谜团,他才能保持自我——"我不思,故我在。[1]"

---

1. 此处作者在拉丁语原文 "Cogito, ergo sum."（我思，故我在。）前加了否定，
 使之变成 "Non cogito, ergo sum."（我不思，故我在。）。

一长排低矮的主宅由石头建成，整体呈 T 字形，窄窄的两侧厢房朝向大路。房子除了看上去历史悠久外，并无其他亮点。但它成功抵御了岁月的摧残，外观依旧完好，不但没有破败残损之相，反而很好地和四周景色融为了一体。弧形的屋顶上，瓦片早已褪成了不起眼的红褐色，窄细的烟囱看上去依旧完好，虽然没冒着烟。窗户的窗格很小，是 17 世纪末的法式平开窗。到了 19 世纪，有人还为主宅新添了低矮的前门廊，但看上去一点也不突兀，而是与主宅浑然一体。门廊已亮起了灯。史蒂文斯上前叩响门环。

　　整栋房子只有门廊亮着灯，其他地方都笼罩在一片黑暗之中。几分钟后，马克前来开了门，带着史蒂文斯穿过他熟悉的客厅，客厅里飘荡着古老岁月、《圣经》和家具上光剂的味道；他们穿过整栋房子，一路进了厨房。厨房实在太过宽敞，所有现代家具在里面都显得很小，而且整个厨房看着很像一个工作间。帕廷顿依旧面无表情，正在煤气灶旁抽烟，整个人包裹在古旧的粗花呢衣服之下，看起来更笨重了。他脚下放着一个黑色包和一个外包皮革的大盒子。桌上的锤子、铲子、镐、钢钎，还有两根大约八英尺长的铁棍排成一排，亨德森正在桌旁清点。亨德森是个小个子，身穿灯芯绒裤，人精瘦结实，长鼻子，蓝色的眼睛四周满是皱纹，看上去像两颗核桃。他几乎光光的脑袋上好像还有几缕灰色的头发，让人怀疑自己是不是看花了眼。厨房中弥漫着焦躁不安的情绪，所有人来此都是为了做那件见不得人的事儿，其中最惴惴不安的当属亨德森。听到马克和史蒂文斯进门，亨德森猛地跳了起来，手挠着脖颈。

"慌什么，"马克恼火道，"我们又不是去犯罪。东西都准备好了吗，帕廷顿？特德，你别闲着了，过来给灯添一下这个。"马克从水池下掏出两盏提灯和一大罐煤油，"我还准备了手电筒，但挖墓时我们只能用提灯照明。希望我们一切顺利，这些锤子到时候动静肯定不小……"他突然疑惑道，"亨德森，你不是想——"

亨德森依然挠着后脖颈，他扫了眼四周，声音低沉且透着委屈道："马克先生，您别生气。我不喜欢我们一会儿要做的这种事，您父亲也不会喜欢我这么做。但如果您说没问题，那我就照办。如果有必要的话，我可以把锤子稍微包一下，那样到时候动静就没那么大了。您还记得吗，有次我们重新砌花园墙，不巧伊迪丝小姐正生病，我们当时用的也是这个办法。但我觉得那儿离路那么远，不会有人听见的。没错，那么远谁也听不见。我只担心您夫人、妹妹或者我妻子，或者是奥格登先生突然回来。要我说，您也清楚，奥格登先生可是个好奇心很重的年轻人，如果让他发现的话……"

"奥格登现在正在纽约呢，"马克不耐烦地说道，"其他人我也都安排好了，他们下周才会回来。大家都准备好了吗？"

史蒂文斯在厨房碗柜里找到锡漏斗，给提灯加了油，随后一行人带着工具出了后门。马克和亨德森在前方带路，手里的提灯晃晃悠悠照亮了一行掘墓人的身影。那种提灯本是用于提醒人们小心火车经过，现在则成了掘墓人的指路灯。不管怎样，庄园可不欢迎这种人。他们走在碎石铺成的宽阔道路上，最先映入眼帘的是两边的下沉式花园，然后是一排排高耸的榆树，路的尽头则是那座沐浴在星光下的小教堂。此刻，他们正经过亨德森一家所住的小房子，又继续向前走了大约二十英尺，在离小教堂前门不远处，马克和亨德森放下提灯。亨德森将靴子跟踩进土里，用脚画出要挖的范围。

"从现在起，所有人都小心点，可别冤死在别人的铁镐下。"亨德森的语气里透着幸灾乐祸，"我只有一个要求，千万小心。先用镐刨个洞，把铁棍插进去，然后再用锤子。我要说的是……"

"行了，"帕廷顿兴冲冲地道，"赶紧开挖吧。"

众人的铁镐砰的一声落下，发出的巨大动静吓得亨德森叫出声来。

两个小时过去了，史蒂文斯的手表显示现在是差一刻午夜零点。史蒂文斯坐在路边潮湿的草丛中，大口喘着粗气，浑身黏糊糊的。吹着凉风，他的心怦怦直跳，整个人像被榨干了力气，要怪就怪自己长期的伏案生活，是吧？没错。但是，或许马克是个例外，四个人中就数他力气最大，刚才条石的全部重量好像都压在了他身上。

撬开铺好的路面并不难，只是动静太大，感觉都传到半英里之外了，马克甚至亲自去前门听了一下，看是否也听起来那么响。清除碎石和泥土也不难，但颇有军人作风的亨德森坚持要求把泥土和砾石都整齐地堆成一堆，他们为此浪费了不少时间。接下来，最费力气的当属抬起一块近半吨重的条石，抬起来时，帕廷顿手一滑，石头摇摇晃晃，那一刻史蒂文斯还以为整块石头会压到他们身上。现在，条石已经竖起，靠自重立在一边，看上去好像打开的箱盖。地下墓室的入口则像箱子的内壁，四面都是石墙，只需再往下走一段十英尺长的石头台阶就可以进入墓室了。

"终于成功了！"尽管气喘吁吁，止不住咳嗽，帕廷顿依然按捺不住心中的兴奋道，"用不着我再做什么了吧？没有的话，我就先回屋洗手，为接下来要做的事作准备去了。"

"你还可以喝上一杯，"马克喘着气关切道，"我不会怪你的。"然后他举起提灯，转身对着亨德森不怀好意地咧嘴一笑，问道："亨德森，我的老伙计，你来打头阵？"

"不，我可不要，"亨德森断然拒绝，"您知道我不行。我从来都没下去过那地方，不管是您父母还是您伯伯下葬，我都没下去过。要不是您需要有人帮您抬棺材，我这次也不会下去——"

"没事的，"马克举高提灯，安慰他道，"你不想下去也没关系，木棺材不沉，两个人就可以轻松抬起来。"

"哦，我会下去的，您可以在这上面下个天大的赌注，我肯定会下去的。"亨德森逞强的语气里透着一丝恐惧，"您跟我说什么下毒，说得跟小说里似的！还下毒！要是您父亲现在还活着，会先把您毒死！我这辈子从没听过这么荒唐的事。我知道，我知道，我不该对您这么无礼。我只是个糟老头子，只是在您小时候把您照料得健康又结实的那个老头子……"他停下来，吐吐口水，轻声嘀咕着他之所以抱怨的真正原因：

"说真的，我总感觉附近有人在偷看我们，你们难道没感觉吗？从我们一到这儿，我就觉得周围好像有人。"

亨德森飞快地瞥了眼身后。史蒂文斯站起身，搓着僵硬的双手，来到地下墓室的入口，站在马克和亨德森身边。马克将提灯照向四周，风从榆树林中沙沙穿过，此外一片沉寂。

"好了，我们下去吧，"马克毅然道，"帕廷顿一会儿会过来和我们会合。提灯就留在上面，它们太消耗氧气，下面没有通风设施，我们要尽可能保证氧气充足。你们闻到墓室里空气的味道了吗？我这儿有手电筒……"

"您的手在抖，马克先生。"亨德森道。

"别胡说，"马克回道，"快跟上！"

通向地下墓室的一小段台阶很潮湿，但因为完全与外界隔绝，所以没长青苔。密闭环境下的空气吸进肚里甚至有些温暖。台阶尽头有一道圆形拱门，门框上已经腐烂的木门摇来晃去，墓室内本来沉闷的空气因为他们的闯入开始流动起来。马克用手电筒查看着墓室内的情况。史蒂文斯本以为墓室十天前刚被打开过，现在进去不会太难受，可潮湿封闭的墓室内依然弥漫着一股呛人的花香味。

在手电筒的照射之下，他们眼前出现一间长约二十五英尺，宽约十五英尺的长方形墓室，由巨大的花岗岩建成。墓室中间有一根八角形的花岗岩柱子，支撑着拱形的屋顶。墓室两侧，在正对门口的长墙和右手边的短墙上，棺材分几层放在壁龛里。这些棺材一直排到了墙边，而且每个壁龛的空间仅比棺材大一点，显然是出于商人式的节省空间的考虑。

德斯帕德家族祖先的棺材在最上层，大多数壁龛上都有大理石的墙面装饰、花纹图案、一两位面露悲伤的天使，甚至还有拉丁文颂词；下层的壁龛则相对朴素。有几层的壁龛已经满了，还有几层几乎空着，每一层可容纳八口棺材。

在地下墓室的另一端，也就是他们的左侧，借助手电筒的光，可以瞧见墙上有一块高高的大理石纪念牌匾，上面刻着墓室中安息者的名字。牌匾上方有一座双手捂脸的大理石天使雕像。牌匾两侧各有一个大理石的大花瓶，每个花瓶上还耷拉着一大束枯萎的花，地板上洒落的花则更多。[1] 史蒂文斯瞧见牌匾上的第一个人是：保罗·德斯雷，1650—1706。18 世纪中期刚过，上面的人的姓氏就都变成了"德斯帕德"，或许是因为在法国 - 印第安人战争中，这个支持英国的家族认为应该把自己的姓改成英国姓。名单最后赫然刻着的名字把他们拉回了现实：迈尔斯·班尼斯特·德斯帕德，1873—1929。

马克移开手电筒搜寻着，在正前方的墙上找到了老迈尔斯的棺材。他的棺材位于最下层，是这一层中的最后一个，离地面只有几英尺高。老迈尔斯棺材左侧的壁龛里都已经放了棺材，右侧还剩下几个空壁龛。他的棺材很好找，因为其他棺材都因年头久远而生锈或腐蚀了，但他的还很新；此外，他的棺材也是墓室里唯一一口木制棺材。

---

1. 原注：聪明的读者可能已经发现，本书的地下墓室主要借鉴了位于阿伯丁市附近杜内赫特镇的一座真正墓室。威廉·罗海先生曾在《你的判决是什么？》一书的"杜内赫特神秘案"一章中对这座墓室作过精彩的描述。

他们沉默着站了片刻，史蒂文斯甚至可以听见身后亨德森的呼吸声。马克转身将手电筒递给亨德森。

"给我照着。"马克一开口，自己也被传来的回声吓了一跳，那回声似乎能激起尘土，"来，特德，你拉这边，我拉另一边。我自己也能抬起来，不过我们最好小心点。"

两人刚要迈步向前，突然听见身后台阶上传来脚步声，所有人都吃了一惊，马上回身。放在墓室入口的提灯还亮着。来的人原来是帕廷顿，他手里抱着包和盒子，盒子上还放着两个普通玻璃罐。史蒂文斯和马克分别站在棺材两侧，将手伸进壁龛，用力向外一拉……

"感觉轻得吓人。"史蒂文斯脱口而出。

马克一声没吭，神色看上去前所未有的惶恐。橡木棺材不大，四面抛光。老迈尔斯的身高只有五英尺六英寸。棺材上的银制名牌写着老迈尔斯的名字和生卒年月。两人轻轻一用力便将棺材抬出，放到了地上。

"这棺材也太轻了。我跟你说，"史蒂文斯忍不住道，"看这儿，开棺用不着螺丝刀，棺材中间有两个螺栓和锁扣。抓紧了。"

帕廷顿叮当一声将玻璃罐放在地上，拿出一条显然准备用来包尸体的床单。马克和史蒂文斯用力拉出螺栓，打开了棺材盖板……

棺材里空空如也。

亨德森哆哆嗦嗦地举着手电筒，棺材底部铺着的白色缎子在手电筒的光下闪闪发亮，纤尘不染，但空无一物。

所有人面面相觑，墓室内静得能听到彼此的呼吸声。马克腿一软突然蹲下，差点摔了个四脚朝天。他和史蒂文斯下意识地翻过棺材盖板，再次查看了盖板上的银制名牌。

　　"我的天——"亨德森惊得话只说了一半。

　　"你——你们说，我们是不是开错棺材了？"马克失神落魄地问道。

　　"我可以对着《圣经》发誓，就是这口棺材，"亨德森信誓旦旦道，他的手颤抖得厉害，马克只好伸手接过他手中的手电筒，"我亲眼瞧着他被放进了这口棺材。瞧，这儿还有棺材被抬下来时在台阶上磕的印子。另外，怎么可能认错呢？其他棺材都是——"亨德森指着各层壁龛里的钢制棺材。

　　"那就没错了，"马克道，"这肯定是迈尔斯伯伯的棺材。可他呢？他的尸体哪儿去了？"

　　大家在昏暗的墓室中你瞧瞧我，我瞧瞧你。史蒂文斯脑中闪过的几个灵异的念头，和墓室中的空气一样令人窒息。他们之中好像只有帕廷顿还很冷静，这或许要归功于他作为一名医生的常识，不过也没准是威士忌的功劳，他不耐烦地说道："大家都冷静点，"还伸出一只手搭在马克肩膀上，高声道，"听着！别胡思乱想。只是尸体不见了而已，这有什么？你们应该知道这说明什么吧，是不是？这只说明，有人不知出于什么原因，抢在我们前头把尸体偷走了。"

　　"这怎么可能？"亨德森显然对这个说法表示质疑。

　　帕廷顿瞧着亨德森。

　　"我是问，怎么做到的？"亨德森又拔高声音问道。他向后退了几步，手在身后上下摸索，似乎棺材里尸体的凭空消失让他产生了某种不祥的预感。马克将手电筒照向亨德森的脸，亨德森嘴里不满地咕哝着，用灯芯绒上衣的袖子抹了把脸，仿佛要把什么东西抹掉似的。"偷尸体的人是怎么进来又出去的？我就想知道这点，帕廷顿医生。刚才我说了，我可以对着《圣经》发誓，这确确实实是迈尔斯先生的棺材，我亲眼瞧着迈尔斯先生的遗体被放进棺材，然后抬到这里。另外我还要告诉您，帕廷顿医生，没人能够进来又出去。您瞧瞧，我们四个人忙活了两个小时，折腾了好一通才打开入口，弄出的动静甚至能吵醒死者。我和我妻子就住在二十英尺之外，您觉得有谁可以躲过我们，神不知鬼不觉地打开入口？而且我家房子的窗户还开着，我这人睡觉还轻。不只如此，那人还得把一切复原，需要和好水泥重新铺好路面。您觉得有这种可能吗？还有，这路面是一周前我刚铺好的，我知道路面什么样，现在的路面和我当初铺的一模一样。我可以当着上帝的面发誓，这路自从被铺好后就再没人动过，不可能有人进过墓室！"

听了亨德森的反驳，帕廷顿一点也不生气。"你说的我都相信，我的朋友。但是你别胡思乱想好吗，我的要求仅此而已。如果偷尸体的人不是从入口进来的，那么墓室或许还有其他入口。"

马克沉吟道："墙壁都是花岗岩。屋顶是花岗岩，地面也是花岗岩。"他跺了跺脚，"墓室没有其他入口，整座墓室都是用花岗岩建成的。你的意思是，墓室或许有秘密通道，或是什么类似的东西？那我们可以找一找，但我十分确定没有。"

"我想问一下，"帕廷顿道，"那你觉得这事该怎么解释？难道你认为你的迈尔斯伯伯自己爬出棺材，从墓室跑了？"

"你们说，"心急的亨德森畏畏缩缩地问道，"会不会有人把迈尔斯先生的遗体放进其他棺材里去了？"

"我觉得那不太可能，"帕廷顿道，"因为这还是无法回答你刚才提出的问题：人是怎么进来，又怎么出去的。"帕廷顿想了想，又说："当然了，除非是在棺材被放进壁龛之后，有人趁墓室没封死，找机会偷走了尸体。"

马克摇摇头道："那肯定不可能。举行下葬仪式时，牧师就是在墓室里念了'尘归尘，土归土'的悼词，当时他身边围了一大群人。之后，大家都从台阶走出去了。"

"最后离开墓室的人是谁？"

"是我，"马克面带嘲讽道，"我得留下吹灭蜡烛，然后把放蜡烛的铁烛台收好。当时圣彼得教堂的牧师就在台阶上等我，整个过程只用了一分钟，我可以向你保证，我和牧师可没做什么见不得人的事。"

"我不是那个意思，我是说等你们所有人都出了墓室之后。"

"所有人一出来，亨德森和他的助手就开始动手封死墓室。当然，你也许会怀疑他们搞了鬼，但当时一直有人瞧着他们干活。"

"好吧，如果这也排除了，那我的猜测就无法成立了。"帕廷顿耸耸肩嘟囔道，"但马克，别觉得这是一个疯狂的恶作剧。出于某个该死的原因，有人把尸体偷走处理了，或藏起来了。你难道没瞧出这里的问题吗？这是在我们今晚行动之前先发制人。就我来说，我现在已经确定，你伯伯肯定是被毒死的。现在除非找到尸体，否则凶手就可以高枕无忧了。你们的家庭医生已经断定你伯伯是自然死亡。尸体现在又不翼而飞了。你是个律师，你应该清楚，这件案子需要犯罪物证。尸体没了，如何证明你伯伯不是自然死亡？你有强大的辅助性证据，没错，但足够充分吗？你在牛奶、鸡蛋和红酒的混合物残渣里发现了两格令砒霜，在你伯伯房间里发现了装有残渣的杯子。好，那又怎么样？有人瞧见你伯伯吃了吗？谁能证明他确实吃了，或者这东西和他的死有关系吗？如果你伯伯觉得吃的东西不对劲，他难道不会亲口说吗？恰恰相反，就目前掌握的情况来说，我们只能确定你伯伯喝了牛奶，而你检验过牛奶，牛奶没问题。”

“您自己真该去做律师。”亨德森不悦道。

帕廷顿转过身道：“我说这些只是想让你们明白下毒的人为什么偷走尸体。我们必须搞清楚凶手是如何做到的。现在，我们手上只有一口空棺材——”

“也不完全是空的。”史蒂文斯道。

史蒂文斯刚才一直使劲盯着棺材瞧，太过专注以至于差点忽视了一件东西。现在，被绸缎衬里的光芒所掩藏的某样东西呈现在他眼前。那东西位于棺材一侧，大致在本应在此长眠的死者的右手处。他弯腰把东西拿了起来，给大家看。那是一根普通包装用绳，大约一英尺长，等距系着九个绳结。

　　一小时后，四人跌跌撞撞沿台阶出了墓室，重新呼吸到了新鲜空气。现在，他们已经确定了两件事：

　　一、墓室里没有秘密通道，也没有其他出入口。

　　二、尸体已然不在墓室里，并没藏在其他棺材中。

　　他们把下层所有的棺材全都往外拉出一定距离，挨个查了一遍。虽然不可能一一开棺检查，但厚厚的积灰、斑斑铁锈和紧锁的棺材盖板足以说明这些棺材自被放进来后就再没被动过。帕廷顿又喝了一小杯威士忌，最终放弃寻找回主宅了。不肯罢休的亨德森和史蒂文斯则取来梯子，爬到高处检查了最上层德斯帕德家族祖先们的安息之地；对这种大逆不道的事，马克深感惶恐，拒绝帮忙。但是，高层壁龛里的所有东西几乎一触即碎，这更说明上面也无法藏尸。最后，马克甚至把大花瓶里的花都拿出来，将花瓶放倒，也一无所获。至此，他们已彻底检查了墓室的每个角落，所以可以确定尸体不在墓室里。而他们所处的又是一个花岗岩石室，所以另一种可能也被排除了。即使退一万步讲，真有人以不为人知的方式溜进墓室，像蝙蝠一样悬在成排的棺材上方，然后把尸体从棺材里搬出来——这画面想必连富塞利[1]和戈雅[2]都会觉得毛骨悚然吧——然后呢，出于某种无法解释的原因，他试着把尸体放在别的地方，但问题还是墓室里实在找不出藏尸之处了。

一番折腾之后，时间已接近凌晨 1 点，墓室里所有人的鼻子和肺都忍耐到了极限。跌跌撞撞一出墓室，亨德森便一头扎进路旁的树林里，史蒂文斯听到那边传出强烈干呕的声音。他们回到亨德森家的小石头房子，进了狭小的客厅，打开灯。亨德森擦着额头的冷汗，很快也跟进了屋，然后默不作声地煮浓咖啡。最后，在这个装修花哨的小屋里，四位浑身脏兮兮的掘墓人围坐在桌旁，默默无言地喝着咖啡。壁炉上放着一些镶框照片，照片包围中的钟表显示差十分钟凌晨 1 点。

"打起精神来。"帕廷顿终于开口道，他脸色越来越难看，两眼愈发昏沉，好不容易才点燃香烟，"先生们，有一个问题需要我们解决，一个有趣的难题。我建议趁马克还没胡思乱想，我们先把它搞清楚……"

"该死，你怎么总是管我是怎么想的？"马克高声质问道，"除了这个你还能说点别的吗？你有什么高见我不知道，但你

---

1. 亨利·富塞利（Henry Fuseli，1741—1825），瑞士画家，久居英国。他偏爱超自然主题，其作品明暗对比强烈，富有幻想色彩，充满暧昧不明的隐喻。
2. 弗朗西斯科·何塞·德·戈雅 - 卢西恩特斯（Francisco José de Goya y Lucientes，1746—1828），西班牙浪漫主义画派画家。戈雅的画风奇异多变，对后世的现实主义画派、浪漫主义画派和印象派都有很大影响，他的一些画作以阴暗恐怖而闻名。

之前所说的只是想让大家质疑亲眼见到的事实。"马克不再盯着自己的杯子，抬起头问道："特德，这事你怎么看？"

"我先保留意见。"这是史蒂文斯的心里话。他脑子里正翻来覆去想着玛丽说的那句神秘的话："今晚你们要掘墓，不过我猜，只是猜而已……你们什么也找不到。"不能让人看出自己的反常，他虽然心里有几个令人不快的猜测，却要装作镇定自若。最好让帕廷顿继续他那平淡无奇的推测。此刻史蒂文斯感觉头晕目眩，喉咙也被热咖啡烫得生疼。他故作轻松地身子向后一靠，突然发现衣服侧兜里鼓鼓的。有什么东西？原来是给提灯添油用的漏斗。想起来了，他给第二盏提灯添灯油时，有人让他拿几把镐和锤子，于是他就顺手把漏斗放进兜里了。他的手不自觉地在兜里摆弄着漏斗，突然想起玛丽有一个令人费解的怪癖：瞧不得漏斗这种极为平常的东西。为什么会这样？总得有个理由吧？他听说过有人讨厌猫，讨厌某种花，或者讨厌某类珠宝，可从没听说过谁害怕漏斗……这就像怕看见烤箱，或不愿意待在有台球桌的房间里一样，没有任何道理。

史蒂文斯脑中想着这些，嘴里却说道："医生，你有什么推论吗？"

"如果你不介意的话，我想纠正一下，我现在已经不是医生了。"帕廷顿认真地瞧着自己手中的雪茄道，"我觉得这不过又是老一套的密室谜题，只是更难罢了。这次要搞清楚的不仅是凶手如何神不知鬼不觉地进出上锁的房间，因为这房间不只上锁这么简单。想从这儿进出简直难上加难，毕竟这是一个完全由花岗岩建成的地下墓室，没有窗户，封闭入口的也不是门，而是一块重约半吨的条石；墓室上面是六英寸厚的碎石和泥土，以及水泥铺成的路面，而且有人发誓路面没被动过。"

"我发誓，"亨德森道，"肯定没人动过。"

"很好，那现在不仅要搞清这人如何进出墓室，还要解释尸体是如何从墓室神奇消失的。这真是绝了……关于密室的常见诡计我们差不多都知道，"帕廷顿不自信地对大家笑了笑，"起码可以试着通过排除法找出答案。现在共有四种，也只有四种可能。经过对墓室的彻底检查，我们已经排除了其中的两种可能。首先，墓室没有秘密通道；其次，尸体也不在墓室内。大家同意吗？"

"同意。"马克道。

"那就只剩下另外两种可能了。第一种可能，虽然亨德森先生说没发现任何异常，而且他和妻子的住处距离墓室只有二十英尺，但确实有人设法在夜里进了墓室，之后又神奇地把一切复原了。"

亨德森对这种假设颇感不屑，甚至懒得回应。他转身坐在嘎吱作响的高靠背柳条摇椅上，双臂抱胸，有节奏地用力摇晃，以至于椅子甚至开始移动了。

"嗯，我自己也认为这不太可能。"帕廷顿坦然承认道，"那么，就只剩下唯一的可能了：尸体根本就没被放进墓室。"

"哈，"马克用手指敲敲桌子，补充道，"我觉得这也不可能。"

"我也觉得这不可能。"亨德森附和道，"帕廷顿先生，我并不想总插嘴，显得不管您说什么，我都跟您作对似的，但我得告诉您，这是您作出的最荒唐的推论。我这么说可不是无凭无据的，如果您认为迈尔斯先生的尸体没被放进那地方，那就是说殡葬承办人和他的助手搞了鬼。但说实话，帕廷顿先生，您心里清楚这是不可能的，是不是？我来跟您说说当时的情况，殡葬人员忙活时，伊迪丝小姐要我守在旁边，一直守着迈尔斯先生的尸体，怕有什么需要我帮忙的。我也如实照办了。"

"您应该知道，现在下葬已经不像从前那样，把遗体放进棺材，让人们在客厅里围棺材绕一圈瞻仰遗容。他们就在床上对尸体进行防腐处理，待时间一到，就把尸体放进棺材，封棺，然后由抬棺者抬走下葬。明白了吗？迈尔斯先生下葬也是这个流程。殡葬承办人把迈尔斯先生的尸体放进棺材时，我就在房间里瞧着……我按照伊迪丝小姐的指示，几乎没离开过。葬礼前一晚，我和我妻子守了一夜……嗯，他们把迈尔斯先生的遗体放进棺材，拧上螺栓，封好棺材盖板，随后由进来的抬棺人接手，直接将棺材抬进了那地方，我一直在后面跟着，然后，"为突出葬礼的体面，亨德森急切地补充道，"抬棺材的人里有法官、律师和医生，您绝不会认为他们在搞鬼吧？"

"他们直接把棺材抬下楼，来到后院，经过这儿，就是我们现在所在的位置，然后直接进了那地方。"亨德森用手指着墓室的方向道，"不下去的人就围在入口，听牧师祷告。等进了那地方的人从那里出来，下葬仪式就结束了。紧接着我的助手巴里和麦凯尔斯，同小伙子汤姆·罗宾森一起重新封死了入口。我回家换了一下衣服，然后马上出来指挥他们干活。就是这样。"

摇椅像要提示讲话结束似的，发出嘎吱一声响，然后转向了放着盆栽的老式收音机，摇晃的力度慢慢缓和了下来。

"该死！"帕廷顿叫道，"这也不对，那也不对，肯定有一个是对的！你们总不会相信有鬼吧，啊？"

摇椅的嘎吱声渐归沉寂。"上帝在上，"亨德森缓缓道，"我想我相信。"

"真是荒唐！"

亨德森双臂依旧抱胸，皱眉盯着桌子。

"不过，您注意，"亨德森道，"我不在乎这世上到底有没有鬼。如果您想说的是鬼很可怕，那我要说我不怕鬼，哪怕此刻有鬼走进这个房间，我也不怕。我不迷信，迷信的人才怕鬼。"他想了想，又说道："您知道吗，我一直记得四十年前，我老家宾夕法尼亚州那个老巴林杰曾对我说过的话。老巴林杰应该至少九十岁了，他总戴着一顶优雅的高顶礼帽。你每天都能见到他，他像其他人一样在花园里除草，在房子周围忙这忙那。有一天，所有人都被这个老头吓了一跳，九十多岁的他穿着衬衫，戴着高顶礼帽，竟然在他家的斜屋顶上修瓦片，屋顶离地足有六十多英尺高。他家房后有一块废弃很久、无人在意的旧墓地。每当巴林杰先生想铺地窖，他就翻过栅栏，从墓地里取几块墓碑。没错，先生们，他就是这么干的。

"记得有次我经过他家后院，碰见他正在挖墓碑，就问他：'巴林杰先生，您这么做难道不怕出事吗？'巴林杰先生倚着铁锹，向后吐了一口嚼烟草时流的口水，说：'乔，我一点儿也不怕死人，你也不要怕，倒是那些活着的混蛋才需要我们小心提防。'是的，先生们，他当时就是这么说的，我一直记得清清楚楚。他说'那些活着的混蛋才需要我们小心提防'。没错，先生们，死人伤害不了你们。起码死人伤害不到我，我是这么想的。至于到底有没有鬼，有天晚上我听收音机里说，莎士比亚曾说过——"

马克没打断亨德森，而是好奇地瞧着他。亨德森缓缓摇着摇椅，眼睛直勾勾盯着桌边，一脸茫然。不管他觉得死人和活人哪个更危险，他显然已经被吓破了胆。

"有件事我想问你，"马克飞快问道，"你妻子跟你说过她跟我讲的那件事吗？"

"您是说在迈尔斯先生过世的那个晚上，他房间里有个女人的事？"亨德森问道，眼睛依然盯着桌边。

"是的。"

亨德森想了一下，承认道："是的，她跟我讲了。"

"之前我说过，"马克转身瞧着另外两人道，"这件事我先不告诉你们，怕你们听了不相信我。现在我可以告诉你们了，因为连我自己都被搞糊涂了，不知道该相信什么，不该相信什么了。"

"首先，我之前说的有一点非常关键，那就是亨德森夫人离开庄园一周，直到我们出发去化装舞会时，她才回来。也就是说，她不知道露西和伊迪丝那天的打扮……等等！"马克转头瞧着亨德森道，"除非你跟她讲过。你妻子那天回来后，你跟她描述过露西和伊迪丝穿什么衣服吗？"

"我？我没有，"亨德森大声道，"我自己都不清楚她们穿的是什么。我只知道是漂亮衣服。漂亮衣服就是漂亮衣服，对我来说看着都一个样。没有，我什么也没说。"

马克点点头。

"我现在就把亨德森夫人告诉我的讲给你们听。那天晚上，也就是星期三的晚上，大概在晚上9点45分，亨德森夫人从火车站返回了庄园。她先在主宅巡视了一圈，检查房子里是否井井有条。一切正常。她敲过迈尔斯伯伯的门，迈尔斯伯伯虽没开门，但隔着门答应了。亨德森夫人也跟伊迪丝一样，有点担心迈尔斯伯伯。亨德森夫人住在主宅后院，就是我们现在所在的这个房子，除非迈尔斯伯伯打开窗户大喊，否则她根本听不到主宅的动静。于是，亨德森夫人跟伊迪丝想得一样，打算上楼坐在走廊里，或至少待在楼下。可迈尔斯伯伯不同意，而且显然有些恼火，嘴里念叨着'你们把我当什么，不能自理的病号吗？我一直跟你们说，我好着呢。回你自己该待的地方去'之类的话。亨德森夫人听了十分惊讶，因为迈尔斯伯伯通常都彬彬有礼得近乎滑稽。亨德森夫人只好答应他：'那好吧，那我晚上11点再来瞧瞧您。'

"晚上11点，她又回主宅去瞧迈尔斯伯伯，结果就碰到了她跟我讲的事。

"过去的整整一年里，每个星期三晚上11点，亨德森夫人都会准时收听一档广播节目，从这节目开播起就从没间断过。那节目叫——"提起这个节目，马克的语气里满是嘲讽和厌烦，似乎一点也不觉得那节目有趣，"叫《英格尔福德的舒心甜歌时刻》，实际上就是播放半小时的轻松歌曲，给舒心糖浆打打广告。"

亨德森眨了眨眼，听马克这么说，他显然大吃一惊。"那可是很好听的音乐，"亨德森热切地说道，"非常好听，您别忘了，它们听起来让人觉得内心平静。"亨德森瞧着其他人，"马克先生其实是想说，我这儿有个收音机，收音机是好的。可最近连着几星期都收不到广播节目，于是我妻子就想能不能把收音机拿到主宅去，她想在那儿听《英格尔福德的舒心甜歌时刻》。"

"是的，这正是我想说的。"马克道，"另外，我着重强调那个广播节目是想说——嗯，节目没有什么涉及暗黑世界的内容，一切都正常。你们明白吗？假设黑暗邪恶力量真的可以轻松进入我们的生活，通过《英格尔福德的舒心甜歌时刻》这样平淡无奇的广播影响我们……那这种力量一定是又强大又可怕。我们人类聚集在城市之中，夜里亮起万家灯火，如同点点篝火。我们可以让大洋彼岸的声音漂洋过海为我们歌唱，驱散我们心中的孤独。我们过上了温暖舒适的生活，再不必于漆黑的夜里在荒地中踽踽独行。但假如你，特德，在你的纽约公寓里；而你，帕廷顿，在你的伦敦公寓里；或者说某人在世界某处的家里——当你夜里回到家，打开普普通通的门，突然听到来自另外一个世界的声音，我想你肯定不敢去瞧伞架背后，或者到地窖里给炉子加煤，因为你会害怕有什么东西爬出来。"

"大家听到了吧,"帕廷顿斩钉截铁道,"这就是之前我为什么说马克喜欢胡思乱想。"

"是的,你说得对。"马克咧嘴一笑,点点头,然后深吸了一口气道,"好了,那我们言归正传。亨德森夫人急匆匆跑上楼,不想错过晚上 11 点的广播节目。有一点需要说明,收音机被放在二楼阳台。更多细节我先不说,因为之后要讲。你们只需知道阳台一端有一扇通往迈尔斯伯伯房间的玻璃门。我们总问迈尔斯伯伯为什么不把阳台改成他的个人专用阳台,因为那阳台我们几乎不用,可不知为何,他就是不喜欢那样。他给玻璃门挂上了厚厚的帘子。那只是一个普普通通的阳台,与主宅的其他地方相比,看起来要现代一点,装修都是现代风格:柳条编织的家具、色彩明亮的桌椅套,还有绿植等等。

"亨德森夫人上了楼,担心自己赶不上收听广播,所以在迈尔斯伯伯门外没多逗留,只敲了敲门,问了声:'您还好吗?'听到迈尔斯伯伯回答'好,都好'之后,她就继续走过走廊,转弯进了阳台。我要说明一下,迈尔斯伯伯不反对听收音机,出于某种他自己才知道的古怪原因,他常说他也喜欢听,所以亨德森夫人没有任何顾虑。亨德森夫人打开阳台的落地灯,坐了下来。灯与迈尔斯伯伯那扇玻璃门相对,在阳台离玻璃门最远的那一端。收音机刚开始工作时发出滋滋滋的电流声,就是在这时,亨德森夫人听到迈尔斯伯伯房间里有女人说话的声音。

"亨德森夫人吓了一大跳。她知道只要可以避免,迈尔斯伯伯就不会让别人进他的房间,而且也知道主宅里当时没有其他人,或者说其他人本应该都出去了。一开始她怀疑(这是第二天早上她告诉我的）那女人是家里的女佣玛格丽特。亨德森夫人知道迈尔斯伯伯是个老浪子，玛格丽特也颇有几分姿色，她还注意到迈尔斯伯伯总时不时偷瞧玛格丽特。迈尔斯伯伯不让别人进他的房间，但玛格丽特有时是个例外。（护士科比特小姐倒可以进去，但那是出于照顾病人的需要，而且她算不上漂亮，也是个本分人。）亨德森夫人坐在阳台上，看着收音机的指示灯慢慢亮起，节目就要开始时，她恍然大悟，明白迈尔斯伯伯今天脾气为何如此古怪了，难怪他执意不让任何人陪，连听到她敲门脾气都那么大。亨德森夫人——不喜欢这样。"

在说出最后几个字前，马克犹豫了一下，目光锐利地瞥了眼亨德森，亨德森看上去有些坐立不安。

"于是，亨德森夫人站起身，尽可能悄无声息地偷偷走到玻璃门前。房间里的女人还在讲话，声音很小，再加上开着收音机，亨德森夫人听不清女人在说什么。这时，她发现自己可以瞧见屋里面。玻璃门上虽然拉着厚厚的棕色天鹅绒帘子，可帘子拉得有点歪。在门最左侧偏高的位置，帘子鼓出来的地方露出了一条小缝，门的右下角也有一条缝隙。如果眯着眼用力向里瞧，可以通过这两条小缝看见屋里的情况。亨德森夫人先透过左上方的缝隙瞧了瞧，然后又从右下方的缝隙向里窥探。阳台上除了最远处那一盏落地灯，再没有其他灯，所以她不担心屋里的人发现有人偷窥……亨德森夫人原本担心房间里正在上演什么见不得人的勾当，一瞧发现并没有男女偷情的风流事，于是她终于松了一口气。可她又有点失望，而且渐渐感觉眼前的景象好像透着诡异……

"透过左边缝隙向里看，看到的是与玻璃门正对的墙，但只能瞧见墙上方的情况。那面墙是房子的后墙，上面开有两扇窗户。窗户中间摆着一把古怪的巴洛克风格的高靠背木椅，墙上镶着胡桃木的镶板，挂着迈尔斯伯伯喜欢的让 - 巴蒂斯特·格勒兹[1]所作的肖像画。亨德森夫人瞧见了椅子，那幅画也瞧得清清楚楚，但瞧不见人。于是她又从右边的缝隙向里瞧。

"这次她瞧见了迈尔斯伯伯和另外一个人。房间中那张床的床头靠着她右手边的墙，她可以瞧见床的侧面。房间里唯一的光线来自床头上方那盏昏暗的灯。迈尔斯伯伯穿着睡衣坐在床上，腿上扣着一本打开的书，眼睛直勾勾盯着亨德森夫人所在的方向——但他瞧的不是她。

"面对迈尔斯伯伯，背对玻璃门，站着一个小个子女人。我已经说过，房间里灯光昏暗，亨德森夫人只能瞧见那个女人背光的身影。那女人站着，看上去黑乎乎一团，奇怪的是她似乎一直都没动。从亨德森夫人所在的地方望过去，女人的衣饰看得一清二楚。亨德森夫人对我说得很简单：'你知道吗，那女人穿得就跟画廊里画上的那女人一模一样……'她说的画上的女人指的是布兰维利耶侯爵夫人，她不愿直说那个女人的名字，就像你——"马克瞧着亨德森道，"你从来不说'墓室'，只用'那地方'代替。

---

1. 让 - 巴蒂斯特·格勒兹（Jean-Baptiste Greuze，1725—1805），法国画家，擅长创作风俗画和肖像画。

"现在回想起来，有一点我搞不懂，亨德森夫人当时的反应很奇怪。她知道那天晚上露西和伊迪丝要去参加化装舞会，虽然不知道两人穿什么，但应该会下意识地将房间里的女人当作露西或伊迪丝。可她却告诉我，她当时并没那么想，而是事后才想到那女人可能是露西或伊迪丝。这里我要强调一下，亨德森夫人当时也不觉得有多奇怪，只是隐约觉得不知道为什么，眼前的一幕好像'有哪里很不对头'，当我追问哪里不对时，她说可能是迈尔斯伯伯的神情。因为在昏暗的灯光下，迈尔斯伯伯靠坐在床上，看上去一脸惊恐。"

　　马克停下了讲述。透过打开的窗户，他们听到外面的树叶正沙沙作响。

　　"天啊，伙计，"史蒂文斯尽量压低声音道，"那女人长什么样？除了衣服之外，亨德森夫人就没看见其他什么吗？比如，那女人头发的颜色是金色还是深褐色？"

　　"你看，就这么多了。亨德森夫人也看不清头发的颜色，"马克语气平静，双手交握放在胸前道，"那女人头上好像罩着一件像薄纱的东西，不是盖在脸上，而是罩在头发上，垂到了后背……那东西不是很长，只垂到了粘有碎钻的裙子的后背部，那裙子是中等长度的。亨德森夫人的原话是，她觉得'有哪里很不对头'。那东西看起来不像头巾，更像是围巾系错了地方。根据亨德森夫人所说的判断，这些都是她当时下意识的想法。她还觉得那女人的脖子有点奇怪。这里我要说明一下，这点是亨德森夫人想了几天才想明白，然后告诉我的。

　　"她说，那女人的脖子好像断了。"

　　史蒂文斯心中一凛，房间中的一切似乎都在他眼前变得格外清晰：贴着壁纸的昏暗房间、想必是宅主人用过的曾经很气派而现在接缝处却脏兮兮的皮革家具、很多幅家庭照片、他们正在用的咖啡杯，以及桌上放着的一堆园艺目录单。此外，马克那干净的脸颊、鹰钩鼻、淡蓝色眼睛和浅黄褐色的连心眉也愈发清晰起来。微风吹拂着蕾丝窗帘。多么好的天气。

　　他还注意到亨德森已吓得面如土色，摇椅几乎快撞到收音机上了。

　　"我的上帝啊，"亨德森悄声嘀咕道，"她可没跟我说过这个。"

　　"没错，她肯定没说过。"帕廷顿恶狠狠道，"马克，为了你好，我真该给你下巴上来一拳。行行好，再别说这种讨人厌的荒唐的屁话——"

　　"如果要打我，你自己可得小心。"马克语气柔和，看起来并没有那么紧张不安。他面色平静，困惑中透着一丝疲倦道："也许我说的是屁话，帕廷顿。事实上，我自己也觉得这听起来很荒唐。但我只是转述我听到的，并尽可能如实还原，不掺杂任何个人感情。因为无论如何，我必须搞明白……我可以继续讲了吗？如果你们还想听，那我就把我知道的都讲出来？"

"当然，这样最好，全说出来。"帕廷顿又坐下道，"但有件事你说得没错，如果今天晚上你先把这些说出来，我们会不会帮你还真不好说。"

"我早就料到了。为了避免误解，我得再强调一下，亨德森夫人，或者说我，当时并不觉得这事有多古怪，也没现在这么惊讶。我的意思是，事情不止于此，后面还有发展。你们可能会说，那个神秘女人的穿着打扮和我妻子露西一样，这事一旦惊动警察，他们就只会作出一种推测，所以我是在编故事替她开脱。是的，你们可以这么说，但我觉得你们自己都不会相信。

"我说了，亨德森夫人瞧见迈尔斯伯伯房间里有个女人，个子不高，她以为不是露西就是伊迪丝。当时她除了隐约觉得哪里不对之外，并没多想，回头继续听她的收音机去了。毕竟她也不能敲着玻璃门，大声对里面喊：'是你吗，德斯帕德夫人？'那不就暴露了自己在偷窥嘛。总之，我觉得她并没有被轻松的音乐完全抚慰，因为过了一刻钟，等收音机插播舒心糖浆广告时，她又回到玻璃门前，从帘子右侧的缝隙向里瞧。

"那个穿着打扮像布兰维利耶侯爵夫人的女人动了，没错，但似乎只向床移动了六英寸，然后就又一动不动了；她好像一直在向前走，只是走得太慢，所以瞧不出身体在动。另外，她还略微向右侧着身，亨德森夫人瞧见她右手拿着一个杯子（应该就是之后我在衣柜里发现的那个杯子）。不过，亨德森夫人瞧见迈尔斯伯伯不再恐惧，就放心了些。据她说，迈尔斯伯伯这时脸上没有任何表情。

"这时，亨德森夫人突然想咳嗽，差点没忍住，这也是没办法的事。她赶紧跑回阳台中间，尽可能压低声音咳出来。等她返回玻璃门外继续向里瞧时，那女人已经不见了。

"迈尔斯伯伯依然坐在床上，脑袋倚着床头板，左手拿着杯子，右臂抬起，用胳膊肘挡住眼睛，那个女人却不见了。

"亨德森夫人一下子慌了神，她使劲向里瞧，可缝隙太小，什么也瞧不见。于是她飞快转到左侧的缝隙，想碰碰运气……

"在正对亨德森夫人的那面墙上，开有两扇窗户。我之前跟你们说过，这面墙上（曾经）有一道门。这门在两百多年前就已经被砖砌死，外面还镶了木条镶板，不过墙上还能瞧到门框的痕迹。门位于两扇窗户中间，以前可通往主宅的其他房间，但那部分建筑早已——被烧毁了。"说到这儿，马克犹豫了一下，"那部分房子被烧毁之后，门就被砌死了。我们可以试着推断一下，墙上说不定有连我也不知道用途的秘密通道。但我检查过了，没找到任何秘密通道，在我看来，墙上只有那道被砖砌死的门。

"但亨德森夫人一口咬定自己没看错，看到的也不是障眼法一类的花招。她瞧见墙上格勒兹的肖像画还挂在原来那道门所在位置的中间，墙边的陈设亨德森夫人都能看见，她甚至瞧见迈尔斯伯伯的衣服整齐地挂在高背椅子上……但是，墙上的门打开了，跟布兰维利耶侯爵夫人装束相同的女人走进那道门，然后消失得无影无踪。

"门是向外打开的，格勒兹的画也随着门一起转动。当门打开到能触到椅子靠背的时候，女人就顺着门溜了出去。之前，亨德森夫人还觉得那女人一动不动有点吓人，可现在那个女人真的动了——或者说是飘了——也同样吓人。亨德森夫人被吓了个半死，这情有可原，我不怪她。我试着问她关于那道门的一些细节，比如说，她有没有看到门把手？这很关键，因为如果真有一道密门，门上有把手就意味着墙里藏有类似弹簧的装置，可亨德森夫人记不清了。她还是没瞧见女人的脸，门就那么关上了。按照她的说法，墙当时立刻恢复了原样，又变回原来那堵严丝合缝的墙。

"亨德森夫人回到收音机前，第一次没等节目结束就把收音机关掉了。她坐下试图理清刚才到底发生了什么。最后，她鼓起勇气走到迈尔斯伯伯门前，敲敲门，问道：'我听完收音机了，您有什么需要的吗？'她听到迈尔斯伯伯回答时语气平静，至少没有生气：'我什么也不需要，谢谢。下楼去睡会儿吧，你一定累了。'亨德森夫人双手攥拳，壮起胆子问：'您房间里有人吗？我刚才听到有其他人的声音。'迈尔斯伯伯哈哈大笑道：'你一定在做梦吧。房间里就我一个人。快去睡吧！'可亨德森夫人觉得迈尔斯伯伯的声音在颤抖。

"说实话，亨德森夫人那时已怕得不敢再留在主宅了，她跑下楼，一溜烟回到这儿。剩下的事你们就都知道了。凌晨2

点 30 分，我们发现迈尔斯伯伯快不行了，然后我注意到银杯有问题。亨德森夫人第二天早上才把她看到的事情偷偷告诉我，说的时候还心有余悸。当听说露西那天晚上穿的就是那套衣服时，她有点不知所措。但别忘了，她还不知道迈尔斯伯伯是被毒死的。现在，本该在棺材里的迈尔斯伯伯的尸体也凭空消失了，这也说明我和她都没疯。我之前说过，那面墙上没准有一道密门，可问题是那面墙是主宅的后墙，上面还有窗户，所以除非密门连着密道或墙体里有夹层，不然即使有密门，又能通到哪里呢？最后，起码有一点我可以确定：地下墓室肯定没有密道。信不信是你的事，帕廷顿，我已经尽我所能保持客观了。你觉得怎么样？"

又一次，所有人一言不发。

"我妻子也是这么跟我说的，没错。"烦闷地摇着摇椅的亨德森主动开了口，"上帝啊，葬礼前那晚，我和我妻子给迈尔斯先生守灵时她告诉我的，我们还发生了争执！她这么一说，吓得我差点儿产生幻觉。"

"特德，"马克突然开口问道，"你一晚上怎么这么安静？怎么了？坐在那儿像个闷葫芦。只有你还没发表过意见。你对这事怎么看？"

史蒂文斯闻言强打精神，心里则暗暗盘算着，现在最好装作感兴趣，来一番推论，哪怕只是为了不露声色地探听到某个他必须知道的信息。他掏出烟袋，用手腕擦了擦烟斗。

"既然你问了，"史蒂文斯道，"那我们就用帕廷顿的方法，推敲一下各种可能性。如果我像警察可能做的那样，先假设露西是凶手，你可以接受吗？你知道的，我绝不相信露西是凶手，就像我绝不认为——打个比方——我妻子玛丽会是凶手。"史蒂文斯低声轻笑，马克点点头，这个比喻好像让他放松了些。

"哦，没关系的，你尽管说吧。"

"第一种可能，露西用银杯给老迈尔斯下了毒，然后从密门，或是从我们现在还搞不清楚的机关离开了房间。另外一种可能，有人假扮露西，她知道露西那天晚上的打扮，所以特意在门帘上留了缝隙，引诱亨德森夫人偷窥自己的背影，从而让亨德森夫人以为自己看到是露西——"

"哈！"马克赞道，"你分析得不错！"

"第三种，也是最后一种可能，这件事其实很……我不想说灵异，因为人们总是不好意思这么说……但总之是关于永生一族，是超脱人力的事，涉及世界的另一面。"

帕廷顿的一只手砰的一声砸在桌上，质问道："你不会也信这套鬼话吧？"

"谁又说得清呢？我和马克想得一样，我们应该把所有可能，包括自己不认可的想法，全都考虑在内，直到推翻假设。换句话说，不能因为证据导向了我们认为荒谬的结果，就将实实在在的证据排除在外。只要证据确实存在，可以被我们感知、觉察、把握，那我们就该一视同仁。既然我们可以假设亨德森夫人看到的是露西（或伊迪丝，或我们认识的任何其他女人）把装有毒药的杯子递给了老迈尔斯，那我们也同样可以假设递给他杯子的是一个死了两百多年的女人，我们应该不偏不倚地对待实际证据，至少要公平地对待露西，承认这两种可能同样令人难以置信。单从目前掌握的证据来看，这场谋杀实际上更像一起灵异事件。"

帕廷顿饶有兴趣地打量着史蒂文斯。"哈，你说得跟真事似的，学术性诡辩？我觉得我现在应该把脚架到桌子上，然后来杯啤酒。你继续说吧。"

"首先是第一种可能。"史蒂文斯继续着自己的分析。他叼着烟斗，心中清楚不能冒失，把不该说的说出去。现在箭在弦上，已容不得他不发，他努力稳住声音道："假如说露西是凶手，可她有完美的不在场证据。她整晚都和你在一起，是不是？"

"是的，差不多吧。她几乎一直和我，或是和其他可以作证的人在一起。"马克强调道，"换句话说，她如果离开过，我肯定会知道的。"

"可当时你们不都戴着面具吗？"

"当然，化装舞会就是为了让大家猜不出谁是谁——"马克突然怔住，淡蓝色的眼珠不动了。

"你们是什么时候摘下面具的？"

"老规矩，零点大家就把面具都摘了。"

"而下毒的时间，如果真有人下毒的话，"史蒂文斯用烟斗柄在空中比画了几下，"是在 11 点 15 分。凶手完全可以在四十五分钟之内从庄园返回圣戴维斯化装舞会，然后在零点摘下面具。那么侦探小说里的警察就要问自己了：'假如在摘下面具前，她的丈夫和舞会的宾客们看到的不是露西·德斯帕德，而是穿着布兰维利耶侯爵夫人同款衣服，假冒露西的人呢？'"

马克坐在椅子上一动未动，回应道："你刚问我能否接受露西是嫌疑人的假设，我可以接受。可该死的，你竟然认为我妻子一戴上面具，我就认不出她来了？以为别人也认不出来？我们戴的只是半遮脸的面具，那面具连朋友都糊弄不过去。你觉得……"

"我当然觉得你能认出来，"史蒂文斯急切且真诚地说道，"其他人也一样，这正是可以证明露西清白的铁证。所以，你有十几个人证。我现在只是单纯列出事实，用最坏的假设来反证露西的清白，放下你的担心，你就会看清这一点。别轻易被假象蒙蔽，这世上有些假象确实很难被识破。另外——"史蒂文斯脑海中突然蹦出一个方法，要是能用这个方法蒙混过关，那就既不会把怀疑指向任何人，又能让此事尘埃落定，这正是他所希望的结果，"另外，除了刚才所说的几种可能，我们还忽略了另一种可能：也许根本没有谋杀？也许那个女人，不管她是鬼还是人，其实和老迈尔斯的死无关，而老迈尔斯只是医生认定的自然死亡呢？"

帕廷顿一直揉着下巴，若有所思地打量着史蒂文斯；现在他挪动了一下身体，皱着眉头，仿佛是因为觉得史蒂文斯的这种说法过于荒唐，所以和史蒂文斯半开起了玩笑。

"我觉得如果真是这样就好了，"帕廷顿道，"我想大家心里都是这么想的吧。这样可就简单多了。可是——地下墓室里的尸体凭空消失，这事该怎么解释？这可比幻觉真实太多了。另外，还有那个拿着砒霜的女人，警察可不会觉得这是一个无所谓的鬼故事，或一场无聊的化装舞会闹剧。"

"这事绝不能让警察知道！"马克厉声道，"特德，你继续说说第二种可能——可能有人假冒露西。"

"这需要你来回答。谁会假冒露西呢？"

"要是假设的话，谁都有可能。"马克手敲桌子，强调道，"如果只是假设，我们这些普普通通、心地善良的人都可能做出这种事——谁都有可能。天啊，这正是我最无法忍受的。假如说露西有嫌疑，那伊迪丝也有可能，或者说那个女佣玛格丽特，再或者——"马克想了一下，"其实每当我看到谋杀案的新闻，尤其是那种本来头脑正常、恭默守静、生活体面、逢人便脱帽致礼，而且二十年如一日一直交着社会保险的人突然变成杀人碎尸的凶手时，有一点我一直想知道——我不想探究凶手为何会性情大变，但我想知道凶手的家人和朋友对他是怎么看的。他们难道没察觉凶手有任何的变化吗？凶手的转变是由身边的人导致的，还是说凶手连戴帽子的方式都没变，依旧像过去一样喜欢喝仿甲鱼汤，他还是原来的那个人，仅此而已？"

"其实你已经自问自答了，"帕廷顿冷冷道，"人不会认为自己身边的人会杀人。"

"是的，但人不就这样嘛！比如，你认为伊迪丝会杀人吗？"

帕廷顿耸耸肩道："她也许会啊。如果她是凶手，我会帮她掩饰，这不仅因为——可我的生活里已经没有伊迪丝了，我们十年前就断了关系，现在我可以以旁观者的角度，严谨客观地看待这件事。你和露西，伊迪丝和我，或者说史蒂文斯和——"

"和玛丽。"马克替他说了。

史蒂文斯与帕廷顿四目相接，在看似漫不经心的一瞥中，史蒂文斯感觉对方心中充满了不安。

"对的，我不记得她的名字了。"医生满不在乎道，"我想说的是，严谨地说，我们所有人都有可能杀死老迈尔斯。这是一个无须说的事实。"

"你能相信这些推理，"马克慢悠悠嘀咕道，好像正在想与当前无关的什么事，"却不相信任何超自然现象的存在。对我来说，第一种可能更难以接受。至于超自然现象，坦白说我并不了解，对此我持怀疑态度。但有意思的是，比起假设我们中谁是凶手，我更愿意相信是鬼干的。"

"即使我们都不相信鬼怪一说，"史蒂文斯继续道，"我们也要稍微讨论一下这第三种可能。假设这事是'不死之人'做的，我们也要像探讨前两种可能一样，列举一下证据……"

"你为什么用'不死之人'这个词？"马克问道。

史蒂文斯瞧着马克，马克那双明亮的眼睛正饶有兴趣地盯着他。史蒂文斯说话时一直谨慎小心，可没想到会脱口说出这么一个不常见的词。他努力在记忆中搜索这个词的出处……想起来了，这个词出自克罗斯的书稿。书稿的第一章，就是夹着老照片那章的标题是"不死情妇之事"。所以这个词就被记在脑子里了？

"我之所以这么问，"马克道，"是因为我只知道还有一个人也曾用过这个词。有意思。大多数人会用'鬼怪'或'幽灵'之类的词。另外，吸血鬼在神话传说中被称为'永生'一族，用的是'永生'。但你用的是'不死之人'！是的，有意思。除了你，我只听一个人用过'不死之人'这个词。"

"谁？"

"迈尔斯伯伯，奇怪吧？那是很多年前我在和威尔登聊天时，听迈尔斯伯伯说起的。你知道威尔登吧，在大学里教书的那个？没错，那应该是一个星期六的上午，我和威尔登坐在花园里，从花园聊到大帆船，然后就聊到了幽灵，闲聊而已。我记得威尔登当时列举了夜里出没的各种鬼怪。迈尔斯伯伯走过来听了几分钟，一言不发，也不知在想什么，他看着比往常更让人猜不透，然后，他说……那真是很久以前的事了，我现在还记得，是因为迈尔斯伯伯从来不读书，所以突然听到他嘴里冒出那些话感觉很奇怪……他说的大概是：'先生，有一类你忘记说了，那就是"不死之人"。'我问他：'这词是什么意思，活着的不都是不死的吗？威尔登活着，我也活着，可我不认为我是"不死之人"。'迈尔斯伯伯不置可否地瞧着我，含糊其词道：'你怎么知道不是呢？'然后他就走开了。威尔登显然觉得迈尔斯伯伯是在发神经，所以转而谈其他事了。接着谈了什么我已经忘了，但我一直记得'不死之人'这个词！这词到底是什么意思？你是从哪儿知道这个词的？"

"哦，我是在一本书里看到的。"为了转移话题，史蒂文斯吼道，"别再纠结用哪个词了。要是你喜欢，那就用'鬼'吧。你说你们家族的房子里从来没闹过鬼？"

"绝对没有。虽然我对家族的历史有自己的看法，但正如帕廷顿刚才说的，那是因为我是个爱胡思乱想的家伙，甚至能从吃苹果导致的腹绞痛联想到谋杀。"

"那现在发生的这些事，"史蒂文斯质问道，"到底与你们家族神秘的过去有什么联系？比如，和布兰维利耶侯爵夫人有什么关系吗？今晚你说过，你们家族与那个女人有很深的渊源。你还提到那幅肖像画，说画上被酸毁容的女人据说正是布兰维利耶侯爵夫人。伊迪丝似乎不喜欢那幅画，她在露西按照画像做化装舞会的衣服时，更愿意称那个女人为路易十四的情妇蒙特斯潘夫人。亨德森夫人甚至不愿意说出那个女人的名字。一个17世纪的女罪犯和20世纪的德斯帕德家族有什么联系吗？难道说，你们家族的某位祖先，用'德斯普雷斯'这个姓氏的先人，恰好死在她手里？"

"不，"马克道，"两者间的关联说起来其实更体面、守法。我的一位'德斯普雷斯'祖先逮捕了她。"

"逮捕？"

"是的，布兰维利耶侯爵夫人为了逃脱法律的制裁，逃出了巴黎。巴黎方面一直想将她缉拿归案。可她躲到了列日市[1]

---

1. 比利时重要城市，地处欧洲的中心地带。

的修道院里，只要不离开修道院，警察就没法抓她。[1] 而法国政府派出的德斯普雷斯是个聪明人，他想到一个办法。我的这位祖先是个英俊潇洒的小伙子，而布兰维利耶侯爵夫人（你们可能读到过）总抵不住男色的诱惑。德斯普雷斯伪装成牧师进了修道院，迷住了布兰维利耶侯爵夫人，他提议去修道院外的小河边散步。当她兴冲冲地走出修道院，迎接她的却不是想象中的幽会，随着一声呼哨，卫兵一拥而上。几小时之后，她就被关在密闭的马车里，由一队骑兵押送回了巴黎，随后在 1676 年被斩首焚尸。"马克停下讲话，开始卷香烟，"我的这位祖先是个品德高尚的人，他用巧计抓住了罪该万死的女恶魔，但如果你从另外的角度来看，你也可以指责他是背信弃义的犹大。五年之后，这位光荣的德斯普雷斯和克里斯彭一道来到美国，成为德斯帕德庄园的奠基人。这位祖先于 1706 年过世，庄园里的地下墓室就是为他而建的。"

"他是怎么死的？"史蒂文斯像马克一样冷静。

"就大家所知，是自然死亡。唯一蹊跷的是，他临死前似乎在房间里见过一个女人，事后谁也不知道那女人是谁。当时没人觉得奇怪，可能大家认为这是一个巧合。"

帕廷顿笑道："接下来你是不是要告诉我们，你迈尔斯伯伯就住在那位德斯普雷斯祖先原来住的房间里？"

"不是的，"马克面色凝重道，"不过那位祖先住的套间和

---

1. 在笃信宗教的欧洲，修道院属于上帝管辖的神圣领地，世俗权力不能介入。

迈尔斯伯伯住的房间是相通的。大约在1707年，那一侧的房子被火烧毁，从迈尔斯伯伯房间通往德斯普雷斯房间的那道门被砖封死，钉上了木条。"

这时，客厅门口处突然传来响亮的敲门声，随即露西·德斯帕德推门走了进来。

这一记敲门声惊动了亨德森，他坐的摇椅一下子撞到了收音机。其他人也都被这突如其来的敲门声吓得跳了起来，因为此前他们谁也没听见有人来的脚步声。露西·德斯帕德面色苍白，似乎匆忙穿上衣服就赶了过来。

"这么说，他们把墓室打开了，"露西道，"他们把墓室打开了。"

不知所措的马克好不容易缓过神来，迈步上前，伸手示意露西冷静。"没事的，露西，"他安慰道，"没事的。是我们打开了墓室，只是有点——"

"马克，这怎么会没事呢？请告诉我发生了什么。警察呢？"

她的丈夫闻言一怔，其他人也愣住了，这一刻仿佛只有壁炉上的小钟表还在滴答作响，其他一切都定住不动了。片刻之后，史蒂文斯回过神来，听见马克问道："警察？什么警察？你在说什么呢？"

"我们已经尽快赶回来了，"露西的样子近乎可怜，"纽约到这儿有一趟晚间车，我们设法上车赶了过来。伊迪丝随后就到。马克，到底出了什么事？你瞧瞧这个。"

露西打开手包，掏出一封电报递给马克。马克先读了两遍，然后才把内容念给大家听。

纽约东 64 街 31 号

E. R. 莱弗顿女士请转交

马克·德斯帕德夫人收

迈尔斯·德斯帕德之死另有隐情。速回庄园。

费城警局 布伦南

史蒂文斯忘不了露西·德斯帕德站在门口的样子。她握着门把手，身后是高耸林立的榆树，留在路上的提灯还亮着。露西平静、机敏，和善的神情中透着一股力量；人们最先会注意的是她那深色睫毛下，那双闪闪发亮的浅棕色眼睛里透出的机灵，这是她最迷人的面部特征。露西的个子不高，身体健壮，但有种说不清道不明的优雅。她虽称不上是十分漂亮的美人，但胜在表情动人，充满活力。此刻，露西的脸色苍白如纸，脸上的雀斑因此愈发显眼。她身着素色定制套装，低调中彰显着时尚，浑身上下只有紧紧戴在头上的素色帽子有一丝亮色，黑色的头发低垂，遮住了耳朵。

露西就这样站在门口，马克再次读了一遍电报。

"这是谁开的玩笑？"史蒂文斯道，"电报是假的。没有哪个警察会像家庭律师一样，给你发这么客气的电报让你回家。警察会给纽约警察局打电话，派警员上门找你——马克，这电报绝对有问题。"

"这还用说？"焦躁不安的马克在房间里来回踱着步，"没错，无论如何，这肯定不是警察发的。看看，电报是7点

35分在市场街西联邮局办公室投递的。可知道这个也没什么用……"

"可是到底出什么事了？"露西哭道，"地下墓室被打开了。警察呢？他们怎么没——"露西的目光掠过马克，突然定住了，"汤姆·帕廷顿！"露西一脸错愕。

"你好，露西。"帕廷顿自然地打着招呼，从壁炉旁迈步上前，露西下意识地伸出手。帕廷顿道："好久不见了，是不是？"

"是的，汤姆。你怎么会在这儿？我还以为你在英国。你没怎么变。真的，几乎还是老样子。"

帕廷顿与露西客套了一番，似乎他去英国时，露西和马克还没结婚。"只短暂逗留几天，"帕廷顿解释道，"今天下午刚到。都十年了，我想你们不介意让我暂住几天吧……"

"当然不介意！我们——"露西再次下意识地瞥了眼身后，仿佛有什么事情让她犹豫不决。这时所有人都听到外面传来了脚步声，伊迪丝走进了房间。

伊迪丝看起来更加光彩照人，虽然举手投足略显做作。这倒不是因为她在三十岁之后变得更拘谨或过分讲究，而是因为她不像露西那样能让人一眼看透，你好像永远也猜不透她心里在想什么。史蒂文斯不愿想象伊迪丝二十多岁时是什么样子。伊迪丝比露西更高、更苗条，身材纤细。她的面容有着德斯帕德家族典型的特征：棕色头发、蓝色眼睛，以及与马克一样不屑一顾的神态。她眼睛四周虽已略微凹陷，但还是个美人。见伊迪丝进门，亨德森立刻缩到一旁，脸上露出一副愧疚的神情。对于伊迪丝，史蒂文斯总有一种说不上来的奇怪感觉，觉得她表面上虽然给人一种坚定果决的印象，可心里说不定很脆弱。伊迪丝穿着毛皮大衣，没戴帽子，这身打扮——该怎么形容呢？——很大方利落。瞧见帕廷顿，伊迪丝一下子愣住了，但脸上神色未变。

"伊迪丝，"露西慌乱地开合着手包的挂钩，"他们说没出什么事。那封电报是假的，这儿根本没警察。"

可伊迪丝面露微笑，正瞧着帕廷顿。

"看来这次我的预感之一成真了，"伊迪丝愉快地说，"你给我们带来了麻烦，是不是？"

伊迪丝向帕廷顿伸出左手，然后环视着其他人。

"这儿的各位都是能保守秘密的人。"伊迪丝道，"到底出什么事了，马克？露西和我快担心死了，我们也应该知道真相。"

"这是个玩笑，我跟你说，那封电报——"

"马克，"伊迪丝断然打断马克，"迈尔斯伯伯是被毒死的吗？"

众人闻言一愣。"毒死的？我的天啊，上帝啊，不是！你怎么会这么想？"马克瞧着伊迪丝，虽然和露西一样处于压力之下，但伊迪丝显得更沉静。聪明的马克灵机一动，突然想到一个搪塞的理由，他来不及细想，立刻伸手搂住露西，轻拍着她的背，然后转身不以为然地瞧着伊迪丝说："反正你们早晚也会知道，干脆我现在就告诉你们吧。没有什么大麻烦，哪有谋杀那么荒唐的事儿……真不知道你们俩是怎么想的……这里没警察什么事，但也足够让人烦心的。有人喜欢发假电报——和写信。我也收到一封匿名信。信上说，有人从墓室里盗走了迈尔斯伯伯的尸体。"马克显然意识到这么说还缺乏说服力，于是急忙补充道，"如果不是亨德森发现了一些不对劲的地方，我都不会当回事。于是我们决定打开墓室瞧一瞧。很遗憾地告诉你，伊迪丝，信上说的是真的，迈尔斯伯伯的尸体不见了。"

伊迪丝听了显得更紧张了些，她似乎相信了马克的说辞，但这个解释未能令她心安。

"不见了？"伊迪丝重复道，"怎么能不见了——为什么——我是说……"

帕廷顿顺势插嘴接过了话题。

"这事太令人不齿了，"帕廷顿道，"但也不是什么新鲜事，尽管美国有五十多年没出过这种事了。伊迪丝，你听说过1878年的斯图尔特一案吗？有人从墓地盗走了这位百万富翁的尸体，然后向家属勒索金钱。英国的杜内赫特市也发生过同样的事，也是闯入墓室盗尸，跟我们现在遇到的情况差不多。现在美国的勒索犯好像不大会用这个捞偏门的手段。"

"这简直骇人听闻！"露西喊道，"盗尸勒索？"

"斯图尔特夫人最终付了两万五千美金才拿回尸体。"帕廷顿说起这些信手拈来，轻而易举地调动了两人的注意力，"而杜内赫特市那桩案子，人们抓住了团伙中的一员，找回了尸体。审判时很麻烦，因为当时在法律上尚没有先例可参考。在那个年代，盗尸一般是为了把尸体卖给医学院，可那个案子完全不一样。我确定那个罪犯被判了五年……至于这次，我猜他们可能是觉得你们家族非常希望妥善保存所有祖先的遗体，所以认定为了赎回尸体你们会不惜一切代价。"

露西深吸了一口气，身子挣脱马克的怀抱，倚着桌子。

"好吧，这起码，你知道的，比那种事好一些。是的，我必须说我真的松了口气。伊迪丝，你可把我吓坏了。"露西自嘲道，之前一直紧绷的神经一松，让她差点哭出来，"当然，我们现在必须得报警，可——"

"不能报警。"马克道，"你觉得我会让可怜的迈尔斯伯伯的尸体像死狐狸一样，任由一大群猎狗四处搜寻吗？哈，门都没有！如果真像帕廷顿说的，尸体被盗是为了勒索，我宁愿花钱避免一出闹剧。你们两个都给我振作点。"

"让我这么跟你说吧，"伊迪丝的语气十分轻柔，"你们刚说的我一个字都不信。"

世上难道真有漂亮女巫这回事？史蒂文斯心中暗想。不过"女巫"这个词有点荒唐，因为你绝不会把它和伊迪丝联系到一起。可眼前这个面带疑虑的漂亮女人，倒实在有点像女巫。

"不信？"马克道，"难道你还相信下毒的荒唐说法？"

"请跟我回主宅去。"伊迪丝催促道，然后瞧着亨德森说，"乔，主宅里实在太冷了，生一下火好吗？"

"好的，小姐，我马上就去。"亨德森唯唯诺诺地应道。

"已经很晚了，"史蒂文斯道，"如果没什么——"

伊迪丝一听马上回过头道："不行！你必须和我们一起去，特德，你一定要去。大家必须一起解决这件事，所有人一起。

马克，让特德一起来。你不觉得这件事中有些邪恶的，非常邪恶的东西吗？不管是谁发的电报，他玩弄了我们，现在正嘲笑我们呢。根本没什么盗尸勒索。为什么有人要给我们发这么一封电报？我一直有预感会发生类似的事情，自从——"伊迪丝突然停下，望着门外两盏兀自燃烧的提灯，开始颤抖起来。

一行人默不作声地出了亨德森家。帕廷顿一路上试图和伊迪丝搭话，这两人表面虽一团和气，可他们之间像有一道看不见的墙，彼此心有隔阂。只有露西一个人没把事情想得多严重，盗尸勒索虽然也是糟心事，甚至也很可怕，但还不至于让整个世界黯然失色。史蒂文斯则一路琢磨着伊迪丝刚说的那句话——"不管是谁发的电报，他玩弄了我们，现在正嘲笑我们呢。"

众人进了主宅，穿过大厅，来到位于主宅前部的图书室。在如此气氛之下，将大家聚集到这个房间似乎有点不妥。图书室里随处可见岁月留下的痕迹，空气中弥漫着古老时光的气息。图书室长且宽，天花板不高，椽子暴露在外。为了给房间添加一丝现代气息，墙壁被重新漆过，漆成了暗绿色，但从房间的角角落落，比如壁炉这种地方，你能一眼看到这里过去的样子。伊迪丝坐在铺着厚软垫的椅子上，椅子旁有一盏明亮的台灯，背后是百叶窗。为了营造一点现代感，图书室里刻意摆满了老迈尔斯或马克远游时收集的各种小玩意儿，但这些东西却一下子将人带回流行摆放廉价玩具和装饰品的17世纪。

"听我说，伊迪丝，"露西劝道，"你非要都说出来吗？我不希望你这么做。我不喜欢下火车时你说的那些话。你能不能别再纠结那事，然后——"

"不能。"伊迪丝的语气斩钉截铁，"你跟我一样清楚，现在外面谣言四起，说我们家出了事。"

马克忍不住吹了声口哨。"什么谣言？"

"如果你想问是谁说出去的，"伊迪丝道，"我觉得应该是玛格丽特……哦，我得说她也不是故意的，只是说漏嘴了而已。她可能听到了护士跟我或医生说的话。别显得那么惊讶，马克。其实护士在这里时，一直都在怀疑我们，你难道不知道？所以她每次出门都会把她的房间锁上。"

马克又吹了声口哨。他尴尬地瞥了眼帕廷顿和史蒂文斯。"这事还真是越挖越深，"马克道，"越来越扑朔迷离了。大家好像都有秘密。她怀疑我们？怀疑什么？"

"因为，"伊迪丝道，"有人偷了她房间里的东西。"

"你别跟挤牙膏似的，"马克沉默了一下，恼火道，"你说话一向挺爽快的啊。到底偷了什么？什么时候偷的？为什么偷？"

"事情发生在迈尔斯伯伯去世前的那个周末——星期六，我想应该是 4 月 8 号。"她瞧着史蒂文斯道，"特德，你还记得吧？那天你和玛丽来庄园玩桥牌，后来是马克起的头，不知怎么回事，大家好好的桥牌不打，竟然堕落到讲低级鬼故事。"

"我记得，"露西努力装出开心的样子，以掩饰自己的不自在，"那是因为马克喝了太多威士忌。不过你干吗用'堕落'

这么苛刻的词，我觉得挺有趣的。"

伊迪丝接过话头道："第二天早上，护士科比特小姐找到我，说好像不记得把什么东西放哪儿了。我感觉她有点急，就问她是什么东西。于是她讲得更清楚了些。她问我是不是有人不小心从她房间里拿了东西，是医生开给迈尔斯伯伯的一种药。具体什么药她没说，只说那是个小方瓶。最后她还加了一句，说那东西对一般人没用，如果吃太多还会致命，也许有人把它当成嗅盐[1]拿走了——她觉得这不太可能——拿的人最好把药还给她。她就说了这些。我觉得她不是怀疑有人偷走了，而是觉得有人在开玩笑。"

马克有句话差点脱口而出。史蒂文斯感觉马克想说的是"医生怎么会用砒霜治病"，但马克话到嘴边，马上又咽了回去。马克疑惑地瞧了瞧帕廷顿，然后对露西道："露西，这事你知道吗？"

"我不知道。"露西也是一脸茫然，"这没什么可奇怪的。我的意思是，大家有事都不会找我，而是自然而然去找伊迪丝。所有人都这样，就是换作我，也会去找伊迪丝——你明白我什么意思吧。"

马克瞧着众人。

"真该死，一定是有人用这个把迈——"马克停住了，转而问道，"你当时怎么跟科比特小姐说的，伊迪丝？你做了

---

1. 嗅盐，一种芳香碳酸铵合剂，用作苏醒剂。更多关于嗅盐的解释请参见后文译注。

什么？"

"我说我会帮她查查。"

"你查了吗？"

"没有。"伊迪丝脸上再次闪现出脆弱、怀疑和优柔寡断的神情——她好像总是雷厉风行，可临到紧要关头，就会变得犹豫不决。"我想我当时……害怕了。哦，我知道这听起来有点傻，但我当时就是觉得害怕。但也不是什么都没做。我装作不经意地四下问了问，假装打听的是迈尔斯伯伯的药，没人会把药和毒药联系在一起。我没提毒药。我说不出口。"

"真够乱的，"马克道，"但我想丢的应该不是砒……哦，对了，帕廷顿，这事儿得问你。你觉得会是什么药？"

帕廷顿紧锁着眉头说："这取决于医生对病情发展的判断。我还不了解医生对你伯伯的诊断，贸然说的话，有好几种可能。伊迪丝，护士向医生汇报丢药的事了吗？"

"你是说贝克医生？是的，当然。所以我想当然地以为——"

"贝克医生当时直接认定你伯伯死于胃肠炎？换句话说，完全没犹豫？"

"一点也没犹豫！"

"那就不用担心了。"帕廷顿简短地说道，"我可以断定，丢的肯定不是可以引发你伯伯临死时那些症状的药物，比如锑[1]。这不明摆着吗？不然医生和护士当时就会怀疑……要我

---

1. 口服锑中毒者主要表现为胃肠道症状，如恶心、流涎、呕吐、腹痛等。

说，丢的可能是某种镇静剂，或者刺激心脏的药物，如洋地黄或马钱子碱。那些东西也可致命，但它们都是所谓的神经性毒剂，我确定，它们不会引发你伯伯去世时的那些症状。一点边都不沾！所以没什么可担心的。"

"我知道，"伊迪丝悲切地嘟囔着，指甲上下划着椅子扶手，"我知道。我也一直这样劝自己，我知道不会。没人会做那种事！"她微微一笑，或者说试图挤出一个微笑，"但从那之后，科比特小姐每次出门都锁门，甚至在迈尔斯伯伯去世那个晚上，那时药都已经被还回来了，她还锁门……"

"药还回来了？"马克急着问道，"我正要问你，那瓶药后来怎么样了？贝克医生肯定不会允许那样一瓶药满屋流窜，他自己却在一旁看热闹，是不是？你说那瓶药被还回来了？"

"是的，那瓶药星期日晚上就被还回来了。只丢了一天而已，所以这事没闹腾得让大家都知道。没错，是星期日的晚上。当时玛丽正好上楼跟我打招呼告别，说她和特德第二天早上要开车回纽约。大约晚上9点我走出房间，在楼上走廊恰好碰见科比特小姐。她对我说：'替我谢谢那个人，那瓶药已经被还回来了。有人把它放在德斯帕德先生——我是说迈尔斯先生——门外的桌子上了。'我问她：'一切都正常吗？'她说：'是的，看起来没问题。'"

"我知道了，"马克道，"这说明药是迈尔斯伯伯自己偷的。"

"迈尔斯伯伯自己？"伊迪丝一脸不解。

"没错。"马克突然有了一个新想法，"帕廷顿，你告诉我，那瓶子里装的有可能是吗啡片吗？"

"当然可能。你说过你伯伯总疼得厉害，还睡不好。"

"大家还记得吗？"马克瞧着其他人，伸出一根手指，高声道，"迈尔斯伯伯一疼起来才不管什么医嘱，总想多吃吗啡片。没错！可能是迈尔斯伯伯从护士房间偷了药瓶，拿了吗啡片，又把它还了回去。等等！我记得在他去世那天晚上，他曾喊着要人去楼下卫生间拿止疼的药，对不对？没准他当时说的就是他偷的吗啡片。他把它们藏在卫生间的医药柜里，以免护士在他房间里找到？"

"不，你说得不对，"露西道，"卫生间里没有吗啡片。只有常放在那里的普通的巴比妥类药。"

"好吧，但我推理的其他部分是合理的吧？"

"完全有可能。"帕廷顿附和道。

"你们到底是怎么回事？"伊迪丝平静地说道，但随即拔高了声音，几乎像在喊，"你们还没意识到发生了什么吗？你们一上来就告诉我迈尔斯伯伯的尸体被盗了。天啊，被盗！有人把尸体偷出了地下墓室，没准会碎尸，天知道会怎样！这还是可能发生的最轻的后果。然而你们所有人都说得轻飘飘的，还胡编乱造了一套说辞，企图骗我相信。哦，没错，你们就是这么做的，我知道。甚至还有你，露西。我真受够了！我要知道到底发生了什么，一定是发生了什么可怕的事。过去两周我真的受够了折磨。汤姆·帕廷顿，你为什么要回来折磨我？现在的局面就差个爱胡闹的奥格登，不是吗？我告诉你们，我真受够了！"

伊迪丝双手哆嗦，连脖子都在颤抖，她仿佛突然又变回了那个漂亮的女巫，坐在大椅子里几欲落泪。史蒂文斯注意到，露西那双闪亮的棕色眼睛正凝视着伊迪丝，眼神里满是言语无法表达的同情。马克慢慢走过去，扶住伊迪丝的肩膀。

"没事的，妹妹，"马克语气温柔地安慰道，"你需要吃片镇静药，好好休息一下，仅此而已。先和露西上楼去吧，让她给你一片药。你尽可以相信我们，无论发生什么事，我们都会处理好的。你知道的，是不是？"

"我知道。"沉默半晌的伊迪丝终于开口道，"如此失态真让大家见笑了，但真的，我现在感觉好些了。有时候我一胡思乱想就控制不住情绪。"（站在一旁的马克表示赞同。）"我知道现在不该再傻乎乎地说什么通灵，但有个吉卜赛女人曾说我是灵媒。露西，你按照那幅画做衣服的时候，我就有不好的预感。这种事一向被认为不吉利。我知道自己不该这么幼稚，也不该总提心吊胆地活着，就像脑袋上顶着一桶水，不敢弯腰，也不敢转身，生怕水洒了一样。可月相变化会直接影响一些人的思想，这是千真万确的科学事实，不是吗？"

"因为'疯癫'一词来自'月亮'，"帕廷顿梦呓般地说道，"'月亮'（luna）和'精神病人'（lunatic）词根相同——有些人是这么说的。"

"你还是老样子，一个唯物主义者，汤姆。不过这说法也有点道理。在千奇百怪的超自然现象中，最古怪、最荒诞的是，"——这时，史蒂文斯瞧见大家脸上一变，毫无疑问他自己也一样——"人的想法会受到远在几百万英里之外的一片……嗯，一片……"

"一片绿色奶酪[1]，"帕廷顿接过话头道，"我开玩笑的。为什么要说这些神秘主义的事呢？"

"因为只要你们一笑话我，我就不会再继续胡思乱想了。我现在倒真想来片绿色奶酪。"伊迪丝一脸沮丧道，"露西，你还记得吗？在迈尔斯伯伯去世的那天晚上，天上是满月，我们都觉得月亮很美；在回家的路上，你和马克唱了一路。当一个人想到'不死之人'的时候……"

"想到什么？等等，你是从哪儿听说那个破词的？"马克故作惊讶地急切追问道，他装作第一次听见那个词，可情不自禁就提高了音调。

"哦，我好像在哪本书里读到过……我不想上楼，但我得找点东西吃。跟我走，露西。我太累了，简直快累死了。你能给我做个三明治吗？"

露西轻快地站起身跟着伊迪丝走了，走时还回头对马克眨眨眼。等两人离开，马克阴沉着脸，默不作声地在房间里踱了两圈，然后站在壁炉前，开始卷烟。亨德森已经在地窖里生了火，不知位于房间何处的散热器开始震动，咔嗒作响。

"她们有事瞒着我们，"马克在石头上划着火柴，"你们发现了吗，听说迈尔斯伯伯的尸体不见了，她们并没有很吃惊——尤其是伊迪丝，跟没事人似的。她们竟然没刨根问底，没提出要去看看，没……哦，该死的，伊迪丝到底在想什么？难道她和我们一样，也觉得这事很灵异？或者是因为天太晚

---

1. 月亮是由绿色奶酪做成的，是英语中一个糊弄人的说法。

了，她只是在发神经？真想知道她是怎么想的。"

"我可以告诉你！"帕廷顿低吼道。

"伊迪丝也是在书上读到的'不死之人'这个词。和你一样。"帕廷顿瞧着史蒂文斯道，"我猜你们读的是同一本书？"

"这不太可能。我看的那本书还没出版，只是书稿。是克罗斯新写的书——高丹·克罗斯。你们都读过他的书吧？"

马克闻言一愣，瞧着史蒂文斯，完全不顾手里的火柴还在燃烧。他睁大眼睛，拿着火柴一动不动，只是睁大眼睛盯着史蒂文斯，最后完全出于本能，才在火烧到手前把火柴丢了出去。

"给我拼一下那人的名字。"马克请求道，紧接着又道，"这不可能。你说得对，帕廷顿，我有点神经了，恐怕用不了多久，我就会神经错乱到要吃镇静药了。我见过这名字几十次，可从没觉察到它和另一个名字有任何相似之处。高丹·克罗斯……戈丹·圣克鲁瓦[1]。呦呦呦！快让我冷静一下。"

"这名字怎么了？"

"你们没瞧出来吧？"马克热切而兴奋的语气中透着一丝怪异，"碰上这档子怪事，你只有任由想象力驰骋，才能找到问题的答案。这个高丹·克罗斯也许只是个善良无害、写过几本好书的作家，可当你留意这名字，你就可以联想起'不死之人'的完整循环，以及杀戮者和被害者宿命般的轮回……

---

1. 在英文中，高丹·克罗斯（Gaudan Cross）和戈丹·圣克鲁瓦（Gaudin St. Croix）无论拼写还是发音都比较相近。

高丹·克罗斯啊。我想你们肯定会感兴趣的，戈丹·圣克鲁瓦就是那个大名鼎鼎的红颜杀手——玛丽·布兰维利耶侯爵夫人的情人，正是他教会了她如何下毒。他比玛丽死得早，在自己实验室的毒药壶旁丢了性命，否则他要么会被车裂，要么会被送上为审理下毒案特设的法庭——'燃烧的法庭'[1]，然后被判火刑。正是因为戈丹·圣克鲁瓦的死，警察才在一个柚木盒子里发现了玛丽犯罪的证据。玛丽当时已经厌倦了戈丹·圣克鲁瓦，而且开始恨他，但这都不重要了。无论如何，戈丹·圣克鲁瓦死了……据说，戈丹·圣克鲁瓦在制作毒气时，玻璃面罩意外脱落，他吸入了毒气，一头栽进提炼毒药的大锅里……之后警察便开始通缉布兰维利耶侯爵夫人。"

"这种事我今晚可是听够了，"史蒂文斯草草地说，"如果你们不介意，我现在想先回家。墓室的入口我们可以明天早上再封。"

帕廷顿瞧着史蒂文斯。"今晚天气不错，"帕廷顿道，"我送你出去。"

---

1. 亦被称为"火焰法庭"，是法国于 16 世纪至 17 世纪间设立的特别法庭，前期主要用来审讯异端分子，后来曾一度演变为专门审理毒杀案的特殊法庭；一说是因法庭开庭时四周遮以黑布，仅以火焰照明而得名，一说是因受审者多被判处火刑而得名。

10

帕廷顿和史蒂文斯离开主宅，沿着车道往下走，经过高大的榆树林和成片的灌木丛，两人都默不作声。马克则在两人走后和亨德森商议了最后一件事，吩咐他先用网球场的防水帆布把地下墓室入口盖上。此刻走在路上，史蒂文斯拿不准帕廷顿心里正在想什么（如果他的确在想事情的话），于是想试探一下虚实。

"除了你刚才对女士们说的那些，"史蒂文斯问道，"你对药失而复得还有什么看法？"

"嗯？"听到史蒂文斯问他，帕廷顿从沉思中回过神来。之前他一直抬头望着天边闪烁的星星，拖着脚步慢慢走在砾石路上。帕廷顿想了想道："哦，我之前说过，我喜欢先把所有事实列出来。我们知道，那小瓶里装着过量服用可以致命的药，有人先偷了它，然后又还了回来。目前我们知道的只有这些，更多情况必须等见了护士才知道。我们甚至还不知道瓶子里装的是液体还是固体，这点尤为关键。

"至于瓶子里装的是什么，有两种可能。一种可能是刺激心脏的药物，如洋地黄或马钱子碱。如果是这样的话，坦白说，情况很不乐观，这说明下毒的人（如果真有人下毒的话）还会继续行凶。"

史蒂文斯点点头。

"是的，"史蒂文斯道，"我也想到这点了。"

"但要我说，"帕廷顿冷冷道，"这种可能性不大。如果丢的是那种药，医生一定会把房子翻个底朝天，直到找到药为止，或至少要有个说法才会罢休。而医生和护士似乎对药丢了这事并不着急，只是有些生气。你明白我的意思吗？同理，丢的也不会是像锑这样的刺激性毒药，不然医生肯定不会出具证明，说老迈尔斯是自然死亡。

"所以，第二种情况更有可能，也就是马克说的，丢的只是一些吗啡片。"

"是老迈尔斯偷的？"

帕廷顿绷着脸，似乎这点尤为令他困扰。

"是的，很有可能。那样最好。我们都不希望这事太复杂，不是吗？"星光下，帕廷顿眼袋松弛，一双眼睛好奇地滴溜溜乱转，"不过，有几个细节却说明很可能不是老迈尔斯偷的。比如说，药瓶的归还。我们知道老迈尔斯的房间和护士的相连。自从丢了药之后，护士只要出门就会锁门，但她锁的是通向走廊的门。护士的房间一共有两道门，除了通向走廊的门之外，还有一道与老迈尔斯房间相通的门。这道门是通向病人房间的，所以护士很可能没锁。那么老迈尔斯偷了药之后，如果想还回去，只需从这道门进护士房间，放下药瓶就好。他为什么还要把药瓶放在自己门外的桌子上呢？"

"这很好解释。因为那样的话，护士马上就会知道是老迈尔斯偷的药。毕竟他是唯一可以进入她房间的人。"

帕廷顿在车道上停下脚步，嘴里轻声咒骂了一句。

"人一上了岁数，脑袋就笨了。"帕廷顿道，"这么显而易见的原因我竟然没想到。不过，护士没准把连通两个房间的那道门也锁了，因为她也怀疑老迈尔斯。"

"说得有道理，但你到底想说什么呢？"

"我想说的是偷药的动机，"帕廷顿抬手在空中轻轻一挥，就像一个聪明人讲不清楚自己的思想，非要用手势强调似的，"为什么要偷吗啡片？偷药的人可能是老迈尔斯，也可能是其他人。如果是老迈尔斯偷的，那么动机可以理解。但如果是其他人偷的呢？动机是什么？

"应该不会是为了杀人。因为只丢了几片药而已，最多也就丢了两三片，否则医生肯定不会善罢甘休，他会大找特找的。根据规定，一片吗啡是四分之一格令。只有两到三格令的剂量才会对人构成危险，四格令才能置人于死地。所以偷这点吗啡片应该不是为了杀人。另外，也不会是为了吸毒。那样的话，偷的人肯定会拿走整瓶药，不会把药还回去。再或者，也许那人偷药是因为夜里睡不好？有这个可能，但为什么选择药力过于强劲的吗啡片呢？人一旦吃了吗啡片，直接就会昏睡过去，如果只是为了入睡，完全没必要这样。除非是为了止疼，否则没必要吃这个。不过，要想止疼，那为什么不吃巴比妥类的药？卫生间里放的普通药就可以达到止疼的效果。再者，无论出于什么原因，为什么要偷？所以，如果我猜的这些原因都不对，那偷药的人到底有什么目的？"

"那么……？"

"那么，假如你晚上想做见不得人的事儿，"帕廷顿锲而不舍地继续道，"害怕被人听见或看见的话，那你只需给别人来片吗啡，就完全不用担心了。我说得对不对？"

说到这儿，帕廷顿再次停下脚步，站在星光下，转身皱眉盯着史蒂文斯。该来的终究躲不过去，史蒂文斯打起精神，准备应对帕廷顿接下来要问出的话。他脑海中回想起老迈尔斯遇害的那个晚上，他和玛丽就在距离事发地点不到四分之一英里的小木屋里；不知道为什么，那天晚上他困得东倒西歪，不到 10 点半就上床睡觉了。

可帕廷顿接下来的话完全出乎史蒂文斯的意料。

"现在，我们面对的最大难题是地下墓室是如何被神不知鬼不觉地打开的，以及尸体为何会不翼而飞。假如亨德森夫妇被人下了吗啡，他们还能听到盗尸的动静吗？听不到了吧？"

"天啊，你说得还真有道理！"史蒂文斯急忙出声附和，紧绷的神经一下子松弛了下来，可他还是犹豫地说，"但我觉得——"

"你想说，主宅里的人可能听得到动静，而且亨德森还信誓旦旦地保证过地下墓室入口没有动过的痕迹？好吧，我承认他没说谎。但那只是他个人的看法而已。我们打开墓室的动静的确不小，现场也乱得一团糟。但你想想我们是怎么做的：我们用的是楔子和锤子。再想想路面是怎么铺的：只铺了一层薄薄的石头，没用水泥，只用砂浆灌缝，把路面像七巧板一样粘在一起，石头下只不过是泥土和砾石。有没有可能有人事先在地上挖开一块完整地面，之后只要一抬，就像打开盖子一样进墓室呢？那样只需稍微破坏砂浆和四条边线，将挖开的地面变成盖子，想进去时只需从一边抬起，事成之后再原样复位。这样的话，路面在亨德森看来就是完整的，所以他发誓没人动过。当然，挖出来的泥土和砾石肯定会搞乱现场，但老迈尔斯一周前刚下葬，地下墓室被打开过，所以墓室附近本来就有动土的痕迹。"

帕廷顿显然自认为这番话很有道理，史蒂文斯也希望事实就是如此。可之前萦绕在心中的谜团依然搅得他心神不宁，他一直在琢磨着与他个人更相关的其他事。两人在庄园门前停下脚步，在习习微风中俯视着影影绰绰的国王大道，街灯彼此相隔甚远，此时的柏油路感觉像一条波光粼粼的黑色河流。

帕廷顿又继续说起来，但少了之前的自信，语气也温和了许多："抱歉一直都是我在说。关键是我们必须得信点什么。伊迪丝刚说了，我是个唯物主义者。我觉得这不丢脸。但我承认，就因为这个，伊迪丝过去没少跟我抱怨。她认定我之所以给那个女孩做流产手术，是因为那女孩肚子里的孩子是我的，毕竟那女孩在我诊所工作。你说说，到底谁才是唯物主义者？"

帕廷顿在出门前喝了点酒，有点管不住自己的嘴了，然后他突然又开始用最擅长的方式克制自己。

"是的，没错。女人啊，那河床边的报春花，在有的人眼里只是黄色的报春花[1]，至少对我而言如此，不管圣贤想让我从中看到什么。它们代表不了大自然，只是一首蹩脚诗里簇拥成堆的花而已。世上还有很多更美的东西值得一瞧，比如飞奔的骏马、纽约的天际线。那该死的报春花只不过能被插在桌上的花瓶里，作为装饰，瞧着漂亮而已。你说对不对？"

"我想是的。"

"而那些什么鬼啊怪啊，还有什么'不死之人'的话，都是——"帕廷顿突然住嘴，尴尬地笑着，略微有些气喘，"我又管不住自己的嘴了，我这就闭嘴。"接着他又说道："尽管等着瞧吧，我的推论肯定错不了。当然了，除非殡葬承办人要了花招。"

"殡葬承办人，"史蒂文斯重复道，"你说的是那个 J. 阿特金森？"

医生眉毛上扬道："老阿特金森？没错，就是他。我想你应该认识他。他可算是一个人物。他现在岁数已经不小了，德斯帕德家族几代人都是由他经手下葬的。所以我们那位亨德森朋友才会赌天赌地，说殡葬承办人绝不会要花招，因为我们说的可是老阿特金森。今晚从老阿特金森的殡仪馆经过时，马克还又指给我看，说现在殡仪馆的生意已由老阿特

---

1. 作者部分借用了英国浪漫主义诗人威廉·华兹华斯（William Wordsworth, 1770—1850）的叙事长诗《彼得·贝尔》中的诗句："A primrose by a river's brim/A yellow primrose was to him, /And it was nothing more."（河床边的报春花，在他眼里是黄色的报春花，仅此而已。）。

金森的儿子接手，渐渐有了起色。马克的父亲很喜欢老阿特金森，过去常跟他开一些只有他们自己才明白的玩笑，比如他会问老阿特金森，你还总坐在那个'咖啡馆'或'角落'里吗？我都不知道这些话是什么意思，没准是——哦，我得说晚安了。"

史蒂文斯确信帕廷顿已经酒劲发作，再聊下去也没意义了。他跟对方道了句晚安，赶紧向家走去。着急回家是假，他其实只想一个人静一静。直到听不到帕廷顿在车道上嘎吱嘎吱的脚步声，史蒂文斯才放缓了步伐。

史蒂文斯此刻犹如坠入迷雾之中，忍不住想发泄一下，挥挥拳头，砸砸什么东西，可只能无助地咬咬牙。整件事太让人费解了。若他真能像帕廷顿希望的那样理清所有头绪就好了；要是眼前有个头脑清醒的聪明人，一问一答地给他指点迷津，或许他也不至于像现在这样摸不着头脑。史蒂文斯试着自问自答。你确信玛丽有问题吗？但怎样才算有问题呢？具体指哪个方面呢？史蒂文斯一想到这儿，就像手碰到火，马上就不愿意再深入下去了。正是因为无法直面这些问题，他现在才会感觉如坐针毡，但所有这些想法也实在太过荒诞离奇。自己怎么会有那么荒诞可怖的念头呢？有真凭实据吗？所有这些念头其实只源于那张六英寸见方的硬纸照片，因为那近似的名字、极其相似的面容——没错，都是因为那张照片，而那张照片还不见了，仅此而已。

史蒂文斯回到白色小屋，站在门前注视着自己的家。前门的灯已熄灭，黑暗吞噬了整栋房子，唯有客厅窗户中透出闪烁的红色亮光。玛丽显然生了壁炉的火，这很反常，因为她一贯怕火。史蒂文斯心底隐隐有一种不祥的预感。

前门没锁。史蒂文斯推门走进走廊，走廊里一片漆黑，只有右侧客厅的炉火映出的微弱光亮。整栋房子寂静无声，隐约能听到炉火燃烧的哧哧声，听这动静，玛丽生火时一定用了还没干透的木柴。

史蒂文斯试探地喊了声："玛丽！"

没人应声。史蒂文斯忐忑地走进客厅。壁炉里正在燃烧的果然是还没干透的木柴，大块木头差一点要把火闷灭了，一簇簇小火苗在棕黄色的浓烟中翩翩起舞，嘶嘶作响的火舌仿佛正在撕咬木头，间或发出噼里啪啦的响声。一缕烟飘出石头壁炉，在壁炉的排气罩上方缭绕。在闪动的炉火的照耀之下，本来熟悉的家不知为何竟变得陌生了。借着炉火的光亮，史蒂文斯瞧见壁炉架旁的小凳子上放着一碟三明治、一个暖水壶和一个杯子。

"玛丽！"

史蒂文斯再次回到走廊，他踏出的每一步都重得好像要把硬木地板踩裂。他摸索着走到电话桌旁，手下意识地摸到还放在桌上的公文包。这次明显有人打开过公文包，包里的手稿放得歪歪斜斜，看来有人拿出过手稿，又匆匆忙忙放了回去。

"玛丽！"

史蒂文斯走上二楼，脚下的楼梯踏板嘎吱作响。他们的卧室在后面，床旁的台灯还亮着，可屋里没人，蕾丝床罩也没被弄乱。只有壁炉上的小闹钟在寂静中兀自滴答作响，现在是凌晨 3 点零 5 分，史蒂文斯瞧见书桌上立着一个信封，打开后，只见信中写道：

亲爱的特德，今晚我必须离开。今后我们能否安稳生活全都指望于此。明天我就回来，请勿担心，只是个中原因很难跟你解释清楚。但是，无论你怎么想，事情都不是你想的那样。爱你。

玛丽

另外，我必须把车开走。我给你留了吃的，保温壶里有咖啡，都放在客厅里了。艾伦明早会过来给你做早餐。

史蒂文斯折好信放回桌上，突然感到前所未有的疲惫。他坐在床上，瞧了瞧眼前干净、整齐，却突然显得空荡荡的房间，然后起身下楼，打开灯，开始检查走廊里的公文包。果然不出他所料：克罗斯的书稿本来有十二章，可现在只剩下十一章，少了一章，记载了玛丽·德奥贝一案，也就是 1861 年她因谋杀被斩首的那一章不见了。

第三部分

双方辩论

　　某天，劳伦斯在卧室醒来，拿起黑色天鹅绒小面具，出于好玩将面具戴在脸上，对着镜子观瞧。但未等他看清自己的样子，躺在床上的老巴克斯特就冲他嚷道："快把面具放下，你这个傻瓜！你想透过死人的眼睛往外看吗？"

——蒙塔古·罗德斯·詹姆斯，《山中风景》†

† 蒙塔古·罗德斯·詹姆斯（Montague Rhodes James，1862—1936），英国研究中世纪的学者，曾任剑桥大学国王学院院长。他最为世人熟知的是他创作的鬼故事，这些故事多与宗教和历史相结合，给读者以极强的真实感。

11

　　第二天早上 7 点半，史蒂文斯冲过澡，换上一身干净衣服，重新打起精神。他刚要下楼，突然听到门口传来几下迟疑的敲门声。

　　史蒂文斯手扶栏杆，停住脚步，觉得舌头突然像是打了结，也不想应门。如果敲门的是玛丽该怎么办？昨晚他在心中翻来覆去演练过说辞，可临到关头，又不知如何开口。楼下的灯依然亮着，客厅里满是炉火留下的烟的味道。史蒂文斯昨晚一夜未眠，现在有点头疼，脑袋里像装满了糨糊。一晚上思来想去可能是白费力气，因为你总是精心准备了对策，事到关头却又胡言乱语。他觉得今天走廊看上去甚至都与往常不同了。伴随黎明而来的是白茫茫的迷雾，令人窒息，雾气冷冰冰地抵住窗户，仿佛在死死盯着屋里观瞧。只有餐厅里隐约传出的咕噜咕噜声和嘶嘶声令人稍感慰藉，那是正在工作的咖啡壶发出的声音。

　　史蒂文斯下楼走进餐厅，小心拔掉咖啡壶的插头，大清早咖啡的清香让他精神一振。然后他才去开门。

　　"抱歉打扰了，"听到陌生的声音，史蒂文斯心中又一沉，

"不知能否——"

史蒂文斯低头瞧着眼前这位壮实的女人。她身穿蓝色长外套，欲言又止，神色中隐隐带着一丝怒气。史蒂文斯觉得自己好像在哪儿见过这人。她时不时地用力拉那顶蓝色小帽子，帽子下的那张脸虽然不漂亮，却很有魅力，还透着一股聪明劲儿。浅褐色的睫毛下是一双机警的棕色眼睛，看着好像一眨也不眨。她给人一种爽朗活泼、精明能干的感觉，她的性格也确实如此。

"我不知道你还记不记得我，史蒂文斯先生，"女人继续说道，"但我在德斯帕德庄园见过你几次。我瞧见你这儿灯亮着，于是——我是迈拉·科比特，护理过迈尔斯·德斯帕德先生。"

"哦，天啊，想起来了，对的！快进来。"

"你瞧，"女人又匆忙向下拉了一下帽子，眼睛瞥向德斯帕德庄园方向，"事情有点不对头。昨晚有人给我发电报，让我马上赶回来——"

女人又踌躇起来。又是那该死的电报，史蒂文斯心中暗道。

"但我当时刚好出门护理病人去了，一小时前回到家才看到电报，不管怎样，"科比特小姐语气中的怒气似乎更重了，"我觉得我应该尽快赶过来，可等我到了庄园，却没人应门。我不停地用力敲门，可就是没人理我。我想象不出庄园那边到底出了什么事。然后我瞧见你这儿亮着灯，就想着可不可以在你家坐着等一会儿。"

"当然可以。快请进。"

史蒂文斯闪身让客人进屋，同时瞥了眼门外的路，只见薄纱一般的白雾中有一辆车开着大灯，正缓缓沿山而上。突然车子改变了方向，转弯减速停到路旁。

"呦！呦！"听那洪亮的嗓音，开车的人是奥格登·德斯帕德无疑。

史蒂文斯先听到摔车门声，然后瞧见雾中现出奥格登高高的身形，他正沿着人行道向史蒂文斯家走过来。奥格登身穿浅色驼绒大衣，大衣下露出礼服裤的裤腿。正如很多家庭都会有一个另类人物一样，奥格登的长相一点也不像德斯帕德家族的人。他的皮肤黝黑光滑，面颊有些凹陷，下巴泛青。虽然他早上没刮胡子，黝黑的头发却是精心打理过的，看着油光水滑，好像闪亮的头盔。他的两只眼睛下面皱纹斜生，面色蜡黄，连毛孔都清晰可见。浓密的睫毛下，这双黑眼睛饶有兴趣地先扫了眼护士，然后瞧着史蒂文斯。奥格登今年只有二十五岁（而且一举一动往往显得更年轻），可看起来却比马克还显老。

"早上好啊，"奥格登双手插兜，打了声招呼，"出去寻欢作乐的人回家了。呦！怎么着？你们在幽会吗？"

奥格登说话向来如此，虽然算不上讨厌，但一开口总让人感到不舒服。今天早上史蒂文斯可没心情和他打趣。他把科比特小姐让进走廊，奥格登也晃晃悠悠跟着进了屋，然后关上了门。

"屋里有点乱，"史蒂文斯对护士客气道，"我昨晚忙了一晚上。我煮了点咖啡，你要来一杯吗？"

"那真是太好了。"科比特小姐说着突然打了个寒战。

"咖啡，"奥格登嘴里发出"噗"的一声，一脸不屑道，"咖啡可不适合用来招待一夜狂欢后回来的人。要是有酒什么的话——"

"书房里有威士忌，"史蒂文斯道，"你自己去拿吧。"

史蒂文斯发现护士和奥格登彼此连招呼也没打，只好奇地打量着对方，房间的气氛莫名紧张起来。科比特小姐板着脸进了客厅。史蒂文斯从餐厅拿了咖啡滤壶后进了厨房，正在找杯子时，奥格登推开双开的弹簧门进来了，他手中举着倒了威士忌的玻璃杯，嘴上哼着小曲，眼睛却警觉地四处瞄。他一边打开冰箱门找姜汁汽水，一边跟史蒂文斯搭话。

"看来我们的迈拉和我一样，"奥格登翻着冰箱，"也收到了警察局让她赶回来的电报。"

史蒂文斯默不作声。

"我昨晚也收到了电报，"奥格登继续道，"但我当时正马不停蹄地赶着参加一个又一个派对呢，可不能让这事耽误我喝酒。不过我很高兴，警察终于发现事情不对，要讯问所有人了。"他从冰箱里掏出制冰盒，在水池边磕打，小心翼翼地让冰块像铅锤一样直着落入酒杯中。"对了，昨晚你帮马克掘墓了吧？"

"你怎么会这样想？"

"别当我是傻子。"

"得了吧，你可一点都不傻。"

奥格登放下酒杯，蜡黄色的脸不自在地扭曲。"你这话，"

他平静地问道，"是什么意思？"

"听着，"史蒂文斯转过身说，"我现在很想一拳把你，或任何一个惹到我的人，打得直接从那个瓷器陈列柜上飞过去。要是不想让大家头破血流，就别一大早上7点半跟我吵架。把冰箱里的奶油递给我，好吗？"

奥格登听罢笑了。"抱歉。不过我不明白你为什么如此紧张不安。我这么说完全出自我侦探的本能。在你书房取威士忌时，我瞟见两支马克自卷的香烟，还有地下墓室入口处的路面示意图，显然也出自马克的手笔。哦，没错，一切都逃不过我的法眼。这很有用。我早预感到马克会这么干，这也解释了为什么那天晚上他把大家都支出去了。"奥格登拉着脸，面露狰狞道，"等警察来了，发现你们正在人行道上忙得不亦乐乎，他们怎么说？"

"没有警察。"

"你说什么？"

"另外，那些电报显然不是警察发的。"

奥格登咬着下嘴唇，目光灼灼地瞥了史蒂文斯一眼，脸色一变。"没错，这点我也想到了。不过——但是——听着，史蒂文斯，你最好把你知道的都告诉我，反正一会儿回到庄园，我也会知道的。昨晚你书房里有三个人，我瞟见三个杯子。那第三个人是谁？"

"是帕廷顿医生。"

"呦，"奥格登看起来有些兴奋，若有所思道，"看来要出大事了。原来是那个被吊销执照的医生。我还以为他好好地待在英格兰呢。要是他发现——我早该想到的，现在我都明白了，我明白了，明白了。"这是奥格登特有的另一种让人讨厌的说话方式，"没错，马克想让帕廷顿帮他做尸检，查查肚子里面。来吧，告诉我，你们发现了什么？"

"什么都没发现。"

"呃？"

"我的意思是，从字面意义上讲，我们什么也没发现。尸体根本不在地下墓室。"

奥格登闻言头向后仰，看脸上表情，他显然在怀疑史蒂文斯。史蒂文斯从未像此刻这样讨厌奥格登这张脸。奥格登凝视了史蒂文斯片刻，将手伸入冰箱，面色凝重地掏出一小盘苹果酱，从滴水板上推给史蒂文斯。

"你是说，"奥格登道，"马克召集了你们这帮忠心耿耿的朋友，挖开了墓室，然后在可怜的迈尔斯伯伯胃里发现了毒药。于是你们把尸体藏了起来，企图掩盖真相。我知道马克对警察的看法。想知道我对这事的看法吗？"

"不想知道。我只是如实告诉你发生了什么，仅此而已。帮我扶下门好吗？我把杯子拿进屋。"

奥格登听到史蒂文斯这番话显然吃了一惊，随后便陷入了沉思，心不在焉地帮史蒂文斯扶着门。史蒂文斯看得出奥格登此刻正绞尽脑汁，试图从刚才的话中寻找漏洞。可琢磨了一会儿，他一脸茫然地瞧着史蒂文斯，问道："对了，玛丽呢？"

"她——还没起床。"

"奇怪。"奥格登道。史蒂文斯知道对方只是随口一说而已，并无他意——奥格登就是这样，连客套话都让人听着不舒服——可他听了还是心里一惊。他拿着两个杯子，率先进了客厅。奥格登显然打定了什么主意，大步超过史蒂文斯，举着酒杯，抢先跟科比特小姐打起了招呼。

"亲爱的，我刚才就想跟你打招呼，"奥格登道，"可我必须先喝点东西。为了你的健康，干杯。"

史蒂文斯心中暗想：这家伙要是再满嘴虚伪的客套话，我觉得我会把咖啡倒到他头上。科比特小姐双手交叠放在腿上，瞧着奥格登，不为他的话所动。

"关于那封电报，"奥格登继续道，"你收到的电报上说了什么？"

"谁说我收到电报了？"护士质问道。

"难不成我得跟每个人都解释一遍吗？好吧，那我就再说一遍。因为我也收到了电报，正如我刚才跟我们这位朋友说的那样，我是昨晚收到的。但我当时正在兴头上，在这个派对喝完，又跑到另一个派对喝，所以——"

"如果你在不停地换地方喝酒，"科比特小姐一针见血地指出，"那电报是怎么送到你手里的？"

奥格登眯起眼，想反击或嘲讽对手，可恶毒讽刺的话刚到嘴边又咽回去了。他很聪明，知道这么做是浪费时间。

"你以为这样就能问住我？"奥格登反问道，"是这样，当我到了卡列班俱乐部时，电报已经送到那儿了，正等着我呢。说真的，我们能不能坦诚一点？你最好把你知道的都告诉我，你知道的，等我一回庄园，这些就都不是秘密了。不用顾忌特德·史蒂文斯，这些事他都知道。另外，那人把你叫过来很明智，你掌握的证据没准对警察很有帮助。"

"谢谢，"护士正色道，"但你说的是什么证据？"

"当然是关于迈尔斯伯伯被毒死的证据。"

"你这根本是妄加揣测！"护士大叫道，咖啡溢出了杯子的边缘，"如果你有什么想法，你该找贝克医生说去。你不能随便——"她把后面的话咽了回去，"我承认事后我有点担心，可我担心的不是中毒，而是迈尔斯先生去世的那天晚上，我刚好不在，而且我——"

"而且你，"奥格登立刻抓住机会打断对方，"出门时把房门锁上了。如果迈尔斯伯伯突然发病，谁也无法进你房间拿药。所以，从某种意义上说，你害死了自己的病人。如果这都不算失职，那真不知道还有什么算。这事儿一旦传出去，对你的名声可不太好啊。"

这正是护士一直担心的，大家心知肚明，可只有奥格登说了出来。

"哦，我知道你有借口，"奥格登承认道，"迈尔斯伯伯身体已经见好，又有人刚从你房间偷了可以致命的药。好吧，为了避免再丢药，你锁门也许没错。不过你就没有起疑心吗？我知道贝克医生是个老顽固，又上了岁数，但他也没有对此有所怀疑吗？先是星期六有人从你那里偷走了药，然后接下来的星期三晚上，迈尔斯伯伯就断了气。要我说，这事可真是太巧了。"

奥格登的样子太过得意扬扬，很明显，他更像是在寻衅滋事，而非推理。护士显然被奥格登惹恼了，脸色变得铁青。

"就好像你知道的比任何人都要多似的。"科比特小姐厌烦地说道，"那么你应该知道，如果真有人吃了那药，首先，他不会因此而死；其次，他也不会出现迈尔斯先生死前的那些症状。"

"哈，我想也是。那就是说你丢的不是砒霜。那是什么？"

护士一言不发。

"另外，是谁偷的药，你肯定也有怀疑对象吧？"

科比特小姐把手中的空杯子小心翼翼地放在桌上。史蒂文斯整个早上都对气氛尤为敏感，他注意到护士的行为举止有些奇怪。她似乎总在四下打量房间，或是望着楼梯的方向，或是留意着房间里的动静；而且她总想说些什么，但因为有奥格登在，所以欲言又止。

"我没什么想法。"护士平淡地答道。

奥格登不达目的誓不罢休。"得了，说吧。你知道的，说出来你心里会好受点。反正我迟早都会知道——"

"你是不是总用这种伎俩，问够了没？"史蒂文斯毫不客气地质问道，"看在上帝的分上，顾及一下别人的感受。你又不是警察。实际上，你一点也不在乎你伯伯身上发生了什么——"

奥格登闻言转身，笑容中透着警觉。"现在我怀疑，你心里是不是也藏着秘密？"奥格登质问道，"你心里一定有事儿，整个早上你都魂不守舍。你说迈尔斯伯伯的尸体不翼而飞了，这没准是骗我的，但也可能是实话。我现在还拿不准。"奥格登瞥见护士站起身，便问道："要走了，是吗？我开车捎你去庄园。"

"不用，谢谢。"

此刻的气氛已经有点剑拔弩张了。奥格登犹如正在提防对手的击剑手，眼睛紧盯着另外两人。他的驼绒大衣衣领外翻，藏在领子里的脖子向前弓着，长脸上挂着他惯有的半信半疑的笑容。最终，奥格登借口说感觉自己似乎不受欢迎，谢了史蒂文斯的威士忌，带着回味称赞酒还不错，然后就告辞了。奥格登前脚刚出门，护士就跟着史蒂文斯进了客厅。然后她把手搭在史蒂文斯的胳膊上，飞快地说了起来。

"其实，我来这儿，"护士道，"是想和你谈谈。我知道这不是很重要，但我觉得应该提醒你——"

前门突然打开，奥格登探头进来。

"抱歉，打扰了，"奥格登像狼一样狡黠地咧嘴一笑，"但我还是觉得你们两个像在幽会。这成何体统，毕竟你妻子还在楼上睡着呢。还是说她没在家？我发现你家的车不在车库里。出于维护社会公德的需要，我觉得我应该护送你们去庄园。"

"出去。"史蒂文斯平静道。

"呦呦呦，"奥格登不依不饶地兴奋道，"另外，我瞧见你家卧室的灯全开着。怎么，玛丽睡觉还开灯？"

"你给我出去。"史蒂文斯道。

奥格登依然一脸笑嘻嘻，但显然明白见好就收的道理，毕竟他已完全占据了上风。之后他开着车，以每小时两英里的速度，一直跟在史蒂文斯和护士身后，直到到达庄园。雾气此时已渐渐由浓转淡，但能见度只有十英尺左右，那些篱笆、树木和路灯柱就像从白雾中突然蹦出来的一般。他们感觉庄园内也是一片死寂。突然，一阵急促的敲门声划破了寂静，敲门声消失后，寂静再次袭来，接着又一次响起了敲门声。在这令人窒息的雾气中，这番情景着实令人心里不安。

"天啊！"奥格登突然开口道，"你们说，他们不会全都——"

史蒂文斯不知道奥格登脑袋里有什么诡异的想法，刚才在路上，奥格登的车子龟速前行，却还差点撞在车道旁的柱子上。前门廊上站着一位身材壮实、手提公文包的男人，他不时将身体重心从一只脚移到另一只脚上，一阵阵敲着门。听到有人来，男人转过身，疑惑地看着他们。男人衣着干净利落，身穿深蓝色大衣，头戴灰色软帽，那下翻的帽檐下露出一双透着风趣的眼睛。他肤色浅黄，两鬓虽然微微花白，但看着比实际岁数要年轻许多。男人和蔼可亲，甚至有些过于自谦。

"你们当中有谁住在这里吗？"男人问道，"我知道现在叨扰有点早，但房子里好像没人。"男人停了一下，"鄙人布伦南，来自警察总部。"

奥格登吹了两声口哨，行为举止立马收敛了许多，史蒂文斯感觉他好像突然提高了警惕。"好吧，我猜他们昨晚一定熬夜了，所以这个点儿了还在呼呼大睡。没关系，我这儿有钥匙。我就住这儿。我叫奥格登·德斯帕德。警督，您一大早找我们有何贵干啊？"

"我是警监。"布伦南瞧着奥格登道。今天早上的奥格登好像人见人烦。"我想我要见的是你哥哥，德斯帕德先生。如果——"

这时，前门突然打开，布伦南的手本来放在门环上，现在突然悬在了半空中。烟囱里飘出细密的煤灰，就像在白雾里掺了沙子，主宅的客厅望过去感觉比雾气弥漫的门廊更加晦暗。胡子刮得溜光、穿戴整齐的帕廷顿出现在门口，打量着门前的众人。

"你们这是？"帕廷顿不解道。

警监清清嗓子。"鄙人布伦南，"他把刚才的话又重复了一遍，"来自警察总部——"

在这一刻，史蒂文斯确信整个世界都错乱了：帕廷顿突然间吓得面如土色，他的手扶在门框上，向下滑了一下又紧紧抓住门，好像他不这么做，就会双膝直接跪到地上。

12

"出什么事儿了吗？"布伦南的语气并无异样，只是普通的询问。正因为布伦南这正常反应，帕廷顿又突然活了过来。原本瘫倒如木偶的他好像被人猛地拉了一下身上的线，重新振作了起来。

"警察总部，"帕廷顿嚷道，语气中听不出是喜还是忧，"哦，警察。没什么事儿，一切都好。就算我告诉你发生了什么，你也不会相信的。"

"此话怎讲？"布伦南见缝插针地问道。

帕廷顿不说话，只是眨眨眼。瞧着帕廷顿一脸困惑的样子，史蒂文斯甚至怀疑他是不是喝多了还没醒酒，但他接下来的话彻底打消了史蒂文斯的疑虑。

"布伦南！"帕廷顿道，"这名字我有印象——我想起来了，是你给所有人发电报，让大家赶回庄园的吧？"

警监瞧着帕廷顿。"真是越说越乱了，"他平心静气道，"可以让我进去说吗？免得大家误会更深。我没发过电报。而且我想知道是谁给我写了信。我想见一下德斯帕德先生，马克·德斯帕德，局长派我来见他。"

"我觉得医生今天早上有点不在状态，布伦南警监，"奥格登假模假样地打起圆场，"帕廷顿医生，你可能不记得我了，我是奥格登。你——离开的时候，我还在上学。另外，怕你贵人多忘事，这位是特德·史蒂文斯，你们昨晚还见过面。这位是科比特小姐，是负责护理迈尔斯伯伯的护士。"

"我知道了。"帕廷顿应了一声，随后喊道，"马克，有人找！"

主宅前厅的大门打开了，一道黄色的光射了进去，马克出现在房门口。所有人心中都感受到一股无可名状的压抑，仿佛任何人的一举一动都散发着危险的气息。那感觉就好像你明明瞧见危机开始生根发芽，可你却一头雾水，不明所以。马克先是随意地站在门口，随后挺直了腰板，射入的光线为他的脸庞镀上了一层金光。他今天穿着厚重的灰色翻领毛衣，整个人显得头重脚轻。

"呦，呦，呦，呦，"奥格登道，"哥，我们好像有麻烦了。这位是重案组的布伦南警监。"

"不是重案组，"布伦南略微提高声音，语气中隐约透着一丝厌恶，"我奉警察局长之命前来拜访。你是马克·德斯帕德先生吗？"

"我是，请进。"

没有任何客套，马克只将身子闪到一侧，那感觉就差公事公办地加一句："你等着，医生马上就见你。"这不是马克平常的待客之道，看样子不是好兆头。

"今天早上家里有点乱，"马克继续说道，"我妹妹昨晚没睡好。（科比特小姐，你能上楼瞧瞧她吗？）另外，厨师和女佣也不在，我们正试着给自己做一顿像样的早餐。这边请。特德，帕廷顿，你们也进来吧？不，奥格登，你别进来。"

奥格登简直不敢相信自己的耳朵。"啧啧，你在开玩笑吗？马克，你怎么了？我当然得进去。别跟我开这种玩笑。毕竟——"

"奥格登，"马克道，"有时候我对你充满了兄弟之情，有时候你是大家聚会时的灵魂人物，但有时候只要有你在就肯定会有麻烦。你就别再添乱了，去厨房给自己找点吃的。我警告你，乖乖听话。"

等另外三人进了屋，马克就把门关上了。像昨晚一样，百叶窗依然拉着，灯依旧亮着，让人有种时间倒流的恍惚感。按照马克的示意，布伦南坐在放着厚垫子的椅子上，他把帽子和公文包放在脚下。摘掉帽子后的布伦南看上去是个精明的中年人，花白的头发经过精心梳理，以掩饰他的秃顶，下巴轮廓柔和，脸显得很年轻。他先犹豫了一下，不知该如何开口，然后深吸一口气，打开了公文包。

"我想你应该知道我的来意，德斯帕德先生，"布伦南道，"当着你朋友的面，我就开门见山了。我这有些东西需要你看一下。"布伦南从公文包里掏出一个信封和一张字迹整齐的打印信纸，"昨天早上，大致就是这个时候，我收到了这封信。正如你所见，信是星期四晚上从克里斯彭寄出的，收信人处写的是我的名字。"

马克不慌不忙地打开信。他没马上读文字内容，而是先仔细瞧了瞧，然后眼皮也没抬，大声念了出来。

4月12日，迈尔斯·德斯帕德于德斯帕德庄园过世，名为自然死亡，实为中毒致死。寄信于你，绝非戏谑。如需证据，可前往胡桃街218号乔伊斯和雷德芬化学分析室。案发次日，马克·德斯帕德曾送去牛奶玻璃杯一个，盛有红酒和蛋液残渣之银杯一个。银杯内有砒霜，现锁于马克·德斯帕德家中书桌内。此物系案发后，马克于迈尔斯·德斯帕德房间内获得。另有家猫之尸体埋于主宅东侧花圃内。尸体为马克所埋。猫或因误饮混有砒霜之物而卒。马克并非凶手，却欲掩盖此事。

真凶应为一女性。家中厨娘乔·亨德森夫人可作证明。迈尔斯遇害当晚，她亲眼见到迈尔斯房间内有一女子将所述银杯递与受害者。亨德森夫人现不在庄园，你可对其展开质询。她尚不知迈尔斯死于中毒，请徐徐诱之，应可获大量线索。她此刻正在弗兰克福市利斯大街92号朋友家中。此事于你有益，务必重视。

正义之爱

马克把信放在桌上。"'正义之爱'这个落款我喜欢。不过我感觉这个词不像是现代用法[1]，对不对？"

"这我倒不是很清楚，德斯帕德先生。关键是信上所说

---

1. 原文中"正义之爱"使用的是拉丁文。

句句属实——稍等，"布伦南的语气有点儿咄咄逼人，"有件事我必须先说明一下，昨天我们在市政厅会见了亨德森夫人。今天警察局长之所以派我来，是因为他与你有私交，想帮你。"

"你可真是个有意思的警察。"马克说完哈哈大笑。

布伦南也咧嘴大笑以作回应。刚才还紧张的气氛，以及双方之间的敌意，竟瞬间消融了，速度之快史蒂文斯前所未见。不过他最终明白了真正的原因，布伦南显然也意识到了。

"一进来，我就猜到你心里在想什么了。"布伦南轻笑一声道，"我给你说说看，你是不是以为我一进来就会指手画脚，劈头盖脸、大呼小叫地挨个质询？听着，德斯帕德先生。我这么说吧，但凡这样查案的人，马上就会被踢出警察局，尤其是当案子牵涉到有头有脸的人物或警察局长的朋友时，比如现在。那些侦探小说好像总是忽略了一件事——政治。我们这些做警察的可绝不会忘。不仅如此，警察也只是一份工作，我们想竭尽所能将它做好，我觉得我们做得还不错。警察局可不是杂技团或动物园。年轻人如果不顾一切，只想向上爬，不顾社会影响，那他在警察局肯定待不长。这是每个做警察的人必须明白的道理。我说过，我是代表卡特尔先生，也就是我们局长来的——"

"卡特尔，"马克嘴里重复着这个名字，坐起身来道，"没错，他是——"

"所以，"布伦南大手一挥，总结道，"坦白告诉我真相如何？我这么说就是希望你清楚我的立场，而且我们局长也嘱咐过，要我在法律允许的情况下尽可能地帮你。你意下如何？"

史蒂文斯心中暗想，布伦南这番话肯定能打动马克·德斯帕德。布伦南不只是警察局长派来的代表，还是个聪明人。见马克点头回应，布伦南再次打开他的公文包。

"首先，"布伦南道，"我会把我掌握的情况告诉你，证明我没有虚张声势。"

"之前我说过，我是昨天早上收到的信。我现在已经掌握了你们每个人的情况，因为我有个表亲住在梅利昂。我当时直接把信呈给了局长。他觉得这并不能说明什么，我也是这么想的。但我觉得最好去一趟那个化学分析室，跟化学家们聊聊。另外，"布伦南的手指沿着信纸向下滑，"信中这部分内容我已经核实了。4月13日，也就是星期四，你去了化学分析室，带去一个玻璃杯和一个银杯要求化验。你说你家的猫中毒了，猫舔了其中一个杯子里的东西。你还要求他们为此事保密。第二天，你取走了检验报告。报告显示玻璃杯没问题，但化学家在银杯中检测出两格令的砒霜。关于那个银杯的详细描述是：直径约四英尺，高约三英寸，纯银打造，顶部有花纹装饰，是件有年头的器皿。"布伦南抬眼道，"没错吧？"

接下来，布伦南的表现充分证明了他这个警察的确有一套。事后马克总说，那感觉就像上了销售大师的圈套，不等你回过神，你已经稀里糊涂地答应要买他推销的产品了。布伦南温顺得如猫咪一般讨人喜欢，他侧耳倾听，花白的脑袋俯于笔记本上，态度像巴尔干半岛的外交官那样严肃，仿佛连天气预报从他嘴里说出来都藏着重大机密。布伦南在利用机会尽可能地收集信息。马克则像中了魔法，不知不觉便将伯伯的病情、伯伯去世那天晚上的情况，还有自己如何在伯伯房间发现银杯的事和盘托出，还推心置腹地交代了自己的推断：如果死者喝下了毒药，那毒药一定来自那个银杯。

然后布伦南说起亨德森夫人如何为他们提供了线索，但他语焉不详。史蒂文斯估计布伦南很可能假扮马克的朋友，去弗兰克福找到亨德森夫人，利用她爱聊八卦的天性套出了需要的信息。布伦南自己也承认，直到被请到市政厅，当着警察局长的面复述时，亨德森夫人才意识到事情不对头。布伦南还说，亨德森夫人在离开市政厅时当场落泪，情绪异常激动，痛恨自己背叛了德斯帕德家族，觉得再也没脸见德斯帕德家的人了。

布伦南拿出一张打印纸读了起来，上面记录的是亨德森夫人对 4 月 12 日当晚所见情况的供述。内容与她告诉马克的基本相同，但字里行间缺少了马克讲述时那种说不清道不明的诡异气氛。另外，记录里也不涉及对超自然力量的暗示，甚至连"诡异"这个词都没提，仅是客观叙述而已。晚上 11 点 15 分，亨德森夫人透过门帘的缝隙，瞧见老迈尔斯房间里有个女人。这时的老迈尔斯身体并无异样。女人个子矮小，身穿"古怪老式服装"，或者说庄重的华服。亨德森夫人以为她看到的是露西·德斯帕德夫人或伊迪丝·德斯帕德小姐。亨德森夫人知道她们当天晚上要去参加化装舞会，但她刚从克利夫兰访友回来，还没见过露西和伊迪丝，所以不知道她们穿了什么衣服。身穿"古怪老式服装"的女人手中拿着杯子，从亨德森夫人对杯子的描述来看，那正是后来被检测出装有砒霜的银杯。女人把杯子递给了老迈尔斯，亨德森夫人只瞧见老迈尔斯接过杯子，没瞧见他喝杯中的东西。

与马克的讲述相比，这份记录缺少对现场气氛的渲染和对超自然力量的暗示，所以听起来对露西非常不利。史蒂文斯很想知道，像布伦南这种以事实为准绳的人，在听到结尾——那个女人从不存在的门里消失——的时候，心里会怎么想。

紧接着，布伦南就谈到了这个。

"德斯帕德先生，"布伦南坦诚道，"这份记录里有一点我搞不明白。亨德森夫人说那个女人'穿墙而过'，瞧，这儿写着呢——'穿墙而过'。她只说了这些，她不能，或不愿意说得更清楚。她说墙'看着好像变了，然后又变了回来'。听明白了吗？好的。局长当时对她说：'我想我明白你要说什么。你是想说，墙上有一道与密道相连的暗门，对不对？'局长说得有道理。我也知道，你们这房子可是一栋老宅了。"

马克一直僵硬地背靠在座位上，双手插兜，眼睛盯着布伦南。他脸上的神色像布伦南的一样令人难以捉摸。听到这里，他开口问道："亨德森夫人是怎么说的？"

"她的原话是：'是的，我想一定是像局长您说的那样。'我得跟你求证一下。我听很多人说过密道，但说实话，我还从来没见过。我有个朋友曾声称他家阁楼上有密道，可事实上那是假的，所谓的密道只是放保险盒的地方，走近看的话，可以瞧出门在哪里。所以，我对你们家的密道非常感兴趣。那房间里有密道，是不是？"

"我也只是听说有。"

"好吧，但真的有密道是吗？能让我见识一下吗？"

马克好像第一次感到内心的挣扎，但他并非纠结于事实，而是不知该如何措辞。

"抱歉，警监。17世纪那会儿还没保险盒那东西。是的，那面墙上曾经有一道门，可以通往主宅的其他房间，可与门相连的那部分建筑已经被火烧毁了。关键是我在墙上并没发现门闩或弹簧装置。"

"好吧，"布伦南盯着马克道，"我之所以这么问，是因为如果你能证实亨德森夫人在撒谎的话，我们就不必怀疑除了她以外的任何人了。"

布伦南停顿了一下，马克则好像在心中暗暗地咒骂。布伦南继续道："以上便是我们掌握的情况。如果我们相信亨德森夫人，那这就是一个俗套的案件。我们认为亨德森夫人没说谎。我对谎言可是非常敏感的。"他轻轻挥了一下手，环顾着房间，"现在我们可以确定，案发时间大约是在晚上11点15分。我们知道你伯伯手里拿着装有砒霜的银杯，我们也知道那女人穿着什么衣服——"

"一句话，你什么都知道了，"马克道，"但还没有真凭实据证明真的发生了谋杀。"

"你说得真是太对了！"布伦南立刻应声附和，还拍拍公文包，似乎为马克能抓住问题的关键而开心，"那你肯定会理解我们接下来的做法了。我们先给贝克医生打了电话，私下询问他迈尔斯·德斯帕德先生有没有可能是死于中毒。医生说我们一定是疯了，这绝不可能，虽然他也承认迈尔斯先生死前的那些症状看着像砒霜中毒。当然，他的态度是我们意料之中的。没有家庭医生想惹上这种麻烦事。但如果法庭下令开棺验尸，证明他错了，那可够他受的。接下来，我们局长试图跟你取得联系，想了解一下你对此事的看法。可他怎么也联系不到你，你既不在办公室，也不在家……"

"是的，"马克警觉地盯着警监说，"我当时在纽约，去见一位刚从英国回国的朋友。事实上，就是那边的帕廷顿先生。"

帕廷顿一直坐在壁炉旁，双手紧握放在膝盖上，闻言抬起头来。阴影让他前额上深深的皱纹凸显出来，但他没作声。

"没错，我们查到了。"布伦南简短地说道。"现在，让我们理一下头绪。"布伦南继续道，"迈尔斯先生房间里有个身穿化装舞会服装的女人。亨德森夫人告诉我们，那天晚上，你和你妻子、你妹妹都要去圣戴维斯参加化装舞会。房间里的女人一定是她们两人中的一个，很可能是你妻子。因为第二天，亨德森夫人见到了你妻子参加化装舞会时穿的衣服，她承认它与房间里那女人穿的衣服很像。放松点，我现在只是在转述。

"但昨天我们与你妻子和你妹妹都联系不上，她们也在纽约。于是，局长决定核实 4 月 12 日当晚你们所有人的行踪。我们局长认识举办化装舞会的人，也与参加舞会的很多人熟悉，所以可以悄悄查。德斯帕德先生，现在我手上有关于你们所有人的详细调查报告，特别是事发当晚的关键时间——晚上 11 点 15 分左右的情况。如果你同意的话，我可以给你透露一下。"

短暂的沉默。房间里闷热异常，仿佛过去二百年的时间也停滞不前，正在倾听。史蒂文斯眼角的余光瞥见门动了一下，看来有人从一开始就在偷听。他本以为那是奥格登，可等门打开得大一点，出现的却是露西。露西蹑手蹑脚地走进房间，站在门旁的角落里，双手垂在身体两侧。她脸上的雀斑因为脸色太过苍白而愈发显眼，头发胡乱梳向一侧，头发的黑色与她苍白的脸色刚好形成了鲜明的对比。她看上去充满了抵触情绪。

"首先，"布伦南没瞧露西，仿佛没注意到露西进屋，"我们来说说你，德斯帕德先生。是的，是的，我知道没人会误把你看成那个身穿低胸裙子的小个子女人，但不怕一万，就怕万一，我们也只是按规矩办事。你整晚都有不在场证明，尤其是你还没戴面具。有二十多人愿意作证，说你一直没离开过。情况我就不细说了，因为这不重要。只要能确定你没有离开舞会返回庄园，就足够了。"

"继续说。"马克道。

"接下来说说伊迪丝·德斯帕德小姐。"布伦南低头扫了一眼报告，"她是在晚上 9 点 50 分左右和你们一起抵达的舞会。她穿的是白色黑边长裙，戴白色帽子、黑色半遮脸面具。在晚上 10 点至 10 点 30 分之间，有人瞧见她在跳舞。10 点 30 分左右，女主人见过她。当时你妹妹正在试图扯掉衬裙下穿的蕾丝灯笼裤，或裤子，或其他什么东西——"

"是的，你说得没错，"马克对此表示赞同，"她回到家时，还在为那事发牢骚。"

"不管是什么吧，反正她不喜欢那东西。于是女主人说其他房间有桥牌桌，问她愿不愿意玩桥牌。她说想玩，于是去了那个房间，当然也就摘下了面具。大约从晚上 10 点 30 分到凌晨 2 点你们返回庄园，她一直在玩桥牌。有一群人可以为她作证。结论：完全成立的不在场证明。"

布伦南清了清嗓子。

"现在轮到你妻子德斯帕德夫人了。她当晚穿的是蓝红相间的丝绸连衣裙，宽下摆，上面有一些亮钻。她没戴帽子，但脑后戴了一块纱巾。她也戴了一个蓝色的蕾丝边半遮脸面具，一到舞会就开始跳舞。大约在晚上 10 点 35 分至 40 分之间，有人打电话找她——"

"电话？"马克突然高声道，人也站了起来，"怎么电话还打到别人家去了？是谁打电话？"

"这个我们还没查到，"布伦南鼻子一哼道，"也不知道当时是谁接的。之所以有人注意到这个电话，是因为当时有个打扮得像街头公告员的男子（没人认出他是谁，就连举办舞会的男女主人也没认出来）在跳舞的人群里一边转，一边说有马克·德斯帕德夫人的电话。然后你妻子就出去了。接着，管家瞧见你妻子在大约 10 点 45 分走进了前厅，这一点他很确定。前厅里当时没别的人，她向前门走去，而且没戴面具。管家注意到你妻子，是因为他瞧见她想出去，于是想上前帮着开门，但没等管家赶到，你妻子就匆匆忙忙出去了。管家之后就一直待在前厅里。大约五分钟后，你妻子又回来了——脸上依然没戴面具。她穿过前厅进了跳舞的房间，有位打扮成'泰山'[1]的男士邀请她跳了舞。此后她又换过两个舞伴，我们已经知道了他们是谁。晚上 11 点 15 分，她开始和备受大家瞩目的某位男士跳舞，对方是个瘦高个儿，高约七英尺，瘦得像根竹竿，脸上戴着骷髅头面具——"

"天啊，没错！"马克猛地拍了一下椅子扶手，轻声叫道，"我想起来了。那是老凯尼恩，高级法院的凯尼恩法官。之后我还和他喝了酒。"

"没错，你说的和我们的调查相符。不管怎样，所有人都瞧到了那一幕，因为舞会的男主人当时对某人说：'瞧，露西·德斯帕德正在与"死神"共舞。'他们注意到这个，也是因为你妻子这时刚好身子后仰，抬起了面具，想好好打量下所谓的'死神'。我之前说了，当时正好是晚上 11 点 15 分。所以迈尔斯先生中毒时——"

布伦南放下手中的报告。

"你妻子还在舞会上。"

---

1. "泰山"是美国小说及电影作品《人猿泰山》中的主人公，由类人猿抚养长大。

13

一直压在马克·德斯帕德心头的大石终于落地了。他腰板挺直地坐在椅子上，渐渐找回了自我，并开始留意其他人。但刚回魂的他与往常相比，行为举止多少有些夸张。他从椅子上一下子蹦起来，转向露西。

"请允许我，"马克如同演戏般拿腔拿调道，"为你引见一下这位曾与'死神'共舞的女士。布伦南警监，这位就是我的妻子。"

很可惜，马克这番话的戏剧效果因为他接下来的抱怨而大打折扣："一进门你就该先说结果的，可你倒好，先戏弄了我们一番，搞得我们谁都可能是凶手似的。"一旁的史蒂文斯则留意着露西和布伦南的反应。

露西听马克介绍自己，立刻迈步上前，步履轻松活泼，态度一如往常那般令人感到舒服。听到布伦南确定她一直在舞会，她那双浅褐色的眸子里的确有过欣喜，可闪了一下便消逝了。她依然脸色苍白，没史蒂文斯想象中那么如释重负。另外，史蒂文斯还注意到露西飞快地瞥了马克一眼。

"警监，我猜你已经知道，"露西道，"你刚才说的我在门外都偷听到了。而且我很确定你希望我能听到。好多事早该——早该告诉我的，可我现在才知道。我——"她绷紧了脸，那一瞬间眼泪似乎要夺眶而出，"我不知道背后原来还有这么多事。要是我早知道这些就好了。不管怎样，真是太感谢你了。"

"哦，没关系，德斯帕德夫人。"布伦南惊讶道，他站在露西面前，将身体重心从一只脚换到另一只脚上，避开露西的目光，"要我说，不知道更好。舞会那天晚上，幸好你出去又回来了，而且管家刚好也看到了你。想必你也清楚，不然的话，你就有麻烦了。"

"对了，露西，"马克随口问道，"那个电话是谁打的？你当时去哪儿了？"

露西没瞧马克，只对他挥挥手。"这不重要，之后我会告诉你的。布伦南先生，马克刚才问，为什么你不一进门就告诉他结果。我想我知道为什么。我听过你的大名。事实上有人曾提醒过我，要我提防你。"露西咧嘴一笑，"请勿见怪，但请告诉我，市政厅的人都称呼你为'老狐狸'弗兰克，这是真的吗？"

布伦南听了微微一笑，满不在乎地摆摆手说："哦，夫人，有些话不能信。那帮人——"

"据那些人说，我说得通俗点，"露西一本正经道，"骗子都能让你卖了，然后还会替你数钱。这是真的吗？真要是这样的话，你是不是还留了几手？"

"如果是那样的话，我接下来会告诉你的。"布伦南答完突然问道，"你是从哪儿听说我的？"

"应该是听谁说过？我不记得了。不过我对你的大名印象十分深刻，没准是警察局长跟我说的。对了，为什么你要给大家发电报，让我们赶回庄园？"

"这事我也正想搞清楚。我没给你们任何人发过电报或写过信。倒是有人给我写了一封信。我说的是那封署名正义什么的信。不管给我写信的是谁，那人一定知道隐情，而且不想隐瞒。可那人是谁呢？"

"这个问题我可以回答。"马克高声道。

马克大步穿过房间，走到沿墙摆放的一堆杂物前，杂物中立着一个像桌子的胡桃木盒子，上面盖着一块布。马克用力拉开盒盖，一张折叠打字桌露了出来，桌上摆着一台满是灰尘的史密斯总理牌打字机。马克本想找几张打字纸，可费了半天力气也没找到，只好无奈地从裤兜里掏出一张旧信纸，把纸沿背面卷进打字机。

"先打几个字，"马克提议道，"然后和你那封信上的字对比一下。"

布伦南郑重其事地戴上一副文气的玳瑁框架眼镜，像钢琴家坐在钢琴前一般坐在打字机前。他先仔细研究了一会儿打字机，然后开始小心翼翼地打字。"是时候，"他写道，"所有善良的人——"打字机噼噼啪啪的声音像鸡在啄米。布伦南端详了片刻他打出来的字，身子向后一靠。

"我不是字迹鉴定专家，"他坦承道，"不过也没必要找专家鉴定了。结果很明显：两封信字迹一致。看来这封信就是出自这房子里的某个人之手。好吧，谁能告诉我这个人是谁呢？"

"是奥格登，"马克平静道，"没错，就是奥格登。一瞧见那信我就知道是他写的。因为这家里也就只有他能做出这种事。瞧。"马克转身瞧着史蒂文斯和帕廷顿，语气不容置疑，且带着怒气，"信中说我埋猫的那段让他彻底露馅了。还记得昨天晚上，我是怎么跟你们说的吗？我说我刚埋好猫的尸体，就瞧见奥格登开车回来了，他开着车灯，我还担心自己被他瞧见了。看来他确实瞧见了。瞧见了，只是不说而已。"

露西的目光从房间的一个角落移到另一个角落。"那么，你认为我们收到的电报也是他发的？可是，马克，这也太可怕了！他为什么要做这种事？"

"我不清楚。"马克听上去似乎心力交瘁，他坐在椅子上，手拨弄着两鬓的头发，"奥格登这么做没恶意。我是说真的，他这么做并不是想伤害谁。我这么说你们可能很难理解，我的意思是，他不觉得这是什么大不了的事。他只想弄出点乱子，然后幸灾乐祸地看我们怎么办。他是那种只要想给聚会找点乐子，就会把两个死对头请过来，然后还特意安排他们坐在一起的人。他就这个德性，喜欢惹是生非。这种人有可能成为伟大的科学家，也有可能是个祸害，有时也可能两者兼而有之。不过仔细想一想，确实有什么事情——"

"哦，得了吧，马克，"露西严厉地打断马克，她一脸愠色，可能是因为忧心忡忡，"你这人就是不肯承认别人有问题。奥格登有些反常。他——好像变了。以前他没这么坏。他好像还特别讨厌玛丽·史蒂文斯。（抱歉，特德。）事到如今，难道你还要维护他不成？他这么做其实就等于指控家里人是凶手，而你还觉得他没问题？"

"我怎么知道？这浑小子可是个出色的间谍。我猜他没料到我们会打开地下墓室——"

马克意识到自己说漏了嘴，马上住了口。房间里一下子静了下来，只剩下布伦南用摘下的眼镜缓慢而有节奏地敲打桌面发出的声音。他惬意地坐在打字机旁的直背椅子上，面目和善可亲，目光灼灼地瞧着马克。

"继续，"布伦南道，"继续说，别停，德斯帕德先生。你刚才说'打开地下墓室'，我可把我知道的都告诉你了，希望你也别瞒我，该说却不说。"

"你这个老狐——"马克欲言又止，"你的意思是这事你也知道了？"

"是的，这正是我一直没搞清楚，还在困惑的事。所以我他妈的——"在女士面前一直保持风度的布伦南意识到自己失态了，话说一半就住了口，"所以我搞不懂这一出荒唐的不折不扣的闹剧到底是为了什么！我一直在等你告诉我你们在地下墓室里发现了什么。"

"就算我告诉你，你也不会相信的。"

"我信，德斯帕德先生，你大可放心。从你在纽约57号码头见到帕廷顿医生开始，你和你的朋友们昨晚的所作所为我都一清二楚。你身后有条'尾巴'。"

"昨晚的事你都知道？"

"你可以听听！"布伦南举起手指放在嘴边，示意对方安静注意听，他从公文包里又掏出一张纸，"昨天下午6点25分，你和帕廷顿医生从纽约返回了克里斯彭，进了这栋房子。8点零5分，你们出了门，一起开车去了位于国王大道左侧的小白房子。那是史蒂文斯先生的家……我猜你就是史蒂文斯先生。"布伦南转身对着史蒂文斯微微一笑，"你们在那儿一直待到8点45分，然后直接返回了庄园。你们两个，还有那个名叫亨德森的仆人，往返于主宅和亨德森的住处，准备工具。9点30分，史蒂文斯来庄园与你们会合。9点40分，你们四人开始打开地下墓室，差15分钟到午夜12点时，墓室终于被打开了。"

"难怪亨德森那时候说他感觉有人在看着我们，"马克不安地吼道，瞥了眼布伦南，"可——"

"你们中的三人进了墓室。帕廷顿医生则回了一趟主宅，两分钟后也进了墓室。零点28分，帕廷顿医生、史蒂文斯先生和亨德森跑出了墓室，监视的人还以为出了什么事，于是跟着他们。奇怪的是，史蒂文斯先生和亨德森只是跟着帕廷顿医生返回主宅，取了两架折梯，在零点32分又返回了墓室。帕廷顿医生则是在零点35分又回了墓室。零点45分，墓室里传出推倒大理石花瓶的巨大响声。零点55分你们停止折腾，去了亨德森的住处——"

"这些细节你就不用再说了，"马克高亢的声音中透着一丝焦急，"不过，有一件事我得问。我们做了什么自己心里清楚，但监视我们的人能听见我们讲话吗？他听到我们说什么了吗？"

"不管是在地下墓室，还是在亨德森家，你们说的他都听到了。你们可能都忘了，亨德森家客厅的窗户是开着的，所以你们说的大部分内容监视的人都听到了。"

"完蛋了。"马克愣了片刻后道。

"不，千万别这么想，"布伦南又戴上他的眼镜，安慰道，"我详细地重复这些细节——嗯，是想让你们明白我今天为什么一大早就来拜访。监视你们的人直到今天凌晨3点才离开庄园。他没惊动你们，因为他接到的命令是不得干扰你们。但他一离开庄园就赶往切斯纳特希尔，直奔我家，把我吵醒了。他说他被吓得睡不着，我还是头一次见伯克慌成那样。他说：'警监，那些人都是精神病，一群胡言乱语的疯子。他们说死人又活了。还说死了的老头可能从棺材里出来，自己走出了地下墓室，所以棺材现在是空的。'听了这些话，我想我最好还是尽快赶过来。"

马克又开始在房间里绕圈踱步，听到这儿他停下脚步，饶有兴趣地瞪着布伦南。

"哈，那我们现在就来谈谈尸体的事。这是所有问题的根源。你觉得我们是一群神经病吗，警监？"

"不一定，"布伦南鼻子一哼，"不一定。"

"但你同意尸体从地下墓室里凭空消失了吧？"

"我只能接受这个说法。伯克特意跟我说了。他说你们已经考虑过警察能想到的各种可能。我猜他一定被吓得不轻，等你们离开墓室，那里变得有点阴森恐怖，他一个人太害怕，没敢进去。尤其是——"他瞥了眼地下的公文包，然后突然翻了起来。

马克警觉地追问道："等等！你刚说尤其是——是什么？你说话像变戏法似的，时不时抖出点猛料，就像从帽子里变出兔子那样突然。露西刚说得对，我也怀疑，你是不是留了后手？"

"没错。"布伦南平静道，"比如说，我手上还有关于4月12号那天晚上你们家其他人行踪的详细调查报告。"

他停顿片刻，继续道：

"德斯帕德先生，你的问题在于，你把注意力全放在了你妻子身上。"布伦南飞快地低声道，他闭着眼睛，好像在致歉，"虽然她有可能是犯罪嫌疑人，但别忘了，这家里还有你妹妹，以及其他人。跟调查你们一样，我对其他人也逐一作了调查，首先是你的弟弟——奥格登·德斯帕德先生。亨德森夫人说奥格登昨天出城了，但我不能，或我认为自己不能询问他。于是我派了手下去调查，很幸运，我们查到了事发当晚他的行踪。"

马克回忆了一下。"我记得他本来要去镇上参加在贝尔维尤-斯特拉特福酒店举办的预科学校毕业晚宴。但我们留他在家，让他等从克利夫兰返回的亨德森夫人到家后再走，所以他肯定错过了晚宴。我记得当天晚上9点半，我们离开庄园去参加化装舞会时，他还在家没走。"

"我在想——"露西突然想问什么，可话只说了一半。

"你在想什么，德斯帕德夫人？"

"没什么，你继续说吧。"

"那好吧，是这样的，"布伦南道，"亨德森夫人记得奥格登要去哪里。他大约是在晚上 9 点 40 分离开庄园的，开着一辆蓝色别克车。他一路开车到镇上，大约在 10 点 35 分抵达了贝尔维尤 - 斯特拉特福酒店，这时晚宴已经结束了，可还有人在致辞。有人瞧见奥格登进了酒店。之后，似乎有毕业生在酒店订了房间庆祝。奥格登也参加了庆祝活动，从晚上 10 点 35 分直到凌晨 2 点，都有人可以证明奥格登在酒店。所以调查的结论是——又一个事发时不在现场的确凿证明。另外，我还得多说一句，没人会误把奥格登看成房间里的那个女人，正如不会把你错认成那女人一样，但我还是调查了一下。"

"调查名单上的下一个人是迈拉·科比特小姐，专业护士。"布伦南抬头咧嘴一笑，摇了摇手。"受过专业训练的职业护士杀掉自己的病人，我觉得这不太可能，但也必须查一查。于是我派了精明强干的人去查，"布伦南意味深长道，"我们的人和她面谈了一下，并核实了她的行踪。"

"你是说，"片刻沉默后，露西飞快插了一嘴，"你们和她谈了——她在庄园时发生的事？"

"是的。"

露西仔细观察着布伦南的神色，怀疑他是想骗自己继续说下去。

"你果然留了后手。"露西质问道，"她——她没说有人从她房间里偷了一小瓶药？"

"说了。"

"哦？"马克恼火地追问道，"那她知道是谁偷的吗？那瓶子里装的到底是什么东西？"

"她怀疑的对象有两个，并且确定这两人中肯定有一个人偷了药，"老狐狸弗兰克盯着房间里的其他人，不慌不忙地说，"这点我们一会儿再说。先说一下她那晚的行踪。12号那晚她正常休息。我们查到她去了——呃——位于春园街的基督教女青年会。她大约是晚上7点到的，先在女青年会吃了晚餐，接着在7点30分左右和一位女性朋友看了场电影，回来时大约是晚上10点，然后就上床睡觉了。她的室友——另一位护士可以为她作证。又是一个事发时不在现场的确凿证明。"

"接下来是调查名单里的最后一位——玛格丽特·莱特纳，也就是你们家的女佣，她现在正在西费城的父母家……"

"玛格丽特？"露西叫道，"你连她也查了？我记得那天晚上她请假出去约会，我同意了。"

"没错，这点我们已经知道了。我们还调查了她的男朋友，他们和另一对情侣一起约会，一晚上开车到处逛（其实就是四处走走停停）。不管怎样，从大约晚上10点30分一直到夜里12点，他们的车都停在费尔芒特公园的野地上。所以，晚上11点15分出现在你伯伯房间里的女人不可能是玛格丽特，我们可以排除她的嫌疑了。对了，你们知道她是德裔宾州人[1]吗？"

---

1. 指17世纪和18世纪由德国西南部或瑞士迁至宾夕法尼亚州的移民的后裔。

马克闻言双目圆睁。

"她是不是德裔宾州人和这事有什么关系？"马克道，"也许你话里有话，但我不明白你要说什么。听着，亨德森夫人说的你都相信，是不是？"

"是的，"布伦南若有所思道，"是的，我相信她说的是实话。"

"那你也不认为乔·亨德森，也就是她的丈夫有嫌疑，对不对？"

"是的。"

马克双拳叉腰道："那这么说，我的伙计，你已经把所有人的嫌疑都排除了！你的调查证明庄园里所有人，或者说和庄园有关的所有人都没嫌疑。也没有其他人可能犯案。如果警察愿意相信超自然力量的话，毕竟——"

"伙计，"布伦南有些激动地说，"请你冷静点，好好想想那天晚上到底发生了什么。我刚才像幼儿园老师一样不厌其烦地给你们介绍情况，就是因为你们个个都像兔子一样急躁，认定你们中有人是凶手，要不就说什么鬼怪之类的荒唐话。你们只有跳出固定思维，才能找到问题的答案。其实我要说的很简单。从我听说这事的那一刻起，我就知道这个小把戏是外人搞的鬼。"

说到这儿，布伦南停了一下，然后继续向他们解释。

"别一脸惊讶。这是个好消息，不是吗？你们现在好好想一下。投毒的凶手是个女人。她知道 12 号那天晚上你们都要出门。她还知道德斯帕德夫人要去参加化装舞会，而且知道她穿什么衣服。要知道这些并不难。她甚至还模仿德斯帕德夫人，披上同样的纱巾，盖住后脑勺和肩部。然后她来到庄园——没准还戴了面具——这样即使有人瞧见她，也会把她当作德斯帕德夫人。事实的真相就是这么简单。"

"不仅如此，凶手还想到了另一点：尽管德斯帕德夫人参加化装舞会时会戴面具，但舞会上的人很可能会认出德斯帕德夫人，并在事后作证，说她一直待在舞会没离开过。于是这个下毒的人又心生一计，她打电话到圣戴维斯，说找德斯帕德夫人。"布伦南瞥了眼露西，目光一闪，"但我们查不到那个电话是谁打的，也不知道电话里说了什么。德斯帕德夫人好像也不想告诉我们。"

露西刚张开嘴，可脸一红，犹豫了一下又闭上了。

"但是没关系。我赌十美元，打电话是假，那人的目的是支走德斯帕德夫人，好让她无法证明自己案发时在哪里。还记得那个电话打来的时间吗？大约是在晚上 10 点 40 分。如果德斯帕德夫人离开舞会，在外面待上四十五分钟或一小时——明白我什么意思吧？可德斯帕德夫人临时改变了主意，没上当。

"而真正的凶手（或者说那个女凶手）并不怎么担心被人看到。我来告诉你们为什么——因为她是通过秘密通道进了迈尔斯先生的房间。但是亨德森夫人出现了，她到阳台上听广播，透过门帘缝隙瞧见了凶手，可凶手并不在乎。因为除非看到凶手的脸，否则亨德森夫人会以为自己看到的是马克的妻子德斯帕德夫人。亨德森夫人说过很多次，房间里的女人一动不动，好像是静止的。这点亨德森夫人说得没错，你们可以押上所有的赌注。那个凶手不能动，因为一转身，她就会暴露自己。

"好了，刚才都是我一直在说，现在需要各位动动脑了。好好想一想，凶手是你们的密友，熟悉庄园里的一切，而且还知道那天晚上你们要去参加化装舞会。能想到谁吗？"

露西和马克对视了一下。

"没这样的人！"露西反驳道，"你瞧，我们在庄园里深居简出，都不怎么出门。我喜欢出去，可马克不喜欢。去参加那个化装舞会算得上我们的一件盛事了。而且你瞧，我们也没有什么要好的朋友，除了——"

露西突然住了口。

"除了——？"布伦南追问道。

露西缓缓转过身，望向史蒂文斯。

14

史蒂文斯对此早有预感。起初他心中响起的仅是一种模模糊糊的话音，东一句，西一句，一会儿好像跑题了，一会儿似乎又回到了正题上——不管怎样，它持续地越逼越近，像一张网越变越大，它的运动方式如此混乱，因此也越来越险恶。它又如同一只盲眼的怪物，东一头西一头地乱撞，最终忽闪着翅膀，向屋中飞来，而史蒂文斯却无力将其拒之门外。

"当然，除了特德和玛丽。"露西迟疑地笑了。

史蒂文斯瞧得出来，那一瞬间有三个人同时想到了他们夫妻二人。马克和露西都在瞧着他，连之前一直安静听着的帕廷顿也微微抬头盯着自己。史蒂文斯感觉血往上涌，神经紧绷，仿佛要进入战斗状态，他好像一下子进入了马克的脑袋里，能清晰地感知马克每一种神情背后的想法——马克想到了玛丽，脑海中浮现出她的样子，随即大脑一片空白；马克嘴角微微抽搐着质疑这种假设；然后玛丽的样子再次浮现，而马克对她的怀疑渐渐消散，脸上慢慢露出笑容。

马克一开口就证明了史蒂文斯刚才的感觉果然没错。

"干脆把我吊死得了，"马克的语气平淡得就像在发表声明，"我可从没想过这种可能性。你知道吗，特德，昨天晚上你问我，如果你假设我妻子是凶手，我能否接受。现在好像反过来了，轮到我问你同样的问题了。"

"这很公平。"史蒂文斯的语气像平常一样轻松随意，"事实上，我自己也从没这么想过。但我能理解警监的推理。"

但史蒂文斯此刻担心的不是马克，他用眼角余光留意着布伦南的一举一动，布伦南已经转过身瞧着他，看上去客客气气。史蒂文斯搞不清布伦南到底知道多少，而且心生恍惚，觉得眼前这一幕仿佛曾经发生过。不管怎样，有一点他非常清楚，那就是接下来的几分钟至关重要，没准会决定他今后的人生，因为他就要与老狐狸弗兰克展开正面交锋了。

"特德和玛丽？"布伦南重复着露西的话，一如史蒂文斯预料的那样头一偏，热切道，"我想露西说的是你和你妻子，史蒂文斯先生。"

"是的，没错。"

"好，那我们就别兜圈子了。你觉得你们两人中的任何一位有什么要毒死迈尔斯·德斯帕德的动机吗？"

"没有，我只能这么说。我们几乎不怎么认识老迈尔斯。我和他没说过几次话，玛丽就更别提了。庄园里的人都可以给我们作证。"

"你好像——不太惊讶？"

"惊讶什么？"

"被指控有罪。"布伦南眨眨眼，似乎还要说什么，却突然住了口。

"这取决于你对惊讶的定义。我这人不会暴跳如雷，大喊大叫，说：'去你的，你想暗示什么？'我理解你为什么这么做，警监，我不怪你。关键是我们没罪。"

"对了，"布伦南道，"我还未有幸见过你妻子，史蒂文斯先生。我想知道她长什么样。比如说，她的个头身材如何，跟德斯帕德夫人像吗？你说呢，德斯帕德夫人？"

露西目光闪烁，看上去有些奇怪，她一脸迷茫，似乎正出神想着什么。在史蒂文斯的印象中，露西一贯文静随和，这让他心中有些忐忑。

"是的，她的身形和我的差不多，"露西承认道，"但——哦，这真是太荒唐了！你根本不了解她！而且……"

"谢谢你，露西。"史蒂文斯打断露西，接着镇定自若地对布伦南说道："让我来替德斯帕德夫人说吧，就怕说出来会对你的推论不利，警监。根据我的理解，你认为那个女人戴着面具，穿着与露西一样的衣服，这样，即使碰巧有人看到，也会以为她是露西。"

"是的，我对此相当确定。"

"很好。那么我们是否可以进一步推断，不管这女人如何打扮，她肯定不会戴帽子，对不对？"

"是的，我说过，她试图尽可能地让自己看起来像德斯帕德夫人，而德斯帕德夫人没有戴帽子。但是这两人肩上都披了纱巾。"

"那么，"史蒂文斯果断地说，"你可以排除玛丽的嫌疑了。正如你所见，露西头发的颜色乌黑，是诗人会用来形容乌鸦羽翼的那种颜色，而玛丽的头发是深金色的。所以——"

布伦南抬起一只手道："喔，等等！别这么急着下定论。关于这点，我们问过亨德森夫人。她说她没注意，或者说看不清那女人头发的颜色，所以仅凭这点证明不了什么。亨德森夫人说当时房间里的灯光非常昏暗。"

"光线昏暗，看不清头发颜色，可裙子上的种种颜色亨德森夫人却说得清清楚楚。另外，亨德森夫人看到的只是那个女人站在灯光下的背影。在这种情况下，不管那女人头上有没有纱巾，头发肯定会反光。深金色头发的边缘应该会有一层光芒，可亨德森夫人根本没注意到这点。凭此可以判断，那女人的头发应该是像露西那样的黑发或伊迪丝那样的深棕色头发，所以亨德森夫人才会认定那女人是露西，或者是伊迪丝。玛丽头发的颜色是类似铜壶的深金色，只要亨德森夫人看到，就绝不会误把她当作露西或伊迪丝。"史蒂文斯停了一下，"而这还不是最关键的一点。假设玛丽想假扮露西——金发女人乔装成黑发女人——她穿上与露西相同样式的衣服，戴上相同的面具和纱巾，那么有一个问题我要问你：她费这么大功夫，却不戴帽子，留下一个别人在二十英尺外便能瞧出的破绽，你觉得这合理吗？"

马克抬手做了一个拉铃的动作。

"叮叮，第一回合结束。"马克语带嘲讽，"警监，这下你可被问住了吧？特德，本来我还想充当一下法庭之友[1]的角色，

---

1. 指在特殊案件中，自愿或受法院之邀为法院提供建议的非案件当事人。

现在看来没必要了。别怪我没提醒你，警监，这家伙可是个理论辩论高手。他一开口，连耶稣会会士都招架不住。"

布伦南认真琢磨着史蒂文斯的话。"在某种意义上，你说得有道理。但我觉得我们有点跑题了，"布伦南眉头紧锁道，"我们先回归事实本身。12 号那天晚上，你和你妻子在哪儿？"

"就在克里斯彭。这点我不否认。"

"你为什么说'不否认'？"布伦南马上追问道。

"因为正常情况下，我们不应该在克里斯彭。我们一般只在周末过来，而那天是星期三。那天我正好要去费城办事。"

布伦南回身瞧着露西，问道："史蒂文斯夫人知道你们要去参加化装舞会，以及你那天要穿什么吗？"

"知道。玛丽那天下午来庄园了，说那天是个例外，他们来这儿过夜了，问我们晚上有什么安排。我给她看了我参加化装舞会时要穿的衣服。衣服那时刚做好。是我自己做的，这你知道，是按照画廊里一幅画上的衣服款式做的。"

"我能问一下吗，"史蒂文斯突然插嘴道，"玛丽是星期三下午才知道衣服的事儿吗？"

"是的，因为我星期一才决定要做那件衣服。"

"在戏剧服装店、裁缝店或其他地方可以买到一模一样的衣服吗？"

"肯定不能！"露西有点不耐烦地说道，"那件衣服的样式太复杂、太独特了。我刚才说了，我是按照这里的一幅画上的衣服款式做的。我之前从没见过那样的衣服，所以才想——"

"从星期三下午你给玛丽看了那件衣服，到当天晚上11点15分神秘女人在老迈尔斯房间出现，这段时间里，玛丽有可能做出同样的衣服吗？"

露西的眼睛睁大了，随后又眯成一条缝。"天啊，不！那绝不可能，我怎么就没想到这点呢。做那件衣服花了我三天时间，这点时间玛丽连布料都买不全。另外，我现在想起来了，她那天一直陪着我，直到晚上6点半才离开去火车站接你。"

史蒂文斯身子向后一仰，瞧着布伦南。布伦南第一次真的急了，他虽不动声色，但故作轻松的姿态下却涌动着不安。他微笑着，摆出自信的样子以作掩饰。

"你确定吗，德斯帕德夫人？"布伦南问道，"我对做衣服的事不太懂，但我觉得如果有人手快的话——"

"那绝不可能，"露西摇摇头，那态度就像老师面对学生那样不容置疑，"你们这些男人什么都不懂！光粘衣服上那些亮钻差不多就需要一天时间。不信你可以问问伊迪丝。"

布伦南挠挠后脖颈。"但有人做了一条跟你的那条一模一样的裙子！如果——不，等等，这事以后再探讨。我们怎么又跑题了。我还没问完。"他努力摆出一副和善的态度，"史蒂文斯先生，12号那天晚上你都做了什么？"

"我和妻子在一起。我们一直在家，很早就上床睡觉了。"

"几点睡的？"

"正好11点半。"实际上是10点半，史蒂文斯将时间推后了一小时，这是他第一次对布伦南说谎。史蒂文斯觉得老狐狸弗兰克听到这个回答后，双眸好像突然变大了；他沉溺在自己的臆想中，心情七上八下，声音有些不自然地补充道："是 11 点半，警监。我当时刚好特意看了一下时间。"

"为什么会特意看时间呢？"

"因为那是我们第一次在非周末的时候来克里斯彭。我必须得定闹钟，第二天早上好起来开车回纽约。"

"除了你们自己之外，还有其他人可以给你们作证吗？孩子？女佣？"

"我们没孩子。有女佣，但她只白天来。"

布伦南好像拿定了什么主意。他将眼镜塞回上衣胸口的口袋里，一拍膝盖站了起来。此刻的他看起来更机敏，也更危险。

"如果可以的话，德斯帕德先生，"布伦南道，"我想现在就确认一件与此案相关的事。那位护士——科比特小姐在庄园吗？我想和她聊聊偷药的人。"

"她正和伊迪丝在一起。我去叫她。"马克机警地打量着布伦南，既忐忑，又好奇，"还好你不再一意孤行，往错误的方向走。关于衣服的解释很能说明问题，而且我们所有人都清楚，玛丽和这事不可能有关系——"

"可你听别人一说，"露西道，"就认为我有嫌疑，连犹豫都没犹豫。"

露西好像想都没想，这些话就脱口而出，话一出口她就后悔了。她那小而方的下巴紧绷着，目光四下游走，故意避开马克。她就那么站着，满脸通红地盯着石头壁炉上的画。

"换作你是我，你会怎么想，我问你？"马克问道，"我——哦，该死的，你想想！那衣服、那副打扮，还有——再说了，我相信你绝对不是凶手！这才是关键。"

"我在意的不是这个。"露西依然紧盯着画，"我在意的是，你至少应该先跟我知会一声，然后再去和别人讨论。"

这话深深刺痛了马克，他本能地反击道："你以为大家闲得无聊愿意谈这事吗？我还不是因为担心你。再说了，要是我早知道在化装舞会上你差点被一个电话叫走，我会更担心的。电话这事你可从没跟我提过——"

"闭嘴，你这个笨蛋。"露西不想再纠缠下去了，但眼睛还是紧盯着那幅画，嘴上说道，"les agents ont des oreilles longues. Ce n'était pas un rendezvous, je t'assure.[1]"。

马克点点头，拖着脚走出了房间，但如果你留意他的动作，比如像猿猴一般挥动胳膊这样的小动作，你会发现他浑身散发着怨气。马克在门口对帕廷顿打了个手势，帕廷顿见状起身，面色凝重地对马克点点头，便跟着出了门。史蒂文斯差点要把医生忘了，所以吓了一跳。昨晚的医生平静而健谈，但今天简直像变了个人，也许是喝了酒的缘故。现在史蒂文斯已无暇顾及其他，只一心提防着眼前的布伦南，他搞不清布伦南到底是真的作罢，不再怀疑他们夫妻，还是只是表面上偃旗息鼓，其实正在暗暗积蓄力量，准备展开反击。

露西终于将目光从画上移开，微微一笑。

---

1. 此处为法语，意思是：警察的耳朵尖着呢，我向你保证我没有和人幽会。

"抱歉，布伦南先生，"露西道，"刚才讲法语真是太失礼了，这种小把戏只能欺负小孩子听不懂。我这么做真无聊。我觉得你一定非常精通法语。"

布伦南显然对露西的坦诚抱有好感，他对露西摆摆手。

"德斯帕德夫人，那个电话好像让你很心烦。我并不想——说实话，我不知道电话里说了什么，但我不会逼你。我们还有更要紧的事要做。"

"什么要紧事？"露西喊道，"我正想问你呢。整件事简直荒诞透顶，还掺杂着鬼啊怪啊的，更可怕的是，迈尔斯伯伯的尸体还消失了。我都不知道你会先从哪里查起。"

"当然是先去找尸体，"布伦南双眼圆睁道，"没有尸体，一切就无从查起。老人家是被毒死的，这毋庸置疑。凶手事先得知德斯帕德先生要打开地下墓室，由于害怕事情败露而抢先偷走了尸体。很显然，只有找到尸体才能证明人是被毒死的。但凶手到底是怎么把尸体偷走的？这点先别问我，因为我还没找到通往地下墓室的密道——暂时没找到而已。"布伦南转身皱着眉头对史蒂文斯道："我可以免费给你透露一点信息。我知道你们——昨晚打开墓室的四个人没耍花样。本来如果今天早上你们去警察局跟我说昨晚的事，我会怀疑你们在编故事。但昨晚我们的人监视了你们，所以我知道你们说的是真话。"

"没错。"史蒂文斯道，"到目前为止，这是我们碰到的唯一一件好事。"

露西惴惴不安，问道："但去哪儿找呢？我的意思是，你准备挖地三尺，或做类似的事吗？故事里一般都会这么写，带着提灯什么的。"

"如果有必要，我会那么做的。但也许没必要大动干戈，因为很有可能——"布伦南语气平静，却在暗中留意史蒂文斯和露西的反应，"尸体就在这主宅里。"

"在主宅里？"史蒂文斯吓了一跳，同时也感到一头雾水。

"是的。为什么不呢？一定有密道可以让人进入地下墓室。而且应该还有另外一条密道可以通往迈尔斯·德斯帕德的房间。我个人觉得这两条密道是连着的，极有可能彼此相通。"

"我的天啊，警监！你这话是不是暗示那女人先给了老迈尔斯一杯砒霜，然后从密门离开，最后钻进地下墓室的棺材里了？"

"'暗示''暗示'，"布伦南厉声道，"不，我还没荒唐到那个地步。但要我说，那天晚上你们花了两个小时才打开墓室，而那女人很可能早就进了墓室，转移走了尸体——尸体应该是被放在从墓室通往主宅的密道里了。"布伦南抬起一只手，"别跟我说女人没那么大力气。"他想了想，双目似乎失神，陷入了对往事的回忆之中，"我老爸就是个王八蛋。"

露西惊讶地眨眨眼。"我们又不是在说性格遗传，"露西道，"你怎么突然换话题了？"

"我爸爸出生于科克市[1]，"布伦南道，"身高六英尺三英寸，

---

1. 爱尔兰第二大城市。

1881 年来到美国。他在拉弗蒂酒吧唱 *Shan van Voght*[1] 这首歌时，声音可以从第二大街传到独立纪念堂。先生们，他每星期六晚上都会喝得酩酊大醉，我是说烂醉如泥。每次他回家经过客厅的衣帽架时如果没被绊倒，那就太走运了。他重得像头牛，可我妈妈总能扶他上床，注意——我妈妈身材可不高。"布伦南停了一下，欢快地补充道，"我提起往事就是为了说明这点，是不是有点扯远了？"

"是的。"史蒂文斯简短地回答道。

"我们先来看看凶手需要的体力。我们先不管谁是凶手，目前凶手可能是任何人。如果真有密道通往地下墓室的话，打开棺材很困难吗？换句话说，棺材盖不是焊死的吧？"

"不是，"史蒂文斯无奈地承认道，"棺材是木制的，两边只用了活动螺栓固定。但是，虽然打开棺材不需要太多时间，抬起棺材盖却需要不少力气。女子铅球或铁饼运动员或许可以做到。"

"我从没说过凶手是一个人，也许还有帮手。你看起来就很强壮啊——那位老人家迈尔斯呢？他身材魁梧吗？"

露西摇摇头，脸上又出现了之前那种困惑的神情。"不，他个子很小。最多五英尺六英寸，我得说肯定还不到。他比我高不了多少。"

"重吗？"

"不重。迈尔斯伯伯身体不好，这你知道。他病情有所好

---

1. 爱尔兰传统歌曲，自 1798 年爱兰尔叛乱时期开始传唱。

转后，医生曾逼着他在卫生间的秤上称重，他对此感到很恼火。他都瘦得皮包骨头了，如果我记得没错的话，他的体重是一百零九磅。"

"那么——"布伦南突然住了口，因为科比特小姐和马克一起进来了，两人都急着赶来想一听究竟。

护士还穿着外套，但没戴帽子。史蒂文斯如此痴迷于自己关于头发颜色的推论，以至于心中暗暗期望护士像露西或伊迪丝一样，也是黑色头发，结果却让他大失所望。护士的发色有点像褪色的淡黄色，这种颜色与她坚毅的方脸、平和的棕色眼睛形成了鲜明的对比。护士的脸本来很耐看，可她现在却板着脸，给人感觉只是在尽自己的义务；除了掩饰不住的怒气，她身上没有一点生命力。一番客套之后，布伦南让护士坐下。

"你就是科比特小姐？很好。昨天下午我们警局的人——帕特里奇警探见过你，是不是？他给你做了笔录。"

"他问了我一些问题。"

"是的，我说的就是这个意思。"布伦南飞快地瞥了对方一眼，又掏出他的调查报告，"你说 4 月 8 号，也就是星期六，大约在晚上 6 点到 11 点之间，有人从你房间偷走一个两盎司[1]的小瓶，里面装的是每片四分之一格令的吗啡片。"

"果然是吗啡片啊！"马克道。

"别出声，听我说，"布伦南高声道，"你发现药瓶丢了后，

---

1. 盎司：作为常衡重量单位时，1 盎司约为 28.35 克。

你觉得会是谁偷的？"

"一开始，我以为是德斯帕德先生拿了。哦，我指的是迈尔斯·德斯帕德先生。他总是想要吗啡片，贝克医生当然不会给他。有一次我还碰到他在我房间里翻找。所以我以为那瓶药一定是被他拿走了。"

"发现药瓶丢了之后，你都做了什么？"

"当然是找啊。"护士坦承道，纳闷眼前这个男人怎么会问这么蠢的问题，"我跟德斯帕德小姐提过这事，但没多说，因为我相信一定是迈尔斯先生拿的，我可以让他还给我。可迈尔斯先生却发誓说不是他干的。接下来，我也没时间做什么，因为第二天晚上药瓶就失而复得了。"

"药少了吗？"

"是的，少了三片药。"

"从法律的角度说，"马克插嘴道，"我觉得丢药可以被称为无关、无用，也不重要的事。你干吗要纠结那些吗啡片呢？没有任何迹象表明迈尔斯伯伯是吗啡中毒，不是吗？而且三片吗啡甚至都不足以对他造成伤害。"

布伦南回头瞥了马克一眼。"马上就要到关键问题了。科比特小姐，我想让你把你那天告诉警探的话再说一遍：药是如何失而复得的，还有 4 月 9 号，也就是星期日晚上，你都瞧见了什么。"

护士点点头。

"当时是星期日晚上大约 8 点钟。我去了大厅后面楼上的卫生间。在那个卫生间门口，可以直接看见大厅对面迈尔斯先生房间的门，还能看见门外的桌子。桌子那儿有灯。我在卫生间里待了不到两分钟，等我打开卫生间门时，我瞧见有人走过迈尔斯先生房间的门口，向楼梯走去。然后，我瞧见迈尔斯先生门口的桌子上有什么东西，但离得太远，瞧不清是什么。之前桌上什么都没有。等我走到桌前，我发现那是一个两盎司的药瓶，就是我丢的那个。"

"从桌前走过的那人是谁？"

"是史蒂文斯夫人。"护士答道。

迄今为止，护士的一言一行不掺杂任何感情，犹如警员在法官面前作证，只是在履行自己的分内工作。现在护士转头瞧着史蒂文斯，一脸歉意。

"对不起。我今天早上本来是去见你或你妻子的，可那位亲爱的朋友，奥格登·德斯帕德先生，突然搅和了进来。我本来打算把我昨天告诉那个傻警察的事一五一十地告诉你们。那个警察想引导我承认亲眼瞧见了史蒂文斯夫人把药瓶放在桌上。我可不会做那种事。"

布伦南目光一闪，显然有些不悦。"好了，好了，这种行为值得赞赏。可是除此之外你还想到别的什么了吗？还有谁会偷那瓶药呢？"

"我到现在也想不出。应该还是迈尔斯先生。"

"然后你做了什么？没问问史蒂文斯夫人吗？"

"没有。她当时已经下楼离开主宅了，然后就和她丈夫回纽约了。那天晚上她是来这儿告别的。所以我当时心想这事等以后再说。"

"好的，然后呢？"

"我可不想再发生这种无聊事了，"科比特小姐扬了扬淡淡的眉毛，道，"我才不管是谁偷的呢，从那之后只要一出门，我就把房门锁上。我把自己房间里和迈尔斯先生房间相连的门的插销插上了。可锁牢通向走廊的那道门有点难，因为那道门上用的是普通锁。但我父亲刚好是锁匠，所以我对锁懂一点。我把锁拆开，做了点手脚。要是不知道怎么用我的钥匙，就算胡迪尼[1]本人亲自来，也别想进屋。至于钥匙怎么用我就不讲了，不过接下来的星期三的下午，史蒂文斯夫人突然来庄园做客，但当天晚上我刚好休假——"

"也就是迈尔斯·德斯帕德遇害当天的下午？"

"不，是他过世当天的下午，"护士严厉纠正道，"那时，我想——"

"等等，"布伦南打断护士，转身瞧着马克说，"现在说到关键了。你马上就会明白我为什么要抓着偷药这事不放了。史蒂文斯夫人有没有——"布伦南瞧了眼自己的笔记，"有没有在聊天时提过毒药的事儿？"

"有。"

"她说了什么？"

"她问我在哪儿能买到砒霜。"

整个房间突然死一般寂静。史蒂文斯感到自己正处于众

---

1. 哈里·胡迪尼（Harry Houdini，1874—1926），享誉国际的魔术师、逃脱大师及特技表演者。

人注视之下，大家的目光都射向了自己。科比特小姐额头微红，上面的斑点更明显了，她的眼睛直盯着史蒂文斯。史蒂文斯甚至可以听见科比特小姐的呼吸声。布伦南回过头，一双眼睛如同猫眼一般冷漠。

"这可是很严重的指控啊。"布伦南提示道。

"这不是指控！不是！只是——"

"只是还需要有证据，"布伦南步步紧逼，"需要有人证实。除了你之外，史蒂文斯夫人的话还有谁听到吗？"

护士点点头说："有的。德斯帕德夫人也听到了。"

"这是真的吗？德斯帕德夫人？"

"是的。"露西答道。

史蒂文斯手掌按着椅子扶手，感觉到房间里酷热无比，众人注视他的目光也如火一般热辣。恍惚中他还察觉到，有另外一双眼睛也在盯着他。奥格登·德斯帕德正躲在门边的阴暗处，嘴角低垂，一脸平静地盯着他，目光中充满了嘲讽。

15

　　布伦南斜靠着科比特小姐坐的椅子，胳膊搭在靠背上，对露西开口了。

　　"德斯帕德夫人，我努力想跟上你的思路，"布伦南道，"你心里想什么几乎都写在脸上了。当我第一次突然提到史蒂文斯夫人时，你先面露惊讶，然后陷入深思，心里在回想关于她的事，越想越觉得不对劲。你很生气，因为这件事发生在你身上，而你没能阻止。之后说起化装舞会的衣服，有人声称在如此短的时间内，无法做出同样的衣服。这让你安心不少，让你觉得史蒂文斯夫人和下毒无关。可现在，你又面露犹豫，信心又开始动摇了。我说的是对，还是错？"

　　"我——"露西听了不自觉上前几步，马上又退了回去，双臂抱胸道，"哦，真荒唐！我怎么知道？特德，你来跟他讲。"

　　"别担心，交给我，"史蒂文斯道，"我可以交叉询问[1]吗，警监？"其实史蒂文斯只是在虚张声势，根本不知道该问什么。

---

1. 指在听审或开庭审理程序中，一方当事人对对方提供的证人进行的询问。交叉询问应在提供证人的本方对该证人进行直接询问之后进行，目的在于核查证人的证言或质疑证人或其证言的可信性。

"随便，只要你确实有想问的问题，"布伦南道，"我们继续，科比特小姐。史蒂文斯夫人问在哪儿可以买到砒霜，那是什么时候？"

"大概三周前。我想是一个星期日的下午。"

"详细讲一讲，好让大家了解一下当时的情景。"

"史蒂文斯夫人、德斯帕德夫人和我都在餐厅，我们坐在壁火前，因为当时是3月末，还刮着风。我们在吃肉桂黄油面包。报纸当时正在报道加利福尼亚发生的一起谋杀案，大家谈起这件事，然后聊到了谋杀。德斯帕德夫人问我毒药——"

"你是说史蒂文斯夫人。"布伦南纠正道。

"不，不是，"护士立刻反驳道，"我说的是德斯帕德夫人。你可以问她，我们聊天时，史蒂文斯夫人一直没说话。哦，只有一次例外。我提起实习时的经历，提到了一个喝了马钱子碱进了医院的男人，还有他的症状，那时史蒂文斯夫人问我，病人瞧着是不是很痛苦。"

"哈，这正是我想知道的。她当时是什么态度？看上去如何？"

"她看上去很漂亮。"

布伦南恼火地睁大眼睛，低头瞥了眼手里的笔记，又扬起头。"你这是什么话？你好像不明白我要问什么。漂亮。这是什么意思？"

"我说得没错。她就是——我可以实话实说吗？"

"当然，为什么不呢？"

"她看上去，"护士声音平稳，不掺杂任何情感，"像是一个为情欲所困的女人。"

史蒂文斯胸中腾地升起一股怒火，那感觉如同烈酒入喉，或者说像气得要爆炸了。但他依然忍住，不动声色地盯着护士。

"等一等，"史蒂文斯插嘴道，"这有点太过分了。科比特小姐，你能给我们解释一下'为情欲所困'是什么样吗？"

"嘿！"布伦南厉声叫道，护士则面色一沉，羞得低下头，"别太当真！注意绅士风度。没必要羞辱她。科比特小姐只是在——"

"我不是要羞辱她。如有冒犯，我可以道歉。我只想指出这种话毫无意义，而且会被人曲解。我想搞清楚这话到底指什么。科比特小姐，你怎么说是你的事，但不要说那些该死的只有心理医生才明白的话。我们废话少说，你觉得我妻子是杀人狂吗？"

"问得好，"马克·德斯帕德也被刚才这一幕搞得摸不到头脑，气呼呼抗议道，"警监，我搞不懂你在做什么。如果你怀疑玛丽·史蒂文斯，为什么跟我们谈？干吗不直接找她？特德，为什么不给玛丽打个电话，让她过来亲自回答这些问题呢？"

这时，一个声音意外响起。

"没错，"那个声音道，"说得对极了。问问他，问他为什么不打个电话。"

奥格登·德斯帕德一边从门口晃晃悠悠地进来，一边用力点着头，下巴都缩到衣领里去了。他没换衣服，穿的还是之前那件驼绒大衣。他上下打量着史蒂文斯，那态度与其说是饶有兴趣，不如说是审判。而且他显然太乐在其中了，忍不住又暴露了自己的本性。

"布伦南，如果你不介意的话，"奥格登道，"我想问这家伙几个问题。我这么做是为了帮你，因为我可以向你保证，大概——也就一分钟吧，我就能让这家伙哑口无言。史蒂文斯，你为什么不给你妻子打电话呢？"

奥格登等着瞧史蒂文斯会对自己的话作何反应，就像在等小孩子回答问题。史蒂文斯好不容易才压住心中的怒火。他受得了布伦南，因为布伦南是个绅士；奥格登这家伙则完全是另外一回事。

"你们都瞧见了吧，他不说话，"奥格登道，"那我只好逼他开口了。你不回答是因为你妻子根本不在家，对不对？她跑了，对不对？她今天早上根本不在家，对不对？"

"是的，她不在。"

"可今天早上 7 点半我到你家，"奥格登不依不饶，双目圆睁道，"你却告诉我，她还在睡觉。"

"你说谎。"史蒂文斯神色平静地说道。

奥格登没想到史蒂文斯会这么说，他一下子愣住，说不出话来。戳穿谎言，让对方无话可说，这是奥格登惯用的伎俩。一般来说，在奥格登的质问之下，对方只能被迫承认，然后再开始狡辩，从而让他牢牢占据上风。可今天眼前这位竟然睁眼说瞎话，死不承认，让奥格登感到措手不及。

"继续编。"奥格登摆出一副屈尊俯就的姿态,"说谎是没用的,你清楚自己说过什么。你的话可有人听到了,你还是乖乖承认吧。科比特小姐,他是不是说了他妻子还在睡觉?"

"这我还真不清楚,"护士镇静地说道,"你们两人当时在厨房里,我没听见他说什么,所以没法给你作证。"

"好吧。但你承认了玛丽不在家,那她人去哪儿了?"

"今天早上去费城了。"

"哦,今天早上去费城了,真的吗?她去干什么?"

"买东西。"

"我就猜到你会这么说。大清早不到7点半起床,就为了赶去买东西。你觉得这话有人相信吗?"奥格登一边质疑,一边面带嘲讽地环视众人,下巴蹭着衣领转了一圈,"玛丽·史蒂文斯以前也这么早爬出温暖的被窝,出门去买东西吗?"

"没有,这还是头一次。但我记得我曾当着科比特小姐的面说过,我和玛丽昨晚一夜没睡。"

"而你妻子必须一大早去购物,这是为什么呢?"

"因为今天是星期六。商店中午就关门了。"

奥格登咯咯笑着道:"哦,星期六啊,是吗?今天是星期六,所以她丢下你跑掉了。你还想继续说谎吗?你心里很清楚,她昨晚就已经逃跑了,对不对?"

"如果我是你,"史蒂文斯审视着他说,"我不会这么一直纠缠下去,也不会做得像你这么过分。"他转身瞧着布伦南道:"警监,你还有什么要问的吗?我妻子今天上午确实去市里了,如果她下午还不回来,那我就承认她是凶手。我可不想再听我们的朋友奥格登在这里毫无理由地臆测了。另外，就是他给你写的匿名信，还假冒你的名义给大家发电报，所以你可以自己判断一下，他的话到底有多少可信度。"

布伦南黑着脸，疑惑地看了眼奥格登，又瞧瞧史蒂文斯。

"我不想每次一说到关键问题就被人带跑题！"布伦南吼道，"不过这次多少值得调查一下——年轻人，他说的是真的吗？那封信是你给我写的，而且你还给其他人发了电报，让他们赶回庄园？"

且不论奥格登人品如何，他起码有一个优点：胆子够大。他后退两步，冷冰冰地瞧着众人。他精明的大脑显然在思考对策，脸上却不动声色。

"空口无凭，光嘴上说可没用，这点你应该清楚，"奥格登耸耸肩道，"换作我是你，我会小心点说话。你这么口无遮拦，当心我告你诽谤。虽然我搞不清楚具体的法律术语，但我起码知道说话要谨慎。"

布伦南饶有兴趣地打量着奥格登。他沉默了一小会儿，粗壮的手指将口袋里的硬币拨弄得叮当作响，然后摇摇头。

"年轻人，我感觉你是在模仿你喜欢的侦探小说里的套路。那我必须告诉你，那一套根本行不通，而且是错的。如果我按照你以为的方式去办事，你早就完蛋了。说到证据，那可不难。我只需查一下电报是谁送到电报局的就可以。"

"好好学学法律吧，自以为聪明的老爷爷，"奥格登微微一笑，也摇摇头道，"那些电报根本构不成伪造罪。按照法律规定，只有行为人从中直接获利才算得上伪造罪。如果我给大通国民银行总裁写信，说'谨以此信向您介绍代表本人的奥格登·德斯帕德先生，并希望您付给此人一万美元'，然后署名'约翰·洛克菲勒[1]'，这才构成伪造罪。但如果信上写的是'谨以此信向您介绍奥格登·德斯帕德先生，并请尽可能给予方便'，然后署名'奥格登·德斯帕德'，这就不是伪造罪。显而易见，仅凭那些电报就想起诉我，门儿也没有。"

"这么说，电报确实是你寄的了？"

奥格登耸耸肩道："我可什么都没承认。你别乱给我扣帽子。我这人有一点让我颇为自豪，那就是性子烈，不服软。"

史蒂文斯瞥了眼马克。马克一直懒懒地倚在壁炉旁的书架上，浅蓝色的眼睛波澜不惊，正怔怔出神。他双手插在灰色毛衣的口袋里，衣服都被坠得变形了。

"奥格登，"马克道，"我真不知道你脑袋里在想什么。露西说得没错，以前你可没这么坏。没准是迈尔斯伯伯留给你的遗产让你昏了头。等着没人时，我倒要好好领教下你性子有多烈。"

"那你可得当心点，"奥格登闻言立刻反击，"我清楚自己活着是为了什么。我只是对某些事感兴趣而已。我觉得你把汤姆·帕廷顿找来，这招真够蠢的。想想他的过去吧，他本来一个人在英国过得潇洒快活，天天在酒吧里流连忘返。不过，他这人从来都是好了伤疤忘了疼。现在他有机会了解到珍妮

---

1. 约翰·洛克菲勒（John D. Rockefeller，1839—1937），美国实业家、慈善家，标准石油公司的创办人。

特·怀特那事的真相了。难道前车之鉴还不够吗？你还想重蹈覆辙吗？"

"你刚说谁？"布伦南马上插嘴道，"珍妮特·怀特是谁？"

"哦，是一位女士。我不认识她，但听说过很多关于她的事。"

"你知道的事还真不少，"布伦南愤愤道，"但关于你迈尔斯伯伯的事你还知道什么吗？有其他要补充的吗？没有，你确定？好吧，既然这样，那我们继续——回到砒霜和史蒂文斯夫人。科比特小姐，你之前在说大约三星期前，你们谈起了毒药。继续说。"

护士想了想。

"我们又聊了一会儿，然后我必须得走了，要去给迈尔斯·德斯帕德先生送牛肉浓汤。我进了走廊，走廊里有点黑，史蒂文斯夫人也跟着我出来了。她走在我身后，一把抓住我的手腕。她的手像火一样烫。然后，她问我在哪儿可以买到砒霜。"科比特小姐犹豫道，"当时我觉得很奇怪，因为一开始我没听明白史蒂文斯夫人说的是什么。她一开始说的不是砒霜，而是什么人的'配方'——那人的名字我没记住，应该是个法国人名。然后，她开始跟我解释她刚说的是什么，这时德斯帕德夫人也出了餐厅，我想她应该也听到了。"

布伦南一脸困惑。"什么人的'配方'？德斯帕德夫人，你能解释一下这是什么意思吗？"

露西不安地皱着眉头，将目光投向史蒂文斯，似乎要先征得他的同意。

"虽然我也听见了，但我提供不了太多信息。我没听清楚那人的名字，但我觉得应该是'格'开头，像是格蕾丝，不过这个名字没什么意义。另外，她说话时语速特别快，感觉像变了一个人，声音跟原来有很大不同。"

马克这时突然转过头，缓缓环顾四周，眼睛像突然暴露在强光下一样不停地眨，好像在努力适应光线。他从口袋里抽出手，一只手揉着额头。

"你们，你们俩，"布伦南执拗地问道，"谁能想起她的原话吗？这非常关键。"

"我想不起来了。"护士答道，语气中隐隐透着不安和恼怒，"史蒂文斯夫人当时把我搞糊涂了，就像德斯帕德夫人刚说的，她说话的方式很诡异。她说的好像是：'现在谁有呢？去我住的地方拿不难，可那老东西已经死了。'"

布伦南用铅笔记下护士的话，然后皱眉瞧着笔记。"我完全不明白这是什么意思！"他抱怨道，"我不明白为什——等等！你的意思是她说话不流利？你说过，她的名字是玛丽[1]。这是个法国名字，这么说，她是法国人？"

"不，不，不，"露西道，"她像你和我一样说英语。她是加拿大人；当然了，祖先肯定是法国人。我记得她曾经告诉过我，她婚前的名字是玛丽·德奥贝。"

"玛丽·德奥贝——"马克重复道。

马克突然面色一变，近乎惊恐地向前迈了几步。他话也

---

1. 原文为 Marie，为法语名字；Mary 主要出现在英语之中。

说不顺畅了，但还好吐字清晰，每说一个词，食指就抽动一下。

"想想，露西，你再好好想想，这可事关人命。史蒂文斯夫人说的什么人的'配方'是不是'格拉泽的配方'？是吗？"

"没错，就是这个名字。你怎么知道？你为什么吓成这个样子？"

"你了解玛丽，"马克盯着露西，一脸急切地说，"这家里就你和玛丽最熟。你和她在一起的时候，除了那次，你还发现她有什么其他诡异行为吗？还能想到什么吗，不管有多荒诞？"

这时的史蒂文斯感觉自己仿佛站在铁轨上，眼睁睁看着火车迎面飞驰而来，可他既没有力气离开铁轨，也无法将目光从飞驰的火车上移开。他可以听到火车的轰鸣声。尽管如此，他还是开口了。

"别闹了，马克，"史蒂文斯道，"你这爱胡思乱想的毛病简直像传染病。那话怎么说的，'除了你和我，世界都很奇怪，而你也有一点奇怪。'按照这种思维方式，我可以说这房间里所有人都行为诡异，尤其是你自己。"

"回答我，露西。"马克道。

"从没发现有什么异常，"露西马上答道，"的确没发现什么。特德说得对，你自己的行为才诡异呢。说到这儿，我正好想到一件事，玛丽觉得你们对谋杀案什么的感兴趣很病态。我从没发现她有什么奇怪的举动。不过，除了——"

露西突然住了嘴。

"除了什么？"

"也没什么。玛丽瞧不得漏斗。有一次，亨德森夫人在厨房做蜜饯，用漏斗过滤果汁，而玛丽……我从没注意到玛丽眼角有那么多皱纹，嘴竟然可以变形成那个样子。"

房间里陷入了寂静，静得几乎让人彻体生寒。马克依然举手挡在眼睛上，等手放下后，他的脸色又恢复正常，看起来真诚而又坦率。

"布伦南先生，看来要想解决此事，最直接的方法是让你看看到底有什么秘密——大家都出去，除了特德和警监，其他人都出去。没得商量。请都出去。奥格登，你给我跑一趟，去亨德森那儿把他叫起来。他好像还在睡。让他把他的小斧子和凿子带过来。厨房里应该还有把大斧子，我就用它吧。"

布伦南显然猜不透马克葫芦里卖的什么药，他瞧着马克的脸色，怀疑马克是不是精神错乱了。布伦南脸上先闪过一丝警觉，随后不以为然地两肩一沉，仿佛打定主意不管发生什么，他都准备去面对。其他人都按照马克的吩咐离开了房间。

"放心，我不是要用斧子杀人。"马克道，"现在，我们本该找个建筑师，让他检查一下迈尔斯伯伯的房间，检查检查那两扇窗户中间的墙，看墙上是否真有密道。可那需要时间，而且等的这段时间里大家还得继续胡乱猜疑。我觉得最快的方法就是把那道墙劈开，瞧个明白。"

布伦南深吸了一口气。"好！好！如果你不介意搞坏房子的话——"

"但我有一个问题。到目前为止，你对此事的推论都只是理论而已。这回我什么也不说，就让你自己见证，自己判断。

但我有个问题要问你，假如我们在那面墙里或房间的其他地方都没发现密道，那你会怎么想？"

"那我会认为亨德森夫人说了假话。"布伦南毫不犹豫地答道。

"不会再有其他念头了吧？"

"不会。"

"那可以排除玛丽·史蒂文斯的嫌疑吗？"

"这个嘛，"布伦南耸耸肩，谨慎道，"我现在还无法确定——但，是的，我应该会排除她的嫌疑。这么做的确会让整件事变得明朗起来。如果辩方证明控方最主要的证人说了谎，那这案子是肯定不会被递交法庭的。肯定没人能凭空穿过石墙，这点我十分确定。"

马克回身瞧着史蒂文斯。"这听起来不错，是不是，特德？"马克道，"那我们走吧。"

三人离开图书室，走进高且昏暗的走廊。马克先急匆匆去了一趟厨房，回来时手里提着一篮子工具，还有一把短柄斧子，这期间布伦南和史蒂文斯谁也没说话。

三人上了楼梯，来到楼上，迈尔斯·德斯帕德的房间位于右手边画廊的尽头。史蒂文斯注意到画廊的墙上挂着一些肖像画，但光线太暗，他没找到自己想看的那幅画。马克打开老迈尔斯房间的门，但所有人都没急着进门，而是站在门口打量着整个房间。

老迈尔斯的房间大概有二十平方英尺，和主宅的其他房间一样，都延续了 17 世纪末的风格，天花板比较低。地板上铺着鲜艳的带有蓝灰相间图案的地毯，地毯看着不大干净，且已褪了色。地板边缘参差不平。除了橡木横梁穿过的地方，整个天花板都被漆成了白色，墙面的深色胡桃木镶板高约八英尺，镶板上方和天花板一样，也被漆成了白色。站在门口望过去，左侧两面墙的交界处立着一个大衣柜。橡木制成的柜子上有图案，柜门上有铜把手，门没关严，透过缝隙可以瞧见里面挂着成排的西装，西装下面全是鞋。

左手边的墙就是房子的后墙，上面开了两扇小玻璃窗。窗户中间摆着一把黑色橡木高背椅。椅子上方挂着格勒兹的画，浅色的圆形画框，框中是一个鬈发孩子的肖像画。从肖像画上方的天花板引出了一个小插座，插座里插着一个灯泡。一把大柳条椅被放在远处的窗户旁。

正对他们的墙边放着一张床，床尾对着通向走廊的门。墙上挂着长柄暖床器和一幅 17 世纪的木版画。在房间右侧角落，这面墙与右手边的墙的交界处是通向阳台的玻璃门，门上拉着棕色天鹅绒帘子。右手边的墙边有一台丑陋的高高的煤气炉（房间里没有壁炉），炉子旁就是与护士房间相连的门，门的挂钩上挂着老迈尔斯的蓝色棉睡衣。最后，在靠着走廊的墙边有一个橱柜，里面几乎塞满了各式各样的领带。

三人的注意力都集中在后墙的镶板上，墙上挂的画与椅子看起来非常不协调。在镶板后面曾经有门的地方，木头轻微鼓起，看上去像是门柱的轮廓。

"你们看见了吗？"马克指着门柱的轮廓说道，"我说过，这里曾有一扇通往主宅其他建筑的门，可那部分建筑已经在

18世纪初被一场大火烧毁了。所以人们用砖把门砌死，又在墙上镶了木镶板，因为门柱是石头的，所以现在墙上还能看得见门柱的轮廓。"

布伦南走上前，仔细查看着墙壁，还用拳头敲了敲。

"看着很坚固，"布伦南四下打量着房间说，"该死的，德斯帕德先生，如果墙里没有密道——"他大步走到房间的玻璃门前，一边检查门帘，一边目测距离，"门帘现在的位置与亨德森夫人当时往里瞧时是一样的吗？"

"是的。我已经做过好几次实验了。"

"这缝隙不大啊，"布伦南前前后后试着从缝隙里向外看，疑惑道，"也就十分钱硬币那么大。她从这缝隙里能看到房间对面的其他门吗？比如衣柜门？"

"绝不可能，"马克道，"你自己试试就知道了。从缝隙里只能看见她说的房间对面那面墙上的东西：格勒兹的肖像画、椅子的上半部分、墙上门柱凸起的轮廓。不管你头怎么动，只能看到这些。即使没有那幅画、椅子和门柱，也不会有人把衣柜门误认作什么密道的门。衣柜的门那么大，是向房间里打开的，门上还有铜把手，密道门可不会是这个样子……怎么，警监？害怕面对真相了吗？"

马克打趣的话中透着决绝，随即他拉开架势，拿起斧子。那感觉就好像他现在面对的这面墙是一个活物，而且这活物曾经还伤害过他。当马克抡起斧子，一斧子劈进镶板时，你甚至会以为房子突然发出了一声惨叫。然后有一个声音缓缓飘过来：

"你现在满意了吗，警监？"

房间里出现了一股若隐若现的沙尘，斧子劈下的灰浆发出刺鼻的味道。那股沙尘看上去如同窗外薄薄的白雾，透过这层白雾可以瞧见房子下方的下沉花园、碎石路和庄园里郁郁葱葱的树林。随着斧子一下又一下的挥舞，镶板和墙面的碎片如同下雨般散落了一地。劈掉木镶板之后，木槌和凿子便派上了用场。马克先用木槌将凿子钉进砖缝，再用力把砖撬出。不消片刻，便有几缕阳光透过墙上的裂缝直接射入了房间。

墙上没有密门。

16

布伦南默默无语，愣了半晌，一张脸涨得通红，人像被霜打的茄子，连脸似乎都变枯萎了。他直愣愣地盯着墙瞧了片刻，木讷地掏出手帕，像履行某种仪式般抹了抹前额和脖子。

"这不是真的，"布伦南道，"我不相信。是不是墙的其他地方有密门或活板门，或者亨德森夫人瞧见的不是这里？"

"哦，我会把所有镶板都拆下来让你瞧个清楚。"马克对布伦南咧嘴一笑，笑容中满是嘲讽，他背对透过窗户的暗淡光线，转弄着手里的凿子，"不过，警监，我觉得你今天阴沟里翻了船，自己一头栽进去还不知道。现在你还不相信这件事里有灵异成分吗？"

布伦南走到一旁，闷闷不乐地瞧着衣柜门。

"不对，"他自言自语道，头一转，"对了，我注意到刚拆下的镶板上挂着一盏灯。亨德森夫人瞧见那扇不存在的门时，那盏灯亮着吗？不，等等！那老太太说——"

"是的，"马克附和道，"那盏灯没亮。当时只有床头的灯亮着，灯的亮度根本不够，所以我们不知道关于那个神秘女人的更多情况，连头发颜色也不知道。你自己也看到了，房间里就这两盏灯。亨德森夫人说——"

史蒂文斯心中突然升起一股无名火。虽然他不确定没找到密道是不是可以让他松口气，很可能是的，但有一点他确定，那就是他很生气。

"我能说一句吗？"史蒂文斯道，"所有这些事都是那个'亨德森夫人说'搞出来的。坦白说，'亨德森夫人说'这话听得我头疼。亨德森夫人是谁？她是做什么的？是祭司、先知，还是《圣经》的代言人？亨德森夫人人呢？我感觉她像哈里斯夫人[1]一样难以捉摸。她招来警察，把我们所有人都折腾了一遍，我们却连她的影子也没见到。布伦南，你先说德斯帕德夫人有嫌疑，又说我妻子有嫌疑，尽管德斯帕德夫人有不在场的铁证，尽管有人能证明玛丽买不到或做不出布兰维利耶侯爵夫人那样的裙子，你还是仔细盘问了她们，连最小的细节也没放过。好极了。可亨德森夫人说什么神秘女人，还说瞧见过我们刚才亲自证明根本不存在的门，你却对这些鬼话确信不疑。"

马克摇摇头。"也没你说的那么不合情理，"马克道，"如果亨德森夫人说谎，为什么要画蛇添足？她只需简单地说瞧见房间里那女人给迈尔斯伯伯喝了东西就可以了。为什么还要说能被我们验证是假的，从而会让我们怀疑她的细节呢？"

---

1. 米丽亚姆·柯尔斯·哈里斯（Miriam Coles Harris，1834—1925），美国小说家，她的首部作品《拉特利奇》被誉为美国第一部真正意义上的哥特小说。该书当时是以匿名发表，因而作者神秘的身份曾一度引发众多猜测。

"其实你已经自问自答了。因为你到现在还认定她没说谎，不是吗？否则你就不会跟我争辩了。"

三人沉默了片刻。

"而且，"史蒂文斯继续说道，"这还不是最关键的。你问我亨德森夫人为什么信誓旦旦告诉我们，说她看见一个死去的女人穿墙消失，那我问你，亨德森先生为什么信誓旦旦说花岗岩墓室里的尸体是凭空消失的？为什么他一口咬定没人动过密封的地下墓室？整件事中有两点最匪夷所思：首先，那个女人从老迈尔斯房间神秘消失；其次，棺材里的尸体从地下墓室神秘消失。而这两件事的证明人碰巧都姓亨德森。"

布伦南嘴里轻轻打了声呼哨，伸手从兜里掏出一包香烟，给马克和史蒂文斯各递了一支。两人接过烟，像两名决斗者接过各自的剑。

布伦南道："继续说。"

"我们来分析一下相关的事实，警监，如果这真是一起谋杀，"史蒂文斯继续道，"你认为凶手肯定是外人，我却不这么想。我几乎可以肯定凶手是家中的一员。我们好像都忽略了一件事，那就是下毒的方式。毒药是下在蛋液、牛奶和红酒的混合物中。"

"我好像明白你要说什么了——"布伦南道。

"是的。首先，一个外人偷偷溜进房子，从冰箱里拿出鸡蛋，打蛋，再从冰箱里拿出牛奶，接着从地窖里取出红酒，然后再把它们搅拌在一起，你们觉得这可能吗？你们再想想，那个外人还要端着这么一碗东西，堂而皇之地把它倒进你家餐柜的银杯里？这还会带来一个更难回答的问题：一个外人怎么能让老迈尔斯喝掉这东西呢？你们也知道，想让老迈尔斯吃点有益身体的东西有多难，尤其是在他过世的那个晚上。如果一个外人想毒死老迈尔斯，应该会选择老迈尔斯愿意喝的东西，比如他喜欢的香槟或白兰地。可结果呢，没有，凶手选的竟然是家里人才会想到的家常鸡蛋拌红酒。只有家里人才能够：一、想到做这种东西；二、让老迈尔斯喝下去。露西或许会这么做，伊迪丝和护士或许也会，甚至那个女仆没准也会这么做。可露西当时正在圣戴维斯的化装舞会上跳舞，伊迪丝也在那里玩桥牌，科比特小姐在女青年会，而玛格丽特在费尔芒特公园。这就引出了不在场证明的问题。目前只剩两人的行踪还没查过，甚至都没人怀疑过。这两人是谁，就不用我多说了吧。但我要好心提醒一句，就从家常的鸡蛋拌红酒这点来说，这两人中有一位刚好是厨娘。马克，我还记得你曾说过，你伯伯在遗嘱里给他们每一位都留了一大笔钱。"

马克耸耸肩。

"我不赞同你的这种说法，这太离谱了。"马克反对道，"首先，他们一直在我们家，跟我们在一起很久了。其次，如果真是他们杀了迈尔斯伯伯，然后试图编个故事掩饰，那为什么要说得那么灵异？这么做有什么好处？正常来说，这样的瞎话最后肯定会被戳穿的，这么做简直太反常、太不合情理了。"

"我来问你，昨晚你把亨德森夫人的话讲给我们听时，你说那个女人如何诡异，穿得奇奇怪怪，甚至还提到一个小细节，说那女人的脖子可能是断的……"

"你说什么？"布伦南诧异道。

"现在，你回想一下。这事让大家感觉很灵异，这一点是你灌输给她的——就像昨晚我们以为的那样——还是她灌输给你的？"

"我不知道，"马克急道，"我也一直想搞明白这点。"

"如果她的话中没有任何暗示，你会觉得这事灵异吗？"

"或许不会。我不确定。"

"但有些事是可以确定的。当我们四个人打开地下墓室时，我们中有谁明确表示过自己相信鬼怪？或者说，是谁试图给打开墓室这件事蒙上一层诡异的气氛，甚至还暗示有某种东西在瞧着我们？是谁对天发誓，说没人动过地下墓室？难道不是乔·亨德森吗？"

"是的，是他。但你这么说我感觉有点牵强。你难道想告诉我，一对忠心耿耿的老仆人突然变成了一对恶魔——"

"不，他们不是恶魔，但你一直在说恶魔啊什么的。我承认他们看起来和蔼可亲。但据我们所知，有些非常和蔼可亲的人也会杀人。我承认他们对你忠心耿耿，但他们没有理由对你伯伯忠心。你伯伯大部分时间都在国外生活，他们和你一样，不怎么了解你伯伯。你伯伯之所以在遗嘱里给他们钱，是为了遵从你父亲的遗愿。至于亨德森夫人那诡异的故事，她这么说的目的是什么呢？"

"目的？"

不吐不快，布伦南忍不住插嘴，拿着已经快燃尽的香烟指指点点。

"所有这一切，"布伦南道，"都是这人说、那人说。都是听人说而已。我想我明白史蒂文斯先生的意思了。让我来解释一下，迈尔斯先生一死，谁都不觉得奇怪——只有马克起了疑心，他怀疑他伯伯是被毒死的。"布伦南对马克点点头道："因为你在衣柜里发现了那个银杯。然后，亨德森夫人立马找到你，跟你说了一些奇怪的事，还说了那个穿墙而过的女人——她从没跟我提过那女人脖子是断的，不管这到底是怎么回事，她剩下的说法都跟她告诉你的一致。她跟你说了整个故事，为什么？因为你听了后会半信半疑。因为你听了后会忌惮曝光，想方设法将此事压下去。你能做的最多也就是打开地下墓室，可一旦你发现你伯伯的尸体不翼而飞，你就更不希望此事被曝光。这么说能解释亨德森夫妇为什么要把这事搞得这么诡异吗？"

马克突然饶有兴趣地琢磨起来。

"也就是说，"马克疑惑道，"他们说的所有那些话，还有尸体被盗的事儿，都是为了做给我看，为了让我对这事保持沉默？"

"有这个可能。"

"但如果是为了掩盖这件事，"马克道，"那亨德森夫人为什么要把告诉我的话又说给警察局长听？那时我们甚至还没打开地下墓室。这不合情理啊，这点你们来解释一下？"

三人面面相觑。

"你反驳得有道理。"史蒂文斯坦承道。

"哦，我可不这么想。别忘了你弟弟奥格登，德斯帕德先生。"布伦南道，"他是个非常聪明的小伙子，而且他也对伯伯的死产生了怀疑。但没人知道他的怀疑程度有多深，或者说亨德森夫妇不清楚他的怀疑程度有多深，但他们知道他肯定会声张的。没准亨德森夫人害怕了，于是就犯了大多女人都会犯的错误——明知道是自己干的，却想用诡异的故事糊弄过去。"

布伦南踱着步，又走到衣柜前，上下打量着它，似乎在想什么。

"不知道这衣柜在这事里扮演了什么角色？朋友们，我有种预感，它一定有某种作用。我不是说衣柜里有机关。但你是在衣柜里发现那个装毒药的银杯的，是不是？凶手为什么要把杯子放在柜子里，还把没问题的玻璃杯和有毒的银杯放在一起？为什么猫会进来，好像还喝了杯里的东西？"布伦南用手拨弄着挂在柜里的西装，"德斯帕德先生，你伯伯的衣服还真多。"

"没错，我昨晚跟史蒂文斯他们说过，迈尔斯伯伯喜欢躲在房间里，花大量时间换衣服、照镜子，又不想让我们知道——"

"那可不是，"另一个声音突然响起，"他躲在房间里可不只是为了换衣服。"

伊迪丝·德斯帕德不知什么时候已经从通往走廊的门进了房间，她来得悄无声息，屋里三人之前都没察觉到。但她并不是故意偷偷摸摸的。伊迪丝神色背后的深意他们过后才明白。她昨晚没睡好，目光还有些恍惚，可纤细美丽的外表依然让人精神一振，连心情仿佛都平复了不少。史蒂文斯觉得她看起来比昨晚年轻了许多。她一条胳膊下夹着两本书，另外那只手轻轻敲着书。她看上去漂亮精致，经过一番精心打扮，给人一种说不出的时尚感，可事后史蒂文斯记不得她穿的是什么衣服了，只记得是一身黑色。

马克被伊迪丝吓了一大跳，忍不住埋怨道："伊迪丝，你不该来这儿！你答应我今天卧床休息。露西说你昨晚都没怎么睡，只睡了一会儿，还做了噩梦。"

"你说得没错。"伊迪丝转身瞧着布伦南，严肃而客气地说道："你是布伦南警监吧？刚才他们跟我说起了你，说几分钟前你把他们都打发走了，"伊迪丝笑起来确实魅力十足，"但我确定你不会赶我走的。"

布伦南态度和蔼，没贸然应承。"德斯帕德小姐？恐怕我们正在——"他对裂开的墙壁努努嘴，咳嗽了几声。

"哦，我料到了你们会这么做。但我这里有你们需要的答案，"伊迪丝轻轻拍了拍胳膊下夹着的书，"瞧见这个了吗？我刚才不小心听到你说，你觉得这个衣柜肯定和整件事有某种关联。你说得没错。这两本书是昨晚我在这衣柜里发现的。其中第二本书读到某一章，就被倒扣放在柜子里了，于是我推断，迈尔斯伯伯虽然不怎么读书，但一定仔细研究过这本书。我现在想给你们念念那一章的内容，你们都听听。这是一本学术性强，甚至有点枯燥的书，书的内容不太吸引人，但我觉得你们应该听一听。你可以把门关上吗，特德？"

"书？"马克不解道，"什么书？"

"格里莫写的《巫术史》。"伊迪丝答道。

伊迪丝坐在靠窗的吊篮椅上，语气自然而大方，好像要读的只是洗衣单而已。然而，朗读前，她先抬头瞥了眼史蒂文斯。她瞧着史蒂文斯，像是要瞧出些什么。史蒂文斯察觉到伊迪丝投射过来的好奇目光，心中不禁咯噔一下。伊迪丝的朗读虽说不上声情并茂，可也吐字清晰，语调流畅。

"'不死之人'（法语为 pas-morts）一说好像源自 17 世纪后半叶的法国，最初见诸文字是在 1737 年。那一年，法国马尔市某人的笔下首次出现了'不死之人'一词（详见《论魔法、巫术、着魔、魔鬼附体和妖术》一书）。科学家甚至也曾对此进行过多年研究，不久前（1861 年）发生的一起案子再次引发了人们对该现象的争论。

"简而言之，'不死之人'通常指因下毒谋杀而被判死刑的人，这些人多为女人，大多落得焚尸或被活活烧死的下场。正是在犯罪与巫术的交融之下，这个词诞生了。

"据说毒术起初被视为巫术的一个分支，这种说法的起源现在不难追溯。毒药一直被使用者冠以'爱情之药'或'仇恨之药'的称谓，因而不可避免地披上了一层神奇的魔法面纱，而且依照罗马法律，即便炮制无害的'爱情之药'也会受到惩罚[1]。到了中世纪，制作毒药则被认定为异端行为。直到 1615 年，英格兰对投毒者的审判实质上都是一种对巫术的审判。安妮·特纳因为毒死托马斯·奥弗伯里爵士而受到王座法院首席法官科克[2]的审判；当法庭展示她的'法器'——铅做的人偶、羊皮纸和一块人皮时，参加庭审的旁听者恍如看到魔鬼经过。

"'正当法庭展示法器，以及被施了魔法的纸张和其他图片时，'当时的记录者写道，'断头台突然发出裂开的声音，这在参加庭审的众人中引发了混乱和恐慌，法庭上人人自危，仿佛魔鬼因怪罪人类肆意展示他的杰作而狂怒现身。'[3]

"同一世纪后半叶，法国境内的巫术谋杀案层出不穷，并达到了顶峰。据说在葡萄牙的里斯本，懂巫术的女巫非常多，整整占据了一个街区。[4]在意大利，那些秘密崇拜托法娜[5]的女人毒死的人数已达六百之多。另外还有寻找点金石[6]和出售砒

---

1. 原注：请参见保卢斯著作《法典》，卷二十一至卷二十三。
2. 爱德华·科克爵士（Sir Edward Coke，1552—1634），英国法学家和政治家，1613 年被任命为王座法院首席法官，曾不惜触怒詹姆斯一世，主张普通法为最高法律，国王不应凭借其身份裁断任何案件。
3. 原注：请参见《王座法院审判遗孀安妮·特纳记录》（1615 年 11 月 7 日）。
4. 原注：请参见《神秘学百科》（巴黎，1924）。
5. 托法娜（Tofana），17 世纪制毒者，曾研制出含慢性毒药——亚砷酸的美白水，即托法娜仙液，被很多女性买来用于毒杀亲夫。
6. 一种存在于炼金术传说和神话中的物质，据说可用于将普通的非贵重金属变成黄金，或制造让人长生不老的万能药。

霜的格拉泽[1]和艾西里[2]。本书的另一章记载了在路易十四执政期间，崇拜恶魔撒旦的巫术是如何受到女士们的推崇，其中尤以将婴儿放在女人身上进行献祭的黑弥撒[3]最为骇人听闻。[4]通过在密室举行的不可告人的仪式，女巫拉·瓦森[5]在法国圣丹尼唤醒了恶魔。用戈勒的话说，现在魔鬼的爪牙已不再是一脸皱纹、长着长眉毛、满嘴烂牙、眯缝双眼、嗓音尖厉、骂骂咧咧的老太婆，而变成了人见人爱的漂亮女人，既有普通的做针线活的女裁缝，又有高贵的夫人小姐，受害者则是她们的丈夫和父亲。[6]

"根据罪犯们的供述，巴黎圣赦法院[7]敏锐地察觉到地下巫术秘密兴起的苗头，因而在巴士底狱附近的阿森纳监狱设立了著名的'燃烧的法庭'，以火刑和车裂酷刑打击巫术。1672年，路易十四最宠幸的情人——蒙特斯潘夫人神秘死亡，成了执政者严惩投毒者的契机。1672年至1680年间，曾有几

---

1. 格拉泽（Glaser），17世纪化学家，据说曾为玛丽·布兰维利耶侯爵夫人提供毒药配方。
2. 艾西里（Exili），17世纪化学家、制毒者，据说曾在巴士底狱中教会戈丹·圣克鲁瓦如何制毒与投毒。
3. 最早可以追溯到中世纪时期，17世纪至18世纪期间在英国、法国、意大利贵族及知识分子阶级中盛行。黑弥撒的本质是对恶魔撒旦的一种崇拜，通过给恶魔献祭来实现愿望，例如蒙特斯潘夫人所举行的黑弥撒，就是通过杀害婴儿献祭，企图挽留路易十四对自己的宠爱。
4. 原注：请参见蒙塔格·萨默斯所著的《巫术史》。
5. 拉·瓦森（La Voisin），法国路易十四时期占卜师、女巫、制毒者，据说曾在为蒙特斯潘夫人举行黑弥撒时杀害众多婴儿；1680年以巫术罪被执行火刑。
6. 原注：约翰·戈勒，大斯托顿区牧师，猎巫人马修·霍普金森的反对者。
7. 罗马教廷的三个教务法院之一，负责审理天主教会中与赦罪相关的案件。

位法国的著名女士在'燃烧的法庭'受审，其中包括红衣主教马萨林[1]的两个侄女、布永公爵夫人，以及尤金亲王之母苏瓦松伯爵夫人。1676年，布兰维利耶侯爵夫人毒杀案震惊了世人，对她的审判长达三个月之久，这桩案件暴露了巫术毒杀的所有秘密。

"布兰维利耶侯爵夫人的恶行之所以暴露，是因为其情人戈丹·圣克鲁瓦的意外死亡。在圣克鲁瓦死后，人们发现了一个贴着纸条的柚木盒子，纸条上交代待其死后，将盒子送给新圣保罗街的布兰维利耶侯爵夫人。盒子里面装的都是毒药，其中包括锑、鸦片，以及有腐蚀性的二氧化汞。布兰维利耶侯爵夫人畏罪潜逃，逃到了国外，但在德斯普雷斯警探的努力之下，她最终被逮捕归案，并以大量售卖毒药的罪名接受了审判。尽管她请了律师尼伟勒为自己辩护，但德斯普雷斯警探最终让她受到了法律的制裁。德斯普雷斯在法庭上提供了布兰维利耶侯爵夫人私下写给他的忏悔信。信的内容歇斯底里，除了讲到她犯下的罪行之外，显然还包括一些她并没有做过的事。布兰维利耶侯爵夫人因此被斩首焚尸。[2]

"宣判之后，为逼她供出是否还有同谋，法庭还对她动用了水刑。这是当时的一种残酷刑罚：将被审讯人固定在桌上，

1. 朱里欧·莱蒙多·马萨林（Juilo Lemondo Massarino，1602—1661），法国政治家、外交家，路易十四时期的枢机主教。
2. 原注：请参见《布兰维利耶侯爵夫人庭审记录》（1676）、亚历山大·杜马斯所著《著名案例》、塞维涅夫人的《书信集》、菲利普·勒弗罗伊·巴里的《十二位恶魔罪犯》和贝肯黑德大法官的《著名审判》。

并将皮革漏斗插进其口中，然后开始灌水，直到……"

读到这里，伊迪丝抬眼一瞥。穿过窗户的微光倾泻在她的发丝上，她神情专注，满是好奇。三个男人谁也没动。史蒂文斯盯着地毯上的图案，突然完全想起威尔登曾对他说过的话。威尔登说，如果他对著名案件的犯罪现场感兴趣，那他可以去巴黎看一所房子，那所房子的地址是新圣保罗街16号。

"塞维涅夫人看到她很快要被处死，便开心地四处传播这一消息。之后，群众围观了她临死前在巴黎圣母院前的忏悔，她身穿白衣，双脚赤裸，手中举着点燃的蜡烛。四十二岁的她再没有之前洋娃娃一般的美貌，脸上仅剩下愧疚和虔诚，皮罗院长对她的表现甚感满意。但她似乎对德斯普雷斯警探依然耿耿于怀，在踏上断头台时，嘴里念叨着谁也听不明白的话。之后，她的尸体在格雷沃广场的一把火中化为了灰烬。

"根据当时庭审披露的线索，执政者最终摧毁了皇家宫廷的地下巫术网。戈丹·圣克鲁瓦的仆人拉乔希被车裂处死。1680年，女巫和投毒者拉·瓦森与她的所有同伙也被活活烧死。恶魔的崇拜者们都被挫骨扬灰，可恶魔依然盘旋在巴黎圣母院的上空，发出阵阵狞笑，阴魂不散。

"民众并不认为恶魔就此收手，远离了人间。至于当时人们为何会这么想现已不可考，但据说尼伟勒律师曾对圣赦法院说：'事情还远未结束。我的确见证了她们的死亡，可她们

不是普通的女人，是不会安息的。'

"那么，这些女人为何要投毒杀人，事件背后的根源是什么？根据资料显示，欧洲现在还时有崇拜恶魔的罪行发生，详情可参见马塞尔·纳多和莫里斯·佩尔蒂埃在 1925 年进行的调查。[1]女性投毒致多人死亡的案件一直层出不穷，这点甚至不需翻阅资料便知，而这些恶行背后往往并没有明显的犯罪动机。比如（据佩罗特所说），1811 年发生在巴伐利亚[2]的安娜·玛丽亚·舍恩勒贝[3]一案，还有 1868 年发生在瑞士的玛丽·让娜蕾一案[4]。再比如，荷兰莱顿市女子弗洛·范[5]毒死了二十七人，甚至还有男性，如英格兰的帕默尔和克里默[6]，也犯下了毒杀罪。这些人为何会犯下如此恶行？在女性投毒杀人案件中，凶手几乎未从受害人的死中获得任何好处或利益，作案动机也不涉及谁对谁错。即使是凶手自己也无法解释自己的犯罪动机，而她们的精神都是正常的。

"有人认为凶手犯罪纯粹出于一种欲望，出于对白色粉

---

1. 原注：请参见《小日报》（1925 年 5 月），另见埃利奥特·奥唐奈的《现代伦敦的奇怪邪教与秘密社团》。
2. 现为巴伐利亚自由州，位于德意志联邦共和国东南部，曾为独立王国。
3. 安娜·玛丽亚·舍恩勒贝（Anna Maria Schonleben，1760—1811），德国连环杀手，曾以砒霜毒害数人，最终被判死刑。
4. 原注：请参见亨利·T. F. 罗德所著《天才与罪犯》。
5. 弗洛·范（Frau Van），19 世纪荷兰连环杀手。她是莱顿市一名工匠的妻子，曾在十余年间对至少七十人下毒，其中包括她的父母和儿子。
6. 原注：请参见 F. 坦尼森·杰西的《谋杀与其动机》、H. M. 沃尔布鲁克的《谋杀案及其庭审实录（1812—1912）》，另见《大不列颠著名案例》中记载的威廉·帕默尔和普理查德医生的庭审实录，这两件案子中的受害者似乎都意识到自己中毒了。

末状砒霜的喜爱，因为砒霜赋予了凶手如同女王一般至高无上的权力，让她们成为可以决定他人命运的主宰。但这种理论尚不能完全令人信服。因为即便可以说这些女人渴望杀戮，却总不能说受害者渴望被杀吧？这些案子都有令人称奇的相同点：凶手轻易得手、犯罪过程充满宿命感、受害者心甘情愿配合——甚至是在他们肯定知道自己被下了毒的情况下。弗洛·范曾公开对一名受害者说：'一个月后就该轮到你了。'杰达戈[1]也说过：'无论我走到哪儿，都会有人死去。'然而却没有人告发她们。受害者仿佛与凶手签下了接受诅咒或催眠的邪恶契约。

"1737年，法国马尔市某人首次模糊地提出了'不死之人'这一概念，因为当年发生了一起震惊巴黎的案子。十九岁的少女拉·瓦森因为犯下连环谋杀案而被捕，她与1680年被烧死的那个女巫同姓。女孩的父母是尚蒂伊森林[2]的烧炭工人。女孩既不识字，也不会写字，出生的过程也很普通，十六岁之前与其他人没有任何不同之处。然而，当女孩所住的街区死了八个人后，即便是那个时代最愚钝的警察也无法对此无动于衷。奇怪的是，所有受害者的枕头或毯子下都有一个绳状物，通常是头发，有时是细绳，上面系着九个绳结。

"当时的人们知道这个数字代表的含义。正如我们所知，九作为三的倍数，具有神秘的含义，数字九在世界各地的神

---

1. 海伦·杰达戈（Hélène Jédago，1803—1852），法国连环杀手，十八年里以家庭佣人的身份用砒霜毒杀了三十六人。
2. 位于巴黎北部的森林。

秘仪式中经常出现。一根绳上系有九个绳结是一种诅咒，受害者将永远无法摆脱巫术的控制。

"警察包围了女孩的家，在她家附近树林的灌木丛里找到了她。据参加抓捕的警察说，女孩被捕时赤身裸体，有一双如同狼一般的眼睛。随后女孩被带到巴黎受审，作了供述。而且女孩一见火就高声尖叫。尽管其父母声称女儿既不能读，也不能写，可事实上她不但可以读写，谈吐还很像宫廷贵妇。她承认自己杀了人。当被问到受害者所受诅咒的含义时，女孩说：

"'他们已成了我们中的一员。我们人很少，还需要更多的人。他们并没有真的死去，而是已经复活了。不相信的话，你们可以打开棺材自己瞧。他们已经不在棺材里了。其中有一个人是昨晚安息日复活的。'

"棺材如女孩所说都是空的，这一点似乎已经被证实了。另外，这个案子还有一个蹊跷之处。有一次，女孩的父母在法庭上试图为女儿作不在场证明，便提供了一些证词。根据这些证词来看，女孩显然在很短时间里便走了两千米，还以某种方式穿墙进入一个上锁的房间。对此，女孩当时的回应是：

"'这没什么可大惊小怪的。我只要走进灌木丛，给自己涂上油膏，穿上以前穿过的裙子就行了。'当被问到'以前穿过的裙子'是什么意思时，女孩说：'我有很多裙子。那条裙子很漂亮，但我在被火烧时没穿它。'一提到火，女孩似乎又变回了自己，尖叫着跌倒在地……"

"我真是听够了！"布伦南断然打断伊迪丝，抬起一只手捂住脸，似乎是要确定自己的脸还在，"抱歉，德斯帕德小姐，我还有工作要做。现在才 4 月，还没到万圣节，我对骑扫帚的女人不感兴趣。如果你想告诉我，一个女人先是诅咒了迈尔斯·德斯帕德，随后给自己涂上油膏，穿上几百年前的奇怪衣服，然后穿墙消失了——那我不得不给你提个醒，这案件的结论至少得能让大陪审团 [1] 认同吧？"

伊迪丝虽性格高傲，但并没因布伦南的顶撞而心生不快。

"是吗？"伊迪丝道，"那正好。接下来我要读的正是你需要的。要不是为了你好，我才懒得读呢。接下来要说的是一个名为玛丽·德奥贝的女人（红颜杀手——布兰维利耶侯爵夫人婚前的名字也正是玛丽·德奥贝），这个玛丽·德奥贝于 1861 年被送上了断头台。不管你对 17 或 18 世纪的人怎么看，你总不会觉得 19 世纪 60 年代的人还很愚昧吧？"

"难道你想说这女人是因为巫术掉了脑袋？"

"不，她是因为谋杀被斩首。细节实在令人不快，我就不讲了。但我想给你读读当时的记者对玛丽·德奥贝法庭表现的描述。记者写道：'案子引发了广泛的社会关注，这不仅是因为被告美丽的容颜和丰厚的财产，还因为她的端庄谦逊，连检察长也曾直言不讳地说，被告给人的感觉像一个正在上学的少女。'注意，到关键地方了：'她迈步走上被告席，羞

---

1. 在刑事法庭审案期间由行政司法官选定并召集，其职责为受理刑事指控，听取控方提出的证据，决定是否将犯罪嫌疑人交付审判。大陪审团成员数比小陪审团的多，普通法上由十二至二十三人组成。

怯地对法庭庭长鞠躬行礼……她戴着一顶棕色的天鹅绒船形帽，帽子上有垂下的羽饰，身穿棕色丝绸长袍。她一手拿着银色盖子的嗅盐瓶[1]，另一只手的手腕上戴着一只古色古香的奇怪的金手镯，手镯扣环的形状像嘴里叼着红宝石的猫头。当证人开始作证，说到在凡尔赛别墅里举行的黑弥撒仪式和毒害路易斯·迪纳尔[2]的细节时，几名旁听者忍不住激动地大喊："不，不！"记者观察到，这个女人只要一焦躁不安，就会摸手腕上的手镯。'"伊迪丝啪的一声合上书，"特德，真相要水落石出了，你知道谁还有一只那样的手镯。"

史蒂文斯当然知道。在那张1861年的玛丽·德奥贝的照片上，他见过那只手镯，可照片昨晚不翼而飞了。玛丽也有一只同样的手镯，但他现在还是一头雾水，搞不清玛丽和照片上的女人有什么关联，所以他什么也不能说。

"我知道，"马克插了一嘴，声音低沉，"我知道谁有那种手镯。"马克道，"可要是说出来，我有点无法接受。"

"我能接受，"布伦南厉声道，"我知道你这话什么意思，我现在倒是开始同情史蒂文斯夫人了。如果你是替史蒂文斯夫人担心的话，我的朋友，大可不必。这事还真有点意思，在没听到这堆鬼话之前，德斯帕德先生一直在维护史蒂文斯

---

1. 嗅盐，又叫"鹿角酒"，是一种由碳酸铵和香料配置而成的药品，给人闻后有恢复或刺激作用，可用于减轻昏迷或头痛。嗅盐是当时西方上流社会淑女的必备之物。当时人们认为淑女应该孱弱小巧，看到一些不合时宜的事情时应该昏厥过去，所以身边应备有嗅盐，以便可以马上苏醒。
2. 高丹·克罗斯书稿所附照片上的文字中提到了此人：我最亲爱的玛丽；路易斯·迪纳尔，1858年1月6日。

夫人，现在他的立场却突然变了。而我则正好相反，听了这些话之后，我反而不再像之前那么怀疑史蒂文斯夫人了。"

伊迪丝尖声问道："难道你不承认过去有巫术？"

"我当然承认，"布伦南的回答出人意料，"而且现在的美国还有巫术。我很清楚九个绳结的诅咒是怎么回事，人们将其称为'女巫的梯子'。"

马克瞪着布伦南道："我的天啊，伙计！你是说——"

"你是忘了自己住在什么地方吧？"布伦南质问道，"你难道不读报纸吗？你们的庄园正好与德裔宾州人的居住区相邻，他们现在还做蜡像，给牛下咒。我知道这些，是因为这附近不久前刚发生过一起巫术杀人的案子，我们的警察过去了解了一些情况。你还记得吗，刚才我曾特意指出你们家的女仆玛格丽特是德裔宾州人，你还问我，这和我们这事有什么关系。你们的女仆与本案无关，但她是德裔宾州人这个事实或许和这事有很大关系。我一听到系有绳结的绳子，第一反应是乡下某个巫师用巫术，或借巫术之名害死了你伯伯。所以我想问一下，亨德森一家原籍是哪里？"

"我想是雷丁市，"马克道，"后来他们家族中的某些人搬到了克利夫兰。"

"嗯，雷丁市是个不错的地方，"布伦南轻声道，"没有那么多乡下人，但依然属于德裔宾州人居住区。"

"警监，我都被你搞糊涂了。你还真让人猜不透！"马克吼道，"这么说，你相信有巫术这回事？要是这样的话——"

布伦南抱着胳膊，头微微歪向一侧，闪烁的目光打量着马克，再次陷入对往事的回忆之中。

"小时候，"布伦南道，"我想要一把左轮手枪。噢！我太想要了，我想要一把象牙柄的六发式大艾弗·约翰逊左轮手枪。那是当时世界上我最想要的东西。主日学校的人告诉我，如果我特别想要一件东西，就必须祈祷，那样就能心想事成。于是，我开始祈祷，为了那把左轮手枪，我祈祷又祈祷。我敢说没有人会像我一样，为了左轮手枪而祈祷那么多次。那时候，我老爸跟我讲过很多关于魔鬼的事，尤其是在他从醉酒后的恐慌中缓过神来，下决心再也不碰一滴酒的时候。我老爸极其虔诚，有次他对我说，魔鬼从客厅门口的角落里探出头，指着他说：'谢默思·布伦南，如果你再敢喝一滴威士忌，我就来收拾你。'他说魔鬼浑身通红，头上长着一英尺长的角。但不管怎样，当时我觉得即使魔鬼现身，提议用我的灵魂交换克兰西商店橱窗里那把象牙柄的六发式大左轮手枪，我也会一口答应的。可是，无论我如何日思夜想、终日祈祷，我都没得到那把左轮手枪。

"眼前这事也是如此。是巫术作祟吗？我其实也会巫术。只要我想，我可以给我讨厌的人做蜡像——他们多数都是共和党人——但这并不意味着我用针扎蜡像，他们就会死。所以，如果你告诉我，有人杀了你伯伯，还给他施了巫术，将他变成了食尸鬼……他从墓室的棺材里跑出来，随时可能走进这个房间……那你必须恕我无礼——"

这时，房间的门突然砰的一声打开，所有人都被吓了一跳，马克忍不住嘴里一顿咒骂。只见奥格登·德斯帕德倚着门柱，一头冷汗，面色铁青。瞧见奥格登这副样子，史蒂文斯突然感到一股前所未有的寒意。奥格登用大衣袖子衬里擦擦额头。

"亨德森——"奥格登道。

"亨德森怎么了？"马克追问道。

"你让我去，"奥格登道，"去亨德森家找他，让他带些工具过来。我到了他家就一直试着叫醒他。难怪今天早上我们没见到他，他在家里昏过去了。现在他话都说不出来了，或者说讲不清楚。我想你们应该过去瞧瞧。他刚说他瞧见了迈尔斯伯伯。"

"你是说，"布伦南好像瞬间又恢复了只认事实的态度，"他瞧见了尸体？"

"不，不是，"奥格登心急道，"我是说——他说他瞧见了迈尔斯伯伯。"

第四部分

结案陈词

　　"你的鼻子哪去了？"桑丘瞧见对方的脸没有那么可怕了，问道。"在我口袋里呢。"说着，那侍从自口袋里掏出纸板做的、用漆涂过的鼻子，他戴上这个鼻子的可怕相貌之前已经被描述过了……"我的圣母马利亚啊！"桑丘道，"这不是我的邻居朋友托马斯·塞西亚尔吗？""正是我，桑丘，我的朋友。"侍从说道，"待会儿我再告诉你，他是如何上当受骗，迫不得已来到这儿的。"

——《堂吉诃德》

17

亨德森家的小屋位于榆树下，此刻房门大开，一条碎石铺就的宽步行道绕房而过。这时雾气已完全消散，露出晴朗的天空，榆树新冒的嫩叶在习习微风吹拂之下，如同一层绿色的蕾丝边。在人行道的另一端，荒废的小教堂伫立在浅蓝色的天空下，教堂门已完全被木板封死。稍远处的地面上散落着一堆砾石和碎石头，地下墓室的入口盖着网球场用的防水帆布，四角还压上了石头。

亨德森就在昨晚大家待过的那间小客厅里，他正躺在皮沙发上，眼睛半睁半合，直勾勾盯着天花板。瞧面色他真是病了，一脸阴沉，凹陷的左太阳穴上有严重的擦伤，稀疏的头发从未像今天这样，看上去像乱作一团的蜘蛛网。亨德森衣着整齐，穿的还是昨晚的那一身衣服，似乎还没梳洗过。毯子向上一直盖到胸口，青筋暴起的双手压在毯子上，颤抖不已。听到外面传来脚步声，他的头猛地一下扬起，身子却好像保持不动，然后他又倒了下去。

马克、布伦南和史蒂文斯站在房门口，瞧着亨德森。

"早上好啊，乔。"马克揶揄道。

或许是出于羞愧，或许是因为经历了某种无法承受的痛苦，亨德森闻言脸一抽，依旧瞪着眼珠子，呆呆盯着天花板。

　　"别紧张，老伙计，"马克安慰着亨德森，语气中却没有丝毫同情，他走上前，将手搭在亨德森肩膀上，"你这是操劳过度了。一把年纪，也没好好休息过。你说你瞧见迈尔斯伯伯了，这说的是什么胡话？"

　　"嘿，德斯帕德先生，"布伦南悄声道，"你这人怎么像墙头草？什么是胡话？五分钟前，你还相信鬼怪和'不死之人'那一套。现在怎么又不信了？"

　　"我怎么知道？"马克被问得一愣，瞪着眼睛道，"除非……哦，我知道你在想什么了。你太执迷于特德的说法了。现在，亨德森家又有一个人也瞧见了鬼。我知道你心里在想什么，你觉得这事太巧了。"马克回身瞧着老亨德森，厉声道："坚强点，乔！不管你现在感觉怎么样，都给我打起精神。警察来了。"

　　亨德森听到警察两字，眼睛突然睁开了，脸上的神情似乎在抗议：这真是太过分了，临了还要受这个罪。他先是似乎要放声大哭，随后硬挣着半坐起来，泪眼婆娑地瞧着马克他们。

　　"警察，"亨德森道，"是谁找来的？"

　　"是你妻子。"布伦南简短地答道。

　　"她才不会找警察呢！你别想蒙我。我不信。"

　　"我们就别争了。"布伦南道，"我想知道的是，你刚才对奥格登·德斯帕德说，你瞧见他伯伯的鬼魂……"

"不是鬼魂。"亨德森哽咽了一下，反驳道。见亨德森几乎被吓丢了魂，史蒂文斯突然觉得心有不安。"起码一点也不像我听说过的鬼魂。如果是鬼魂，我才不会被吓成这样。那是——那是——"

"是活的？"

"我不知道。"亨德森痛苦道。

"不管你瞧见了什么，"马克道，"说出来。别紧张，乔。你在哪儿瞧见的？"

"就在这屋子的卧室里，"亨德森指着房间里的一扇门说，"就在那里。趁我现在还想得起来，让我想想。昨天晚上，你记得吗，当我们在——你知道的，伊迪丝小姐和露西夫人突然来了。然后你们就都回了主宅。伊迪丝小姐吩咐我给炉子生火。我照做了。然后你们都在前屋聊天，不到凌晨3点，大家就都散了。这些事你都记得吧？"

"我记得。"

"那我就继续说了，"亨德森点点头道，"本来我和你要去网球场旁的小屋里取防水帆布，好用来盖地下墓室的入口，但当时我看你很累，取帆布又不是什么大不了的事，于是就让你去睡觉，我自己去取。你谢了我，还让我喝了一杯酒。等我从后门出了主宅，听到你在我身后把门锁上，我才意识到我必须得一个人走回家，还要一个人睡。另外，网球场在庄园南面，去那儿必须得穿过我不喜欢的那片树林。

"但还没等出发，我突然想起来，今年我一直在修补那块帆布，它现在就放在我家缝纫机下面。于是，我回了家，就是回到这儿。我发现这个房间的灯灭了，我试着开灯，可灯不亮。我讨厌黑暗，还好我有提灯。于是我从缝纫机下面取出帆布，又跑出去把地下墓室入口盖上。我干得比平常快，还在帆布四角压上了石头，因为我担心万一有什么东西从地下上来，想把帆布推开，比如万一有人想从台阶走出墓室呢？

"盖好帆布，我很开心。我之前跟你们说过，我从不怕鬼那种东西。原因我告诉过你们，很多年前，老巴林杰先生曾对我说：'乔，我一点也不怕死人，你也不要怕，倒是那些活着的混蛋才需要我们小心提防。'但即便如此，我也不喜欢盖帆布这差事。

"所以一干完活儿，我就回到这儿，锁了门。我又试着开灯，灯还是不亮。我觉得提灯不够亮，于是试着调了调灯芯。但我当时一定是糊涂了，不仅没弄好，反而把灯弄灭了。我不想再折腾了，我知道卧室灯是好的，于是就想进卧室，然后把卧室门锁上。

"等走进卧室，我听到摇椅摇动的嘎吱声，摇椅放在窗户旁，那声音很有辨识度。我锁上门，然后瞧见椅子上有东西，正随着椅子晃来晃去。

"借着光线，我发现那是你伯伯。他正坐在摇椅上摇来摇去，就像他生前每次来看我时一样。他的脸我瞧得很清楚，还有他的手。他皮肤惨白，但没什么光泽，手是软的。我知道这个，是因为你伯伯突然伸出手，想要和我握手。

"我马上跑出去，至少是跑出了卧室，把门一下子摔上，可钥匙还留在门里面。然后，我听见你伯伯站起身，穿过房间出门追我。

"我应该是被什么东西绊倒，碰到了头。我只记得自己倒在这张沙发边上，沙发上好像有条毯子或别的什么东西，之后的事我就记不太清了。我当时可能是打算滚过沙发，滚到另一头藏起来。我只记得这些了，接下来就是你弟弟奥格登从那边窗户爬进来，把我摇醒了。"

亨德森用胳膊肘支着身子，额头青筋暴起、冷汗淋漓，又说了几句谁也听不懂的话，然后躺下闭上了眼睛。

马克轻轻拍着亨德森的肩膀，而其他人都面面相觑。布伦南犹豫了一下，穿过房间，啪的一声打开电灯开关，灯亮了。他又反复试了几次，瞧瞧开关，又瞧瞧亨德森。史蒂文斯则出门站到树下，经过布伦南时，他瞧见布伦南进了卧室。一两分钟后，布伦南也出了门。

"如果你现在不需要我的话，"史蒂文斯道，"我想回家吃点早餐。"

"去吧，"布伦南道，"但今天我要同时见你和你妻子，所以我建议你不要走远。你妻子最好能在晚上之前从商店赶回来。另外，我还有很多事要做，"布伦南一字一顿地强调道，"有太多事要做了。"

史蒂文斯本已转身要走，听了这话猛地回过身。"你对这事怎么看？"他对房子努努嘴。

"要我说，那家伙如果是在骗人，那他一定是我三十年里见过的最厉害的骗子。"

"我明白了。嗯——那下午见。"

"下午见，希望到那时你妻子已经回来了，史蒂文斯先生。"

史蒂文斯穿过庄园，下了山，一路上走得不紧不慢，但当他瞥了一眼手表，发现已经 11 点多了，便马上加快了步伐。玛丽应该已经回来了。可等他回到家，才发现玛丽还没回来。艾伦来过又走了，把家里收拾得干净整洁，还给他留了张便条（另一张便条），上面是艾伦的广告体笔迹，说他的早餐在烤箱里。

史蒂文斯在厨房桌上慢慢吃着煎蛋和培根，期间起身去了一趟客厅。克罗斯的手稿仍然在客厅的电话桌上，跟他离开时一样，还在公文包外面，一半插在信封里，一半露在外面。他把手稿全都抽出来，瞧着扉页。上面写着：《各时期投毒犯罪动机研究》，高丹·克罗斯，纽约市里弗代尔区菲尔丁公寓。史蒂文斯细心展平扉页，坐到桌旁，拿起了电话。

"接线员。接线员吗？能帮我查一下这个号码昨晚打过长途吗？"

这部电话显然打过长途。

"打给了哪里？"

"先生，等一下，里弗代尔区 361 号。"接线员的回答干脆利落。

放下电话，史蒂文斯信步走进卧室，从书架上拿下高丹·克罗斯的《陪审团绅士》，瞧着封底上克罗斯的照片。那是一张瘦削、睿智且相当阴郁的面孔，眼睛半睁半闭，乌黑的头发仅有一丝花白。他想起书的推荐语中还引用了那位博学法官闹的笑话："根据《陪审团绅士》一书对尼尔·克里姆案的生动描述可知，作者肯定参加了当时的庭审。"他还记得报纸对此的反驳是克罗斯现在刚四十岁，根本不可能参加过庭审。他将书放回，插入书架，然后上了楼。在卧室里，他打开玛丽的衣柜门，瞧着她挂在柜子里的每件衣服。玛丽的衣服大多在纽约的公寓里，这里没有几件。

史蒂文斯在房子里上上下下，时间一分一秒过去。浴室里的水龙头像往常一般滴答作响，楼梯踩上去也发出咯吱或噼啪的声音，空荡荡的房子里今天似乎到处都是恼人的噪音。史蒂文斯试着读书或者收听广播打发时间，他拿不定主意是否该喝一杯，后来考虑到自己的情绪，还是彻底放弃了喝酒的念头。下午4点，烟抽没了，这倒让史蒂文斯松了一口气，这样他就不得不去商店买烟，不用再因为担心听到布伦南的脚步声而一直惴惴不安了。此刻的德斯帕德庄园表面看上去平静，但却好似有一股危险的暗流在涌动。

史蒂文斯刚一出门，身上就落了几滴雨水。他穿过国王大道，沿着通往火车站的小路向前走。路两旁高大的树冠像在点头，又像在跳舞，一切全都笼罩在黑暗之中。商铺已开始亮灯，灯光透过玻璃看上去红红绿绿，马上要到商店时，史蒂文斯听到有人喊他，昨天晚上他仿佛也听到过这样的喊声。在印着"J. 阿特金森，丧葬承办人"的两扇玻璃之间，有一道门打开了。有人正站在门口向他招手。

史蒂文斯穿过马路。跟他打招呼的是一个商人模样的中年男子，略微发福，身上穿着庄重的正装。稀疏的黑发梳成中分，丝丝缕缕打理得好像鱼刺。一张娃娃脸和蔼可亲，行为举止令人感到舒服。

"是史蒂文斯先生吧？"男子说道，"我们还没见过，但我一瞧就知道是你。我是小阿特金森，约拿·阿特金森。我父亲已经退休了。进来坐一会儿？我有东西要给你。"

进了屋里，窗户上那不起眼的窗帘与从屋外看到的感觉不一样，比史蒂文斯原以为的更高一些。窗帘是黑色的，这间小小的，铺了软地毯的等候室因而有一种奇怪的梦幻感，让人看着心情平和，或许这正是店主想要营造的气氛。瞧着房间里的这些东西，你根本意识不到它们的用途，除了放在后门两侧的两个巨大的大理石花瓶，它们看着与地下墓室里的花瓶很像。约拿·阿特金森走到房间另一侧的桌子前，行为举止泰然自若，并没有什么可奇怪的地方，但隐隐约约能感觉到他似乎在努力压抑心中的好奇。

阿特金森返回来，递给史蒂文斯一张照片，上面的人正是 1861 年因为谋杀被斩首的玛丽·德奥贝。

"有人让我把这个还给你。"阿特金森道……"天啊，你这是怎么了？"他追问道。

史蒂文斯不知道该如何回答，他感觉自己好像在做一场噩梦。连约拿·阿特金森的和蔼态度、探头探脑时头上如鱼刺一般的头发好像都是噩梦的一部分。这不仅是因为那张照片，还因为当阿特金森去取照片时，他瞧见放着照片的桌上摆着几本普通杂志，其中一本杂志中露出一截绳子，绳上系着几个不规则的绳结。

"哦，没，没事。我没事。"史蒂文斯突然想起源于这个殡仪馆的那个侦探小说灵感，"你怎么会有这张照片？"

阿特金森面露微笑。"我不知道你还记不记得，昨天晚上你坐7点35分的火车抵达了克里斯彭。我当时就在这间等候室，正忙着什么，碰巧瞧了眼窗外，就瞧见你了。"

"对的，对的。我当时好像注意到屋里有人！"

阿特金森听了这话面露疑色。"当时外面有车正在等你。车刚调头开走，我就听见大街上有人大喊大叫。好像有人站在通往火车站的台阶那里，正挥手大喊。我打开门想瞧瞧是怎么回事。你的车开走时，火车站售票处的兼职员工刚好走下台阶。好像是你的照片从书稿还是什么东西里掉出来，落在了车厢里。列车员发现了照片，火车开走时，列车员从通过台把照片扔给了兼职售票员。那人当时刚要下班。"

史蒂文斯回忆起火车上的情景。为了瞧清楚照片，他把照片从书稿的别针上取了下来。看了之后他把照片往书稿里一插。再之后，威尔登突然和他打招呼……

"你的车开走了之后，"阿特金森的语气中带着一丝恼火，"那个兼职售票员从我店门口经过。瞧我还站在门口，他说他下班了，问我能不能等见到你时，把照片还给你。那人挺搞笑的，他给我瞧了那张照片，说我给你比他给更合适。"阿特金森指着照片下方"斩首"这两个字，"不管怎样，照片还你了，你应该还想要它。"

"真不知该怎么感谢你，"史蒂文斯道，"很高兴它能失而复得。事情要是都这么简单就好了。对了，我有件事想问你，

235

你可别以为我疯了。这事儿很重要。"史蒂文斯指着远处那张桌子，"那根绳子是怎么回事，就是系着绳结的那个？"

阿特金森显然只对照片很感兴趣，他直起腰，四下瞧瞧，然后嘴里嘟哝着把绳子收起来，放进了衣兜。

"你是说这个？这是我父亲的。他经常做这个，还到处乱放。他脑子现在有点——你懂的。他总爱做这玩意儿。拿根绳子系绳结，就像有人喜欢抽烟、转扣子或摇钥匙一样，就为了不让手闲着。他们总叫他'角落里的老人'。你喜欢看侦探小说吗？还记得在奥希兹女男爵[1]写的小说里，有个坐在咖啡馆角落里，喜欢没完没了地系各种绳结的老人吗？"阿特金森盯着史蒂文斯，继续道，"我父亲也喜欢系绳结，过去他可不这么乱放。你怎么问起这个？"

在这短短几分钟里，回忆突然如潮水般涌上史蒂文斯心头。他想起昨晚与帕廷顿聊天，在谈到老阿特金森时，他还以为帕廷顿说的是醉话："马克的父亲很喜欢老阿特金森，过去常跟他开一些只有他们自己才明白的玩笑，比如他会问老阿特金森，你还总坐在那个'咖啡馆'或'角落'里吗？我都不知道这些话是什么意思。"

"我得请你帮我一个忙，"阿特金森执拗地问道，"告诉我，

---

1. 艾玛·奥希兹（Emma Orczy，1865—1947），英国女作家，常被称为奥希兹女男爵，以历史和侦探题材的作品闻名。在其代表作《角落里的老人》中，有个老人喜欢坐在一家咖啡馆的角落里，系各种绳结，然后再打开。一位女记者无意中和老人攀谈起来，结果老人足不出户，仅凭报纸的报道就破获了一起谋杀案。后来该记者便常去咖啡馆听老人讲解案情。

你为什么问这个？这对我可能很重要。是不是——"他欲言又止，"我知道你是德斯帕德家族的好朋友。迈尔斯·德斯帕德的葬礼就是由我们承办的。是不是葬礼出了什么——？"

"问题？哦，没有的事儿。"史蒂文斯觉得有些话还不能告诉阿特金森，"但这些绳子有没——嗯，有没有可能落在迈尔斯·德斯帕德的棺材里？"

"我觉得有这个可能。这店表面上还是由我父亲负责，"阿特金森答道，随后乱了风度，急忙追问道，"该死！那真是不可原谅！该不会真有绳子落在——"

绳子确实出现在棺材里，但难道真是老阿特金森一如既往地在一根绳子上系了九个绳结，却碰巧把它落在了棺材里？那迈尔斯·德斯帕德死的那个晚上，他枕头下系着九个绳结的绳子又怎么解释？史蒂文斯继续心不在焉地应和着阿特金森，心中的疑团依旧没能解开。

照片丢失的事现在搞清楚了，原来是昨晚掉在火车上了，可照片本身还是个谜。不过，现在至少可以确定一件事：老迈尔斯的尸体确实被放进了棺材。史蒂文斯把能说的都告诉了阿特金森，也问了一些问题。阿特金森则跟他讲了当时老迈尔斯下葬的情况。

"我就知道，"阿特金森手轻轻拍着桌子说，"庄园里肯定出了什么奇怪的事！大家都在说。哦，当然，我们可不能往外说。不过，你想知道的，我肯定会如实告诉你。不管怎样，迈尔斯·德斯帕德的遗体肯定被放进了棺材，是我亲自帮忙放的，之后棺材就交给了抬棺人。这点我的助手可以作证。你也知道，抬棺人抬上棺材就直接去了地下墓室。"

这时，等候室的门悄无声息地开了，一个男人从街上走了进来。

路灯昏暗，丝丝点点的雨水顺窗滑落。进来的男人在灯光下只显出一个剪影。来人矮矮的个头，虽然穿着皮大衣，给人感觉却蔫蔫的。无论是他身上略显时尚的皮衣，还是头上歪戴着的棕色软帽，都让人联想到迈尔斯·德斯帕德，看了心里发毛。不过，死人肯定不会开豪车，比如停在外面马路旁的那辆配有司机的奔驰。男人走进屋，刚向前迈了两步，史蒂文斯他们就看清楚了，这人显然不是老迈尔斯。

男人身上的皮衣并非特别时髦的款式，带有一丝三十年前那种略显保守的复古风。他年纪至少也有七十多岁了，相貌十分丑陋，满脸褶皱，虽然鼻子坚挺，可整个人给人感觉像一只类人猿，但这副相貌又不能说没有吸引力。史蒂文斯觉得好像在哪儿见过这人，而且还见过不止一次，然而这张脸在他的记忆中模糊得好像一张素描，无论怎么想，也想不起在哪儿见过。男人的眼睛像猴子的一般明亮，他凶巴巴地扫了一眼四周，然后目光落在了史蒂文斯身上。

"恕我冒昧，"男人道，"先生，我能跟你谈一谈吗？我一直跟着你来到这儿，大老远来就是为了见你。鄙人克罗斯——高丹·克罗斯。"

　　"是的，你心里想得没错。"克罗斯似乎看透了史蒂文斯在想什么，他从容地从皮衣里掏出名片，有点不耐烦地打量着史蒂文斯。"你觉得我比我坚持要印在书封底的那张照片上看着更老、更丑，"他挑明道，"正因如此，我才选了那张照片。不过仔细瞧的话，现在的我和三十年前有些地方还是一样的。那张照片是我进监狱之前照的。"说着，克罗斯抬起一只戴着手套的手。

　　"你还在想，"克罗斯继续道，"我出书的版税虽然不错，可买不起——"他指指屋外的奔驰汽车，"你想得没错。进监狱前我手里有点钱，这钱也没法花了，于是我就让它利滚利，再加上我在监狱写书挣的钱，结果就变成了一大笔财富。这正是金融家和作家的区别。金融家是先挣钱，再进监狱，作家则是先进监狱，再挣钱。阿特金森先生，抱歉要打断你们了。史蒂文斯先生，请跟我走吧。"

　　克罗斯打开了门，史蒂文斯早已惊得目瞪口呆，愣愣地跟着他出了殡仪馆。奔驰司机打开车门。"上车。"克罗斯道。

　　"我们去哪儿？"

"我也不知道，"克罗斯道，"亨利，随便开吧。"

汽车的引擎发出轻柔的轰鸣声。豪华汽车后排座的灰色软垫坐着很温暖。克罗斯坐在一角，专注地盯着他的客人。脸上除了之前那副嘲讽和凶巴巴的表情之外，还有一丝史蒂文斯说不清道不明的神色。他面色凝重地掏出雪茄盒，示意史蒂文斯来一根。史蒂文斯接过雪茄，觉得自己从没像现在这样这么想抽根烟。

"说出来吧？"克罗斯道。

克罗斯依旧神色凝重，或者说颇有些嘲讽的意味，他摘下帽子，举在头顶。虽然他两鬓浓密，可这个举动暴露了他干瘪的秃头，一根头发桀骜不驯地翘起，在秃头上飘动。奇怪的是，瞧着眼前这搞笑的情景，史蒂文斯却笑不出来，也许是因为克罗斯那如猴子一般明亮的眼睛正闪着冷光。

"说什么？"

"你现在应该憋着一肚子火吧？"克罗斯问道，"我是说你妻子和我素未谋面，昨夜却大老远地开车到我家，把睡得正香的我叫醒，向我请教了几个问题，而且还睡在了我家。但你应该不会以为这是幽会吧。我是和我的管家米尔罗伊德夫人睡的，抛开这个事实不说，年龄也不饶人了。先生，我希望你猜得到你妻子是去找我了。如果你聪明，早该想得到，可我觉得你没那么机灵。"

"除了奥格登·德斯帕德，"史蒂文斯道，"你可能是我见过的说话最让人讨厌的人。既然你这么开门见山，那我也就不妨直说了，你跟我想象中的奸夫不太一样。"

"哈，这样最好。"克罗斯咯咯笑了几声，然后高声道，"但这可说不准吧？你年轻——没错。健康——我想是的。但我有智慧。你们编辑部的头儿，他叫什么名字来着，莫利？莫利跟你提过我吗？"

史蒂文斯回想了一下。"没有，他只问我有没有见过你，仅此而已。玛丽现在在哪儿？"

"在你家。不，等等！"克罗斯伸出胳膊，挡住车门，"先别下车。别急这一会儿。"随后他身子向后一靠，若有所思地抽着雪茄，脸似乎突然变得不那么干枯了，"年轻人，我今年已经七十五岁了，研究过大量案例，比一百七十五岁的人应该知道的还多。那是因为我有机会接触到第一手材料。我在监狱里度过了二十年的时光。我今天是来帮你妻子给你解惑的。"

"我谢谢你，"史蒂文斯道，"我刚才就不该和你说话。但既然你这么说了——"他从口袋里掏出那张玛丽·德奥贝的照片，"你能给我解释一下这照片是什么意思吗？我妻子为什么去找你？还有，你能跟我说说你名字的由来，或者你的家世吗，你真叫高丹·克罗斯？"

克罗斯先咯咯干笑起来，笑得身子乱颤，然后又恢复了严肃。

"哈，看来你一直在琢磨这张照片。你妻子担心的正是这个。没错，我是叫高丹·克罗斯，我有权用这个名字。

二十一岁那年，我拿着单边契据[1]把名字改成了高丹·克罗斯。我原来的名字是阿尔弗雷德·莫斯鲍姆。别误会，我确实是犹太人，而且像我所有伟大的祖先一样，我对自己的名字感到自豪。若不是我们，你们就不会有现在的生活，你们的世界会陷入一片混乱。但是，"克罗斯又画蛇添足地补充了一句，"我还是个自我主义者。阿尔弗雷德·莫斯鲍姆这个名字不足以体现我的个性。这么说没错吧？

"我觉得有些事最好告诉你，研究犯罪是我的个人爱好，从我年轻时就是。当然了，克里姆被捕受审时，我就在英格兰。而普兰吉尼被捕受审时，我也在法国。很少有人知道博登的案子，可我知道。快到四十岁的时候，为了证明犯罪是件——'简单事'，我犯了罪。你肯定忍不住想讽刺我，为证明犯罪很容易逃脱惩罚，我竟然在监狱待了二十年。没错。但我之所以被警察发现，仅仅是因为我自己开了口。我喝醉说漏了嘴。"

克罗斯吐了一口烟，然后挥手驱散烟雾，转了转如猴子般明亮的眼睛。

"谁能想到服刑的日子竟是一段美好时光！在监狱里，我成了典狱长的左膀右臂。你知道这意味着什么吗？这意味着我可以直接接触所有案子的犯罪记录，不只是我所在的监狱，还包括典狱长想要从中了解案情的所有机构。就有些案子来说，我甚至比负责审讯的法官或负责定罪的陪审团更了解凶

---

1. 只有一方执行的契约，常用于人名的更换。

手。我还了解抓捕那些罪犯的警察。所以，我没申请假释或减刑。到哪儿去找比这更好的地方？花着国家的钱，把自己的钱存起来。等我一出去，我就是个有钱人了。"

"只有你会这么想罢了。"史蒂文斯道。

"可这么做有一个缺点，我想你也认同，那就是入狱带来的社会影响，尤其是当我写书出了名之后。我服刑期间的登记名就是这个特别的名字——高丹·克罗斯，而且还出了名。出狱后，我不想为了隐藏身份再变回阿尔弗雷德·莫斯鲍姆了，但高丹·克罗斯这名字很容易勾起人们的回忆。我可不希望有人将文坛新星高丹·克罗斯与1895年因谋杀入狱的高丹·克罗斯联系到一起。所以我坚称自己四十岁，并要求必须在书的封底印上一张与我早年完全不像的照片，以免有人认出我。"

"你是因为杀人入狱的？"

"当然。"克罗斯轻飘飘的语气听得史蒂文斯心里一凛。克罗斯抬起戴着手套的手，拂去落在外套上的烟灰。"我想你现在应该明白我书中的内容为什么那么可信了吧？你刚才问你妻子为什么找我，现在我来告诉你答案。因为她只看了我新书的第一章，就知道我写的都是真的——我知道一些事，而她却不知道。"

"什么事？"

"1676年的玛丽·德奥贝、1861年的玛丽·德奥贝，还有她祖先的其他事，这么说其实不准确，应该说她所以为的祖先。"

"你好像了解，或者说知道，"史蒂文斯缓缓张口道，"很多我心中不明白的事。我现在……不只现在，还有刚才和过去所想的……谋杀和'不死之人'，难道这些都是真的吗？"

"不——很抱歉，"克罗斯斩钉截铁道，"至少玛丽的事不是真的。"

史蒂文斯心中暗想：我现在坐在舒服的豪车里，抽着上好的雪茄，眼前坐着一位我既相信，又不敢相信的自以为是的杀人犯。可相比在殡仪馆听到的，眼前这个干瘪小老头说的话仿佛有一种奇特的魔力，一下子就让我心里的石头落了地，带我步入解开谜团的正轨。史蒂文斯望向车外，窗外的兰开斯特高速公路已笼罩在一片阴沉的雨雾之中。

"我知道，你们已经结婚三年了，"克罗斯眨眨眼道，"但你了解你妻子吗？不，你不了解。怎么会这样呢？女人都喜欢闲聊。如果你提到你伯伯，女人也会说她的伯伯。如果你说你某个体面的伯祖母有一次用西红柿砸猫，结果打到了警察，那么女人也会跟你说个有过之而无不及的家庭趣事。可你怎么从没听妻子讲过她家的趣闻呢？那是因为她有苦难言。哈！不过我用了不到十分钟，就让她把心里的秘密都说出来了。因为她需要我来替她解惑。

"现在，听好了。在加拿大西北部有个长年阴郁凄冷的地方叫吉堡，那里有一家人姓德奥贝，他们确实是那位红颜杀手——玛丽·布兰维利耶侯爵夫人所属的德奥贝家族的远亲。吉堡的德奥贝家中也出了一位玛丽·德奥贝，就是你照片里的那位。这两位玛丽·德奥贝都是真实存在的。我知道这些是因为在写这本新书时，我不辞辛苦前往吉堡住了两周，专为搜集这个家族的资料。我想好好查一查是否还有更多有关传说中的'不死之人'的事例。我不信道听途说的事情，而是认真核查了这个家族的出生证明和教区登记记录。你那位值得尊敬的妻子以为自己是德奥贝家族的一员，可事实上她和这个家族没有任何关系，她是三岁时由阿德里安娜·德奥贝女士领养的，而阿德里安娜是这个邪恶家族仅存的血脉。玛丽的姓也不是德奥贝，就像我叫克罗斯一样，是后来改的。玛丽的母亲是法籍加拿大人，父亲是苏格兰的工人。"

"那我就不明白了，"史蒂文斯嘀咕道，"我到底该相信巫术，还是科学？你瞧瞧那张照片。我妻子和那个玛丽·德奥贝简直太像了，连表情都——"

"那你猜猜，"克罗斯道，"阿德里安娜为什么要领养你妻子？"

"为什么？"

"就因为长得像。因为她们两个长得实在太像了。确切来说，阿德里安娜本身就是一个老巫婆。如果我一直住在吉堡，我会相信她真的就是巫婆。吉堡的天总是阴沉沉的，一年大部分时间都在下雪。你知道吉堡这名字是怎么来的吗？17世纪时，黑弥撒被称为吉堡弥撒。这家人住的房子跟德斯帕德庄园很像，也是一排低矮的房子，房后是长满冷杉树的山。

"德奥贝家坐拥木材资源，生活富裕，但即便有地方可去，因为天气的缘故，他们也很少出门，而是整天坐在壁炉前看照片。阿德里安娜之所以领养苏格兰工人的孩子，原因只有一个，她认为这孩子身上流着'不死之人'的血，而那个被砍掉脑袋的玛丽·德奥贝会借这孩子的身体复活。她给这孩子看玛丽·德奥贝的照片，讲玛丽·德奥贝的故事，还告诉她冷杉树林有鬼怪。如果孩子不听话需要教训，她就会让孩子遭受德奥贝家的祖先所受的刑罚。比如，她会用漏斗往孩子身体里灌水，还用火烧她，让她感受被火烧的滋味。还需要我给你描述一下详情吗？"

"不用了。"史蒂文斯双手捂头道。

此时的克罗斯浑身上下焕发出一股奇怪的活力，他沉浸在自己的讲述之中，仿佛在津津有味地欣赏一件艺术品。他身子向后一靠，扬扬自得地抽起雪茄。大大的雪茄与干瘪瘦小的身材形成鲜明的对比，彻底毁掉了他本该有的冷酷，而且让他显得有些滑稽。

"年轻人，这就是一直以来与你朝夕相处的女人。"克罗斯的语气柔和了些，"她一直把这个秘密隐藏在心底，问题是……在我看来，她嫁给你之后，差不多已经摆脱了梦魇一般的过去，可在你们与德斯帕德家族的交往中，有几件事碰巧勾起了她对往事的回忆。比如，在某个星期日下午，当着护理迈尔斯伯伯的护士的面，德斯帕德夫人谈起了毒药——"克罗斯狠狠盯着史蒂文斯。

"这事我知道。"

"啧啧！这事你都知道了？你妻子将心中的恶魔压抑得太久了，就好像她把它们关进盒子，盖紧了盖子，可它们却一下子跑了出来。这都要怪那次关于毒药的谈话。你妻子也说不太清她当时的感觉，只觉得整个人都晕晕的，她是这么描述的：'厄运终于降临了，夏洛特女郎惊呼道。[1]'"克罗斯厌恶地对着玻璃隔窗吐了一口烟，"我的天啊！她甚至蠢到跟那个护士出去，对着护士叽里咕噜地谈起了毒药。她对我说，她不知道自己当时为什么会那么做。这个问题精神科专家倒可以回答她。事实上，她一点问题也没有，精神再正常不过了。否则的话，我敢打包票，以那位阿德里安娜姨妈养育孩子的方式，你妻子肯定会变成怪人的。可是聊过毒药之后不到三星期，德斯帕德家族的老伯伯就死了。另外，你还把我那本书的手稿拿回家，说了一些不该说的话。再加上马克·德斯帕德又带着那位蹩脚医生来告诉你（你妻子当时就在门外偷听），首先，他有证据证明他伯伯是被毒死的；其次，有人瞧见他伯伯房间里有一位女子，穿着很像玛丽·布兰维利耶侯爵夫人——马克话里话外都在暗示此事极其诡异。如果你到现在还无法理解你妻子当时的心情，那你真比我想的还要蠢。所以，你妻子不得不去找我，向我询问关于她祖先的真相。"

---

1. 引自维多利亚时期代表诗人阿尔弗雷德·罗德·丁尼生 (Alfred Lord Tennyson, 1809—1892) 的叙事诗《夏洛特姑娘》。该诗讲述了美丽的姑娘夏洛特被仙女囚禁在城堡里的故事。城堡位于离亚瑟王王宫不远的孤岛上。仙女告诉夏洛特，亚瑟王王宫会给她带来厄运，却没有透露究竟是什么厄运。夏洛特只能通过一面镜子看世界，当她在镜子中看到亚瑟王最出色的圆桌骑士蓝斯洛时，便疯狂地爱上了他。夏洛特决定去王宫找蓝斯洛，可刚踏出城堡门槛，镜子突然碎了，于是她意识到自己的厄运就要来临。最终，夏洛特在不顾一切地划船前往王宫时迎来了自己的死亡。

史蒂文斯的头依然埋在两手之间，眼睛盯着车上铺的灰色地毯。

"让司机掉头，可以吗？"史蒂文斯愣了半晌，请求道，"我想回去见我妻子。上帝啊，帮帮我吧，只要我还活着，我就绝不会再让她受这种折磨。"

克罗斯通过送话器吩咐司机掉转车头。"这真是最有趣的一件案子，"他倨傲地说道，"让我来安慰人，这活倒是新鲜。实话跟你说，这也让我很头疼。你我素不相识，而你妻子却委托我在你见到她之前，把这些情况告诉你，她似乎不愿意做这事儿。我其实一直都没搞懂她到底看上你什么了。你还有什么要问的吗？"

"有，要是她把一切都告诉了你，那她提到吗啡片了吗？"

克罗斯恼火道："哦，我怎么把这事忘了。是的，吗啡片是她偷的。你知道为什么吗？不，不用回答，你肯定不知道。你回忆一下，你和你妻子有天晚上去著名的（要我说是令人痛苦的）德斯帕德庄园做客。你还记得是哪天吗？"

"我记得很清楚。是星期六晚上，4月8号。"

"对的。你还记得你们当时在德斯帕德庄园做什么吗？"

"为什么这么问？我们上楼去玩桥牌，可——"史蒂文斯突然顿了一下，"可最后没玩成，那天晚上我们讲鬼故事了。"[1]

"没错。是讲鬼故事，我猜讲的都是很可怕的故事，而且是在一个漆黑的夜晚，当着一个被心中的秘密吓得半死的女

---

1. 原注：请参考本书第115页。

人的面讲的。你妻子当时只希望做一件事，那就是睡觉。她希望一上床就马上睡着。希望关灯后不要做梦，把女巫的事彻底忘掉。你没发现你妻子不对劲，这我不奇怪，可我搞不懂为什么德斯帕德家的人竟然也没注意到。德斯帕德家族似乎对你们两人都产生了一种很不好的影响，这个家族能对女巫产生很强的刺激……"

汽车平稳地前进着，引擎嗡嗡作响，车外传来隐隐的雷鸣。雨水开始用力拍打车窗。克罗斯降下车窗，把雪茄扔出车外，雨水趁机飘进了车里，惹得他忍不住咒骂了几句。史蒂文斯感觉自己脑海中的迷雾终于散去，但有一件事他还不明白。他还有一个问题。

"对女巫产生很强的刺激，"他重复着克罗斯刚才的这句话，"是的，你说得对。我现在好像也瞧出点门道了，但我还有一个问题实在弄不明白：尸体怎么会从地下墓室里凭空消失呢？"

"哦，凭空消失，有这回事吗？"克罗斯闻言像枝头的猴子一样突然蹦起来，身子前倾道，"我也正要说这个。我说过，我来是为了帮你妻子给你解惑的，但我必须先知道在地下墓室里发生了什么。还有十分钟就到你家了。现在跟我说说吧。"

"我很乐意跟你讲。只是不知道有哪些可以告诉你。当然，警察已经来了，所以不管怎样，这事最终都得被公开。布伦南警监——"

"布伦南？"克罗斯双手支膝，警觉地问道，"不会是弗朗西斯·泽维尔·布伦南吧？那个老狐狸弗兰克？总喜欢讲他父亲糗事的家伙？"

"就是他。你认识他？"

"我认识他的时候，"克罗斯斜着一只眼，若有所思道，"他还只是个警司而已。每年圣诞节他都给我寄贺卡。他玩得一手好扑克，可惜天赋还是有限。无论是什么案子，他们都喜欢听我的意见。你继续说吧。"

克罗斯听着史蒂文斯的讲述，他的脸随着情绪的起伏而显得时而年轻，时而苍老，偶尔他会评论一句"漂亮！"，或用手指弹一下软毡帽的帽檐，期间他只打断过史蒂文斯一次，而且只是为了告诉司机开慢点。

"你相信这些都是真的吗？"克罗斯问道。

"我现在不知道自己相信过什么，或者说还能相信什么。当他们谈起巫术——"

"这根本不关巫术的事，"克罗斯斩钉截铁道，"不要把巫术和这破事相提并论，那是对黑色艺术的侮辱。这是一起谋杀，伙计！是谋杀，不过凶手的确精于算计，或许还一丝美学上的考虑，可在谋划过程中却犹犹豫豫，差错百出，其实这整个计划中最妙的一部分完全是场意外。"

"你是说，这件事的来龙去脉和背后元凶你已经知道了？"

"当然。"克罗斯答道。

低空中突然响起一声惊雷，轰隆隆的回音一直传到天际，紧接着一道闪电划过，车窗在雨中看着愈发漆黑。

"那么，凶手是谁？"

"显然是庄园里的人。"

"我可提醒你，庄园里的每个人都有事发时不在场的确凿证据。当然了，亨德森夫妇除外。"

"亨德森夫妇和这事没关系，这点我确定。另外，与亨德森夫妇相比，凶手与老迈尔斯关系更近，而且受到老迈尔斯之死的影响也更大。至于你说的事发时不在场的确凿证据，别太把它们当回事。在我杀死罗伊斯的时候（对这人我得多说一句，那个人完全该死），我也有确凿的不在场证据。有二十个人，包括侍者在内，都愿意给我作证，证明案发当时我正在德尔莫尼科餐厅吃晚餐。我当时使用了一个巧妙有趣的机关，以后如果有时间，我很愿意跟你讲讲。另外，我最初靠抢劫谋生时，同样也有不在场的证据。凶手杀死老迈尔斯的手法一点也不新鲜，就连从地下墓室偷尸体的方法也是前人用过的，我的朋友巴思申还对这种方法进行了改良。巴思申 1906 年出狱，很不幸，他回到英格兰后，他们不得不绞死他。话虽如此，单从艺术的角度来说，巴思申做的一些事情很值得称赞。车好像要到你家了。"

汽车在熟悉的大门前还没停稳，史蒂文斯就已经下了车。房子里没亮灯，但在通往房门的步行道上，有一个熟悉的壮实的身影，那人正盯着他们，手中的伞左右摇晃——雨水飞溅，落在了布伦南警监干净的外套上。

"弗兰克，"克罗斯道，"过来。上车。"

"原来是您——"布伦南道，"抱歉，克罗斯先生，现在不行，我有公务在身。之后我再——"

"你这个老狐狸，"克罗斯道，"我只用了十五分钟，了解的情况就比你一天调查到的还多。我会帮你理清头绪，给你指点迷津的。上车吧，我有话要跟你说。"

布伦南收了伞，感觉像是被逼着上了车。史蒂文斯任由雨水拍打着脸庞，默默瞧着克罗斯的车消失不见了。他说不出话来，喉咙哽咽，那种如释重负的感觉让他格外晕眩。但他依然稳稳地转过身，向房门走去，因为玛丽还在家等着他呢。

19

两人站在客厅的后窗前，瞧着屋外的花园。他将她拥入怀中，他们的心里皆平和而宁静。现在大概是晚上6点钟，雨已变得淅淅沥沥，不再顺着屋檐四处乱窜。暮色尚未降临，花园已披上一层白色的雾纱。透过白茫茫的雾气，隐约可见湿漉漉的青草、榆树以及早已瞧不出形状和色彩的花坛。两人互通心曲，告知彼此自己今天的经历。

"我也不知道我为什么没法儿告诉你，"她双手抱紧他的腰说道，"有时是因为我觉得这事太荒诞了，有时我也担心说出来太可怕，而你又那么——那么温和，那么敏感。像阿德里安娜姨妈这种人，任谁也无法轻易摆脱。我现在终于摆脱她了，当然，是在我成年之后。"

"过去的已经过去了，玛丽，我们现在可以不说这些。"

"不，我要说！"玛丽微微扬起头，但身子并没发抖，灰色的双眼满含笑意，"就是因为我不说才惹了这么多麻烦。我一直想搞清我的家世。你还记得我们第一次见面吗？在巴黎那次。"

"记得，是在新圣保罗街16号。"

"对，那所房子其实是——"玛丽顿了顿，转而道，"我到了那儿，坐在院子里，想知道能不能感觉到点什么。有一件事听起来会非常荒谬，但现在我要把它说出来：阿德里安娜姨妈一定有一种可怕的力量。你从没见过我的家，特德。我希望你永远也别看到。房后有座山……"玛丽头向后仰，好让他看到自己的前颈，她的喉咙在颤抖，但并非因为恐惧。她放声大笑道："现在，我找到克服恐惧的办法了。要是你感觉我像被女巫上了身，看我充满恐惧，或者睡觉时做了噩梦或被吓醒，我要你马上做一件事。只要你低声对我说：'玛吉·麦克塔维什'，我就好了。"

"为什么要说'玛吉·麦克塔维什'？"

"那是我的本名，亲爱的。一个充满魔力的可爱名字。不管你费多大力气，其他方法都不会起作用，只有这个法子能奏效。但我真希望德斯帕德庄园没那么……那么……我不知道该怎么说。德斯帕德庄园的房子和我以前的家太像了，本来我以为你已帮我摆脱了过去，可德斯帕德庄园又勾起了我对往事的回忆。更荒唐的是，我好像摆脱不了那所房子，它总像个噩梦似的缠着我，或者说是我无法无视它。听着，特德，我的确问过买砒霜的事儿！那真是太糟了，我不知道——"

"玛吉，"史蒂文斯道，"麦克塔维什。"

"哦，我没事。都怪那个星期六晚上你们讲鬼故事，搞得气氛怪怪的，马克讲了一个可怕的……当时我感觉我随时都可能会忍不住放声尖叫。我必须忘掉那些事，不然我会疯的。

那些药片确实是我偷的，尽管第二天我又把药瓶还回去了。特德，我知道你听了后会怎么想！有那么多对我不利的证据，换作是我，我都会认为自己最有嫌疑。这事如果发生在过去，那么不需要这么多证据，我就已经够判火刑的了。"

史蒂文斯将玛丽的脸转向自己，轻轻帮她按摩着双眼。

"只是探讨一下，"史蒂文斯问道，"药丢后的第一个星期三晚上，你是不是给我们都下了药？我一直在琢磨这事，因为那天晚上我困得不行，10点半就上床睡觉了。"

"没有，我真没有，"玛丽答道，"我没骗你，特德。而且即使我想下药也不可能，因为我只拿了一片药，吃的时候还分成了两半——"

"一片？可据说丢了三片。"

玛丽一脸迷茫。"那一定还有其他人拿了，"玛丽笃定道，"我就害怕出现这种事，真的，这个我真不知道，我可以拿性命担保。特德，我想知道这整件事到底是为了什么。的确有人杀了可怜的老迈尔斯。可我确定不是我干的，就算是在梦里我也不会有那样的念头，因为事发当晚，我到11点半才睡着。我没吃偷来的药，也没喝酒，我就躺在你身边，这事我记得清清楚楚。你不会明白记住这些对我有多大的安抚作用，但我想庄园里肯定有人猜到了我的心事，知道我心里正备受折磨。你刚说伊迪丝——"

玛丽突然打住，换了话题。

"但，哦上帝啊！特德，虽然我嘴上说自己如何获得了自由，摆脱了过去，但现在谁要是能解开这诡异的谜团，我会觉得更开心！我是说——谋杀，真的是谋杀吗？可能吗？你说克罗斯先生……对了，你觉得他人怎么样？"

史蒂文斯想了想说："嗯，克罗斯是个不折不扣的老恶棍。据他自己说，他曾是个贼，还杀过人，除非他是在吹牛，否则谁知道他还做过什么其他伤天害理的事。要是他惦记上我的什么东西，那我必须得睁大眼睛防着他，这家伙没准会割断我的喉咙。他好像根本没什么道德感。假如17世纪真有恶魔，而且还活到现在化身成人，那肯定就是克罗斯的样子。"

"你可别这么说人家。"

"别急，玛丽，我还没说完呢。虽然我嘴上这么说他，可他还挺招人喜欢。他好像很喜欢你——这家伙狡猾得像个猴精。另外，如果他能解开这些谜团，我就想办法把出版社原本给他的首印三千册的版税提高到百分之二十五。"

玛丽突然打了一个寒战，俯身向前去开窗，史蒂文斯帮她打开窗户，一股新鲜空气顺窗而入。

"雾还没散，"玛丽道，"但我好像闻到有烟的味道。等这事结束，你能请个假陪我出去散散心吗？或许我该把阿德里安娜姨妈弄到这儿来，离开吉堡那个环境，我看她还有多厉害，我要证明她只不过是个丑老太婆。你知道吗，我可以把黑弥撒仪式的步骤都背出来。我亲眼瞧见过——真是邪恶至极，有机会我给你讲讲。说到这儿，我想起一件事，你等我一下。"

玛丽转身跑回客厅。史蒂文斯听到她上楼的声音。等她回来时，她手里捧着那只猫头金手镯，好像怕被烫到一样。窗户旁的光线虽然昏暗，可史蒂文斯依然瞧见她满脸通红，胸口随着呼吸上下起伏。

"给。我只有这一件属于她的东西，"玛丽抬眼道，史蒂文斯可以瞧见她的灰色虹膜和黑色瞳孔，"留着它是因为我觉得它很漂亮，据说还能给人带来好运。但看到你那张老照片上的女人也戴着一只这样的手镯，我就想把它熔了，或者——"玛丽的目光投向窗外。

"好，把它从窗户扔出去。"

"可——可这东西值不少钱呢。"玛丽犹豫道。

"去它的吧。我会给你买个更好的。来，把它给我。"

史蒂文斯懊悔自己之前竟然会怀疑玛丽，此刻他的所有悔恨仿佛都集中在这只手镯上。他如同一位二垒的捕手，猛然挥臂转身，将手镯用力抛出窗外。随着手臂的挥动，一直压在他心中的大石仿佛也砰的一声落地了。那手镯在榆树上方划出一道弧线，被树枝弹了一下，然后消失在茫茫的雾气之中，与此同时，雾中传出一声猫的尖叫。

"特德，别——"玛丽急道，"你听见了吗？"

"我听见了，"史蒂文斯正色道，"那手镯不轻，被我这么用力地扔出去，要是真砸到猫肚子上，猫肯定得惨叫。"

"有人来了。"玛丽愣了一下道。

两人先是听到脚踏着湿漉漉的草地的声音，随后这人又上了碎石路。白雾之中渐渐现出一个人的身影，看起来行色匆匆，步伐僵硬。

"还真有人，"史蒂文斯道，"你不会以为你刚才唤醒了地下幽灵吧？那不过是露西·德斯帕德而已。"

"露西？"玛丽的语气有些奇怪，"是露西？可她怎么从后门过来了？"

不等露西敲门，两人就已经跑到后门去迎接了。露西走进厨房，摘下湿漉漉的帽子，格外用力地梳理了一下她的黑发。匆忙之中披上的外套将她的裙子弄得皱皱巴巴，她虽然没哭，可两眼通红。她在一把白色的椅子上坐了下来。

"抱歉，但我不得不打扰你们一会儿，"露西一边说，一边用目光打量着玛丽，仿佛心里在琢磨什么，但好像又突然被新冒出来的念头打断了，她哑着嗓子道，"庄园我是再也待不下去了。对了，如果你们这儿有酒的话，我想来一杯。那边刚才发生了一件可怕的事。特德……玛丽……马克跑了。"

"跑了？为什么？"

露西盯着地板瞧了半晌，一直默不作声。玛丽将手搭在她肩膀上以示安慰。

"可以说是因为我，但还有其他原因。"露西道，"在——在午餐之前，一切还都挺好的。我们想请那位人还不错的警官——你知道的，就是那个老狐狸弗兰克——和我们在庄园共进午餐。但警官不肯，坚持要自己出去吃。此前马克一直很安静，这会儿他也同样如此。他一句话也不说，谁也瞧不出他在发火，正因为这样，我才意识到他有些不对劲。等大家都进了餐厅，刚要入座，马克径直走到奥格登面前，对着他的脸就是一拳，然后就开始打他。给了奥格登一顿好打！我吓得都不敢瞧，也没人能拉开马克。你知道马克那人。他就那么一直打……之后，马克还是一句话不说，直接离开餐厅去图书室抽闷烟去了。"

露西战栗着吸了口气，抬起了头。玛丽听了这番话既困惑，又不安，先瞧了眼史蒂文斯，然后又把目光转向露西。

"我可不想瞧见那种场面，"玛丽涨红着脸道，"但说实话，露西，这没什么可大惊小怪的。我今天跟你说句心里话。其实我一直纳闷之前为什么没人教训那个奥格登，他欠揍已经不是一天两天了。"

"没错。"史蒂文斯应声附和道，"我猜马克打奥格登一定是因为他给警察写信，还发了那些电报吧？马克干得好。"

"是的，奥格登承认那些都是他干的，但应该不只是因为这个。不管怎样，要我说，跟奥格登过不去，"露西淡淡道，"是在犯傻。"

"你这么说我可不太赞同，"玛丽接口道，"我就很想和他过不去。他——嗯，有一次他想讨好我，话说得多少有点隐晦，我故意没搭理他，他竟然惊讶得不得了。"

"等等，"露西道，"我还没说完呢。伊迪丝和我给奥格登洗了脸，把他弄醒，听到了吧，人都被打得失去知觉了。等奥格登刚能站起来，他就立马把大家都召集到一起，说有事要宣布。他把大家叫到马克隔壁，好让马克也能听到……我——我不知道你们对汤姆·帕廷顿的事了解多少。就是那个帕廷顿医生。他本来和伊迪丝订了婚，结果却被人发现私自做流产手术，他之所以躲过了判刑，是因为逃到了国外。伊迪丝一直认为，或者说，她一直声称她认为那个做流产手术的女孩是帕廷顿的情妇。我觉得伊迪丝其实并不是真心喜欢帕廷顿。伊迪丝人很优秀，可性格高冷，冷得像块冰，我相信她只是为了结婚而结婚。所以，因为那个做手术的女孩——珍妮特·怀特，伊迪丝和帕廷顿分了手……可今天听奥格登一说，我们才知道了真相，那女孩其实不是帕廷顿的情妇，而是马克的情妇。"

露西停了一下，依然淡淡道："帕廷顿是马克最好的朋友，可这事马克从没告诉过他，也没对其他人说过。马克任伊迪丝抱定错误的想法。帕廷顿一直不知道那女孩的肚子是被谁搞大的，因为女孩就是不肯说。马克不顾帕廷顿有多么喜欢伊迪丝，一直保持沉默。你们知道的，马克当时已经和我订了婚，他不敢说。"

史蒂文斯在厨房里来回踱着步，心中暗想：这世上的事还真是错综复杂，令人难以置信。如果这事是真的，那马克的所作所为比奥格登的还卑劣。可尽管如此，我也不会看低马克，因为在我看来，马克还是很讨人喜欢，而奥格登嘛，说得好听点，他完全是另外一回事。史蒂文斯有点惊讶地发现玛丽其实也这么想。

"所以，"玛丽一脸不屑道，"奥格登就把这个秘密当众抖出来了。"

"现在说这些都不重要了，"史蒂文斯插嘴道，"帕廷顿听了什么反应？他当时在场吗？"

"哦，他在，"露西点点头，本来毫无生气的眼中好像突然闪了一下，"但情况没想象中那么糟。帕廷顿听了之后好像并不太在乎。他只是耸耸肩——表现得很理智。他说这事已经过去十年了，那一切他都已经不在乎了，尤其是爱情。他说现在相比女人，他更爱喝酒。将事情搞糟的其实不是帕廷顿，是我。我说了一些很不该说的话。我还对马克说，我再也不想见到他了。马克闻言还是那副老样子，阴沉着脸，一句话也不说。"

"你这是在干什么？"玛丽睁大眼睛叫道，史蒂文斯被她吓了一跳，因为他发现玛丽脸上又现出那种勾魂摄魄的神情，说的话也一针见血，"我的意思是，你干吗要说那种话？你那么说肯定不是因为十年前马克搞大了那女孩的肚子。亲爱的露西，你给我找一个没做过这种事的男人出来，即便真有那样的男人，也肯定是没人要的货色，不是吗？再说，那都是十年前的事了。另外，你这么生气，肯定也不是因为马克丝毫不顾及他与帕廷顿先生的交情。是的，马克这么做确实错得离谱，十分卑鄙，你这么想没错。但不管怎么说，这事只能说明他爱你，不是吗？这才是我最关心的。"

史蒂文斯给露西拿来一杯酒，露西迫不及待地接过去，但犹豫了一下，又把酒放下，脸涨得更红了。

"我生气，其实是因为我害怕。"露西道，"他还一直在见那个女孩……"

"同一个女孩？珍妮特·怀特？"

"是的，就是她。"

"又是奥格登吧，"史蒂文斯厌恶地问道，"这又是那个奥格登说的吧？我个人觉得奥格登的精神肯定有问题。这么长时间以来，他表面上一直装好人，用自以为招人喜欢的讨厌样掩饰他心底的恶意，现在他为了继承伯伯的钱，就撕掉伪装，再也不管不顾了。"

露西盯着史蒂文斯。"你还记得吧，特德，我在圣戴维斯参加化装舞会时，有个神秘电话打进来找我。幸亏我当时没走，不然我就没有不在场证明了。那个电话是匿名电话。"

"听着又像是奥格登的作风。"

"是的，我觉得打电话的就是奥格登。"露西拿起酒杯道，"所以我才差点上当了。不管奥格登人品怎么样，他算计人倒是有一套。那个电话里说，马克又和他的'老情人珍妮特·怀特'搞到一起了。你知道吗，在接到那个电话之前，我都没听过，或者说至少不记得帕廷顿丑闻里那女孩的名字。我从没把这个名字和那个女孩联系到一起。我只想到出现了一个女孩……而且马克似乎也不怎么在乎我了。"

露西强忍着说完最后几句话，一口喝光了杯中的酒，直直盯着对面的墙壁。

"那个电话里说，就在迈尔斯伯伯去世的那天晚上，马克利用戴面具之便，趁我找不到他，返回庄园和那个女孩幽会去了。他们两人现在就在庄园里。电话里还说，要是我开车回克里斯彭，只要十五分钟就能捉奸在床。一开始我还不相信这是真的，我在化装舞会的房间里四处找，没瞧见马克（实际上，他那时正在房后的一个屋子里和我们的两个朋友打台球，这是我事后才知道的）。于是我出了房子，可随后一想，这事有点荒唐，于是又回去了。但是今天下午一听奥格登说那女孩叫珍妮特·怀特，而且就是帕廷顿丑闻里做流产手术的那个人，我——我——"

"你确定这些都是真的吗？"史蒂文斯质疑道，"既然你认为那天晚上奥格登在电话里说的话很荒唐，现在又为什么相信他说的是真话？"

"因为马克亲口承认了。现在马克跑了。特德，你必须帮我找到他！不是为了我，是为了马克。如果布伦南警监听说马克跑了，他很可能会怀疑马克和这案子有关。"

"布伦南还不知道吗？"

"不知道。他在事情发生之前就走了，后来又和一个身穿丑皮衣的小个子男人回来了，那家伙倒是挺有趣，可我当时实在没心情管这些事。布伦南警监问我能否留那个男人在庄园，他说那人对犯罪了如指掌，我记得那人的名字好像是克罗夫特或克罗斯。他们一起去了地下墓室，等他们从墓室出来，布伦南警监满脸通红，那个小个子男人却笑得都要岔气了。我只知道他们在地下墓室里没找到密道。我问过乔·亨德森那两人在墓室里做了什么，可……你知道地下墓室台阶下有个旧木门，就是关不紧的那道木门吧？"

"知道，怎么了？"

"亨德森说，克罗斯当时前后晃了晃那道木门，然后哈哈大笑。我不知道这到底怎么回事，但我被吓到了。据说他们接着上楼去了阳台——就是透过玻璃门可以瞧见迈尔斯伯伯的房间的那个阳台。他们一边摆弄着门帘，一边透过门帘向里瞧，动动这儿，动动那儿，摆弄了好长时间。你知道他们是在做什么吗？"

"不知道，"史蒂文斯道，"但我知道你心里还有其他事。露西，你还有事没告诉我们。你还在烦什么吗？"

露西咬了咬牙关。

"倒不是我烦，"她急切得几乎语无伦次，"那东西谁家里都可能有，就连布伦南警监发现它时也是这么说的。它说明不了什么。还好我们每个人都有事发时不在现场的铁证，不然我们可真要担心死了。特德，事情是这样，就在你走后不久，布伦南警监在主宅里发现了砒霜。"

"砒霜！我的天啊！在哪儿发现的？"

"在厨房里。我都忘了厨房里有砒霜，不然我肯定会主动告诉他的。但我没理由记住这东西，是不是？之前谁也没怎么提过'砒霜'这两个字，直到今天……"

"露西，砒霜是谁买的？"

"是伊迪丝买的，用来毒老鼠的，她也把这事完全忘了。"

三个人都默默无语。露西又喝光了一杯酒。这时，玛丽突然打了个哆嗦，她走到后门，打开了门。

"风向变了，"玛丽道，"今晚又要有一场暴风雨。"

20

又是一个风雨交加的夜晚，史蒂文斯在费城开车四处寻找马克。马克或许根本就没进城，他离开庄园时既没开车，也没打包行李，去哪儿都有可能。一开始，史蒂文斯以为马克只是受了刺激，头脑一热夺门而去，可遍寻马克常去的酒吧、办公室和其他地方都没发现他的踪影，史蒂文斯真有点慌神了。

史蒂文斯很晚才返回克里斯彭，浑身湿透的他一脸沮丧。按照安排，今晚克罗斯会在他家过夜，但直到临近午夜他才见到克罗斯。史蒂文斯一回到克里斯彭，先去了德斯帕德庄园，安慰露西说肯定能找到马克，但他其实根本不知道该去哪儿找。此时庄园里寂静无声，好像只有露西还没睡。回到自己家，史蒂文斯在门口瞧见了克罗斯和布伦南，他们正坐在克罗斯的豪车里。

"你们已经——？"史蒂文斯疑惑道。

布伦南看上去情绪十分消沉。"是的，我想我们已经知道谁是凶手了，"他回答了史蒂文斯没说出口的问题，"但有一件事还需要进一步核实。我现在就回城着手办，另外……是的，恐怕真相就是那样了。"

"虽然一般来说，"克罗斯将头探出车窗，说道，"我对什么仁善正义不屑一顾，毕竟它们对研究犯罪毫无益处，不过这回不一样。老狐狸弗兰克，我的朋友，这一回我和你的想法不一样，因为这是一桩丑陋的罪案，性质十分恶劣，就是把凶手送上电椅，我也不会觉得过分。史蒂文斯先生，非常感谢你邀请我留宿，可惜我可能要辜负你的好意了。我必须得和布伦南一起走，去证明我的判断。但我保证会给你一个答案。如果明天下午 2 点整，你和你那位好妻子愿意去庄园的话，我将为你们引见凶手。亨利，走，开车吧。"

克罗斯今晚不在家留宿，玛丽坦承她对此并不觉得遗憾。"他人很好，我非常感激他。"玛丽道，"可一瞧见他我总感到毛骨悚然，他好像能看穿你心里正在想什么。"

虽然两人躺下时已近午夜，而且史蒂文斯昨晚一夜未睡，可因为情绪波动太大，又劳累过度，他实在无法静心入睡。卧室里的钟表滴答作响，吵得要死，前半夜屋外雷声隐隐，不绝于耳，连房外的猫今晚也反常地闹个不停。玛丽在惴惴不安中终于睡着了，快凌晨 2 点时，睡梦中的玛丽突然来回翻身，嘴里念念有词。史蒂文斯急忙打开床头灯查看，打算如果发现玛丽正在做噩梦就叫醒她。他看见玛丽面色苍白，一头深金色的头发披散在枕头上。不知是因为屋里有灯光，还是因为屋外的雨夜太压抑，猫的叫声似乎离房子越来越近。史蒂文斯瞧了眼四周，想找东西扔出去，可什么也没找到，只在玛丽的梳妆台上找到一个空的雪花膏盒子。他打开窗户，用力将盒子掷出，等听到外面传来一声像是人的惨叫声，他才关上窗户。大约凌晨 3 点，史蒂文斯终于也迷迷糊糊睡着了，直到第二天早上教堂的钟声敲响，他才醒过来。

将近下午 2 点，他们才出门去德斯帕德庄园，两人衣着得体，感觉像是要去教堂。天空中虽然还是乌云蔽日，可温度已经回升，气候舒适宜人，看来春天真的来了。他们一路走，一路沉浸在星期日的宁静之中，整个克里斯彭看上去是一派祥和景象，德斯帕德庄园当然也同样如此。

为他们开门的是亨德森夫人。

史蒂文斯好奇地瞧着亨德森夫人，就好像从未见过她一样。亨德森夫人身材矮壮，相貌普通，看起来严厉却善良；两耳上是灰白的发卷，胸脯丰满，下巴的轮廓透着一股倔强劲儿。一瞧见亨德森夫人，你会觉得她或许喜欢闲言碎语，但绝不会是那种会看见鬼的人。她今天一身主日盛装，可精神委顿，显然刚哭过。

"我瞧见你们从路那边过来了，"亨德森依然不失体面地说道，"大家现在都在楼上。除了德斯帕德夫人，其他人都在。为什么她——"亨德森夫人悲伤地停住了，或许是因为她觉得星期日不该如此伤心。她转身在前面给他们带路，鞋子咯吱作响。"但要我说，"她对着身后恨恨撇了一句，"今天可不是胡闹的日子。"

亨德森夫人这话显然指的是楼上不知从哪儿传来的嘶哑的说话声，声音大得简直吵死人。听动静应该是阳台上的收音机发出来的，因为亨德森夫人正带着他们向阳台走去。穿过楼上西侧的客厅时，史蒂文斯瞥见有个人影闪进门里。一定是奥格登，因为在那一瞬间他瞥见一张没有血色的脸。奥格登显然不是为了参加楼上的聚会，但他肯定会偷听。奥格登如影子般一路尾随他们到了阳台，然后躲在角落里，伸着长脖子，探头探脑。

阳台长且宽，面朝西，四周几乎全是玻璃。光照不足时，阳台上带有玫瑰花纹的深色窗帘就会被拉开。阳台对面的几扇法式平开窗通往护士房间，所以光线透过窗户直接射入了护士的房间。长方形阳台的最远端，是那道通往老迈尔斯房间的玻璃门。玻璃门此刻被棕色门帘遮盖得严严实实，但史蒂文斯瞧见门帘上有两个小缝，从中透出了房间里的黄色灯光。

阳台上的家具都是用染成白色的柳条编织而成的，上面盖着亮色的罩布，还摆着几盆长势可怜的盆栽。阳台上的所有人都端坐着，拘谨严肃。亨德森羞怯地站在阳台一角。伊迪丝一本正经地坐在大椅子上，帕廷顿则慵懒地坐在伊迪丝身旁的沙发上，看上去非常冷静，甚至还冷冰冰的。布伦南警监别扭地倚在窗框上。科比特小姐依然像昨天一样端庄，正在给大家分发雪莉酒和饼干。露西没在这里，奥格登的身影也没在此出现，但所有人都能感觉到他此刻正躲在暗处偷窥。最扎眼的是马克不在场，他的缺席仿佛是一个巨大的真空，所有人都因此感到心里空落落的。

但不管怎样，说是作秀也好，克罗斯的确吸引了所有人的目光。他在阳台另一端倚着收音机，就像倚着读经台或书桌。秃头前倾，仅存的长发正随风摇摆，类人猿一般的面容看上去一团和气。科比特小姐递给他一杯雪莉酒，他接过酒，把它放在收音机上，好像不希望有人打扰他听收音机。收音机里那嘶哑的声音还在响，节目中有人正在布道。

"他们到了。"亨德森夫人夸张地指着两位来客。伊迪丝的目光倏地射向玛丽，脸上有一种猜不透的神色一闪而过，两人谁也没和对方打招呼。"就算今天是安息日，"亨德森夫人心烦意乱地嚷道，"你也没必要把收音机开那么大声吧？"

克罗斯抬手拨了下开关。随着收音机的声音戛然而止，整个阳台一下子陷入寂静之中。如果这是克罗斯试图扰乱众人心神的手段，那他就成功了。

"尊敬的女士，"克罗斯直起身道，"星期日不是安息日，这一点我还得跟无知的人解释多少次？希伯来语中的安息日是指星期六。比如女巫，她们的安息日就是星期六。但到底用哪个词不过是一种偶然而已，我们现在要讨论的是巫术的真假。亨德森夫人，你给这个案件的调查带来了令人不解的谜团，但也可以为我们指点迷津。你的叙述前后或许稍微有点不同，但起码你在这一点上所言为实：你真的透过那道玻璃门看到了那些情况……"

"我才不信呢，"亨德森夫人道，"我们的牧师说今天是安息日，《圣经》里也是这么写的，所以你别说傻话。至于我看到了什么，用不着你管。我很清楚自己看到了什么，不需要任何人告诉我……"

"亨德森夫人。"伊迪丝平静道。

伊迪丝突然插嘴，所有人显然都怕她。她依然腰板挺直地坐在椅子上，指头敲着椅子扶手。帕廷顿则神情木然地抿了口雪莉酒。

"我之所以这么说，"克罗斯不为亨德森夫人的不敬所动，继续说道，"是想确认你知道自己看到了什么。现在，你瞧一下那边的那道玻璃门。你也看见了，我按照你说的还原了4月12日，也就是星期三晚上门帘的样子。如果你觉得哪里不对，请告诉我。另外，你也看见了吧，那个房间里的灯现在亮着。开的是迈尔斯·德斯帕德床头上的那盏灯。房间拉着门帘，里面虽然昏暗但能看见东西。你现在可以过去从门帘左边的缝隙向里看看，然后告诉我你看到了什么吗？"

亨德森夫人面露迟疑，她丈夫见了抬起手，好像对她做了个手势。这时，史蒂文斯听到奥格登·德斯帕德从身后接近的脚步声，但没人回头看他。亨德森夫人脸色略微发白，瞥了眼伊迪丝。

"按他说的做。"伊迪丝道。

"为了如实还原案发当晚的情景，"克罗斯继续说道，"我必须打开收音机。那天晚上你听的是音乐吧？好的，那么——"

看到亨德森夫人向阳台另一端走去，克罗斯开始旋转收音机的调台钮，喇叭里先是噼啪作响，传出一阵断断续续听不清内容的声音，随后声音开始清晰起来，变成由班卓琴伴奏的甜蜜歌声。"哦，我去南方，"歌声唱道，"为了瞧我的萨尔，整天唱着波莉多利都朵[1]。我的萨尔是个可爱的姑娘，她唱着波莉多利——"突然，亨德森夫人发出一声尖叫，声音大得盖过了歌声。

克罗斯关掉收音机，阳台再次陷入寂静。面对窗户的亨德森夫人转过身看着众人，目光呆滞。

"你瞧见什么了？"克罗斯问道，"其他人坐着别动！都别起来。你瞧见什么了？是那个女人吗？"

亨德森夫人点点头。

"从之前你看到的那道门里消失了？"

"我——是的。"

"再来，"克罗斯冷酷道，"再看一眼。别往后退，否则别怪我不客气。再看一眼。"

"我离开路易斯安那，去瞧我的苏珊娜，唱着波莉——"

"可以了。"克罗斯再次关掉收音机，"我必须再强调一下，所有人先不要起来。弗兰克，你最好拦住那个年轻人，他太耐不住性子了。"奥格登已绕过阳台转角，他显然忘了自己脸上还有伤，惨不忍睹。奥格登刚想直奔玻璃门，布伦南一伸手轻轻松松就把他拦了下来。"如果大家不反对的话，"克罗斯道，"我先来说一下这件案子里最微不足道，也最显而易见的一个意外。这本不是凶手计划中的一部分，相反，凶手的计划还差点（或者说不幸地）被它毁了。一切不过是光线作

---

1. 出自美国传统儿歌《波莉多利都朵》，最早于 1880 年发表在美国哈佛大学的学生歌谣集里。

崇罢了。

"关于老迈尔斯和他的房间，你们知道两件事。第一件事是老迈尔斯喜爱把自己锁在房间里，什么也不做，只是对镜打扮，换各式各样的衣服，要是有人因此说他虚荣，他就会生气。第二件事是房间里光线十分昏暗。实际上那里面只有两盏灯，而且都不太亮。一盏灯在床头上方，另外一盏高挂在墙上的两扇窗户中间。另外，老迈尔斯多数是傍晚待在房间里。

"恕我直言，诸位如能将你们有限的智慧集中起来，好好思考以上几点，那就多少能发现它们的重要性。对于一个喜欢勤换衣服、照镜子自我欣赏的人来说，有哪两样东西是必需的？除了衣服之外，还必须具备两个条件：足够看清自己的光线和能照见全身的穿衣镜。

"没错，老迈尔斯房间里有带镜子的衣柜，但衣柜摆放的位置非常不合理，白天借助透过窗户的光线勉强能看清，晚上仅凭那两盏灯的光亮根本什么也瞧不见。有一点还非常奇怪：墙上的两扇窗户之间竟然高挂着一盏灯。灯挂在那面空无一物的墙上，除了能照到椅子和那幅画之外，并无其他存在的意义。注意到那盏灯的样式了吗？是挂在衣柜上方的那种灯。晚上要想看清楚，需要将衣柜推到两扇窗户中间。

"这样的话，墙上那幅画（非常值钱的画）就需要先换个地方，先挂到别处去，等把衣柜复位了再挂回来。还有哪儿能挂画呢？房间里所有的挂钩和钉子上都挂了东西，但有一处除外，那就是通往护士房间的那扇门上的钉子。今天下午我瞧见在那扇门上与那幅画高度差不多的地方，挂着一件蓝色睡袍。同理，椅子必须也得先被挪开。我们知道老迈尔斯讨厌别人进他的房间，所以为防止有人突然进屋，他一定是把椅子当作锁子用，将椅背抵在了通往护士房间的那扇门的门把手下面。

　　"现在房间里看起来是这样的：衣柜被推到两扇窗户中间，上方的灯没开，房间里唯一的光亮是那边床头灯发出的微光，所以证人瞧不出那个神秘女人头发的颜色。门帘上有一道小缝，从那个高度向里看，只能瞧见神秘女人的上半身。现在透过门帘向房间里看，可以看到墙体镶板上有一扇门，那其实是衣柜镜子里的景象。实际上，这扇门是通向护士房间的那扇门在镜中的反射。因为整个房间的墙都有镶板，而通往护士房间的那扇门也装了同样的镶板，再加上光线微弱，所以从镜子里看上去就好像墙上突然出现了一扇门。而格勒兹的画其实是被挂在通向护士房间的那扇门上，画下方是抵在门上的那把椅子。当时透过门帘看到的景象几乎是笼罩在黑暗之中，而收音机的音乐声则掩盖了屋内所有的声音，比如脚步声、门锁合上的声音，或者说关门声。因此可以肯定，我们的证人看到的门——那扇并不存在的门，其实是衣柜镜子反射出来的通向护士房间的门。

　　"德斯帕德夫人，"克罗斯继续道，"你现在可以进来了……"

　　阳台尽头的玻璃门打开了，伴随着一阵窸窸窣窣声，露西身穿漂亮的裙子出现在阳台上。裙子是用绸子和天鹅绒面料做成的，上面的人工钻石闪闪发光，将原本黯淡的红色和蓝色映衬得熠熠生辉。露西抬手将头上的纱巾向后一撩，缓缓环顾着阳台上的众人。

"德斯帕德夫人，"克罗斯接着说道，"好心地帮我做了一个小实验。她在近乎黑暗的房间里通过那扇门进进出出，方才亨德森夫人透过门帘，看到的正是摆在窗户中间的衣柜的镜子中反射出来的德斯帕德夫人。"

"如果这个推论没错，"克罗斯那双如猴子般明亮的眼睛睁得滴溜圆，他显然是乐在其中，"那么有件事就显然说不通了：那个神秘女人是怎么离开的？现在我们已经确定，那个神秘女人并非穿墙而过，而是从通往护士科比特小姐房间的门，像普通人一样走出去的，而且我们也知道，神秘女人出门时，亨德森夫人刚好瞧到了镜中的反射。然而科比特小姐确定她在事发当晚做过这几件事。首先，她闩上了与老迈尔斯房间相通的那扇门。其次，她把她房间里的另外一扇门——通向走廊的那扇门的门锁拆了，对锁进行了改装，所以那扇门谁也打不开，只有用她手中的钥匙，还得再加点技巧才能打开。

"换句话说，当时护士房间里的两扇门谁也打不开。神秘女人在给老迈尔斯下毒之后，按道理说，应该无法打开闩上的门离开。即便她成功离开老迈尔斯的房间，进到了护士的房间，那也应该无法打开经过护士改装的锁，从通向走廊的门逃走。护士的房间里倒是有窗户，但那女人不可能从窗户逃到阳台上，再从外面把窗户锁上，再说亨德森夫人当时还在阳台上。所以纵观整个案件，只有一个人能成功做到以下几件事：在临近夜里 11 点时回到主宅，用只有护士知道的方法打开通向走廊的门，进入护士房间，然后打开通向老迈尔斯房间的那扇门的门闩，利用自己的身份强迫老迈尔斯将被伪装成药的毒药喝下，然后再返回护士的房间，闩上与老迈尔斯房间相通的那扇门，最后从通往走廊的门出来，把门重新锁好，并且逃之夭夭……"

克罗斯将手轻轻放在收音机上，动作极轻，所以放在收音机上的雪莉酒几乎纹丝未动。他低头片刻，然后抬起头道：

"迈拉·科比特，我很高兴地通知你，你被捕了。而且，逮捕令上写的不是你的假名，而是你的真名——珍妮特·怀特。"

21

迈拉·科比特面对自己房间的法式窗，身子微微后仰。今天她身上穿的不是制服，而是一条更适合她的纯蓝色裙子。她脸上气色虽然欠佳，但突然现出的红晕仿佛为她注入了一股活力，使她看起来颇有几分姿色；玉米色的发丝平整却干枯，呈波浪状紧贴在脑袋上。她像是被克罗斯的话吓了一跳，眼中流露的满是震惊和气愤。

迈拉·科比特润了润嘴唇。

"你一定是疯了，"她道，"你这个小疯老头！满嘴胡说八道。"

"恕我打断一下，"布伦南突然上前，插嘴道，"你现在可以随便说，这还不是正式逮捕，但我警告你，说话要小心。你敢说你的真名不是珍妮特·怀特？你不用回答，这里有人应该很清楚。帕廷顿医生，你说呢？"

一直紧盯着地板的帕廷顿先没作声，随后抬起头，面色阴沉得可怕。"是的，她是珍妮特·怀特，"帕廷顿答道，"没错，我认识她。本来我昨天答应替她保密，但如果这事是她——"

"医生，"布伦南顺着话头平静地说道，"昨天我们第一次见面，你惊讶得差点昏过去。你给我打开门，我自我介绍说，我来自警察总部，当时你正好瞧见我身后站着科比特小姐——她曾在你的医所工作过，你还给她做过非法人流手术。听说你为逃避法律的惩罚还逃出了美国。后来因为马克·德斯帕德需要你，你又冒着危险回国。你当时差一点晕倒是因为你瞧见我和科比特小姐在一起，不是吗？"

"是的，你说得没错。"帕廷顿将脸埋在手里。

布伦南回身瞧着迈拉·科比特，问道："有一件事我想问你。大概一年前，你和马克·德斯帕德再次相遇，并旧情重燃，这事你不会不承认吧？"

"我承认，为什么不承认？"科比特大喊道，所有人都听到她的指甲划过裙边时发出的刺耳声音，"我不会否认。我以此为荣。他喜欢我。我比他的所有女人，包括他现在的妻子都好。但这和杀人是两码事！"

布伦南看起来愤怒而疲倦。"我还要告诉你一件事，"他继续道，"之前我们错信了你4月12日晚上的不在场证明。说起来荒唐，昨天我第一个怀疑的是史蒂文斯夫人。"他对玛丽点点头，玛丽则一脸惊奇地瞧着护士，"我怀疑她，是因为她的行踪只有一个人能证明，那就是和她睡在同一房间的丈夫。而我们此前似乎都忽略了另外一个人，在本案中，只有玛丽和那个人的不在场证明非常可疑，仅仅依靠一份证词。那个人就是你，珍妮特·怀特。给你作证的是你在女青年会的舍友，你让她为你证明那天夜里10点后你在宿舍。而其他人都有好几位证人，就连女佣约会也是四个人在一起……事实上，案发当晚你就在庄园，是不是？"

科比特这时看上去有点不知所措。

"是的，但我是去见马克，"她紧张得几乎要喘不上气来，"我没瞧见迈尔斯先生。我也不想看到他，我甚至都没上楼。这一点马克可以给我证明。可马克不在，他一定是怕他妻子，所以——马克人呢？让马克告诉你们！他会跟你们讲的！他可以证明，可他不在，他……"

"是的，可惜那个天杀的不在，"布伦南语气轻柔却透着冰冷，"我想，现在就是布下天罗地网去找，想找到他也得费不少时间。因为可恶的马克预感到自己就要完蛋了。因为是你和马克·德斯帕德共同策划了这起谋杀。你负责下手毒死迈尔斯先生，他负责掩盖真相。"

有大约二十秒，所有人都默默无语。史蒂文斯偷偷瞧了眼其他人。奥格登·德斯帕德正躲在阴影里，好隐藏自己脸上的伤痕，可史蒂文斯还是注意到他那肿胀的嘴唇边露出一丝满足的微笑。

"我不信，"露西平静道，"我不管这女人是什么样的人，我就是本能地不相信马克会干出这种事。你说呢，克罗斯先生？"

克罗斯依然弓着身子，俯在收音机上方，津津有味地欣赏着眼前的这一幕。

"我刚还在琢磨，"克罗斯道，"这帮心烦意乱的人什么时候才会清醒过来，向比他们更冷静、更聪明的人求助。德斯帕德夫人，尽管大家都已习惯了征求我的意见，但我觉得你不该问我。因为，现实残酷啊，德斯帕德夫人，你丈夫确实和科比特小姐共同策划了这起谋杀，案发之后他也确实试图隐瞒真相。无论事前还是事后，他都是这位女士的同谋，但有一点我要还他清白：嫁祸给你这事儿不是他干的。他事先并不知情，事发之后才知道。所以他才要将一件再普通不过的谋杀案变得复杂、混乱且荒诞，其目的就是排除你的嫌疑。

"让我们先从美学角度探讨一下这件案子。即使你没能力从这个角度分析，也请克制自己，别跟我又哭又闹。这件案子中有一点非常突兀，与整个案件相悖，那就是两个聪明的凶手做起事来好像在互相掣肘。

"按照最初的计划，这事本不该声张。马克·德斯帕德和刚才这位出言不逊的女士决定杀死迈尔斯·德斯帕德，动机是马克需要继承他伯伯的钱。受害者看起来显然是自然死亡。本来谁也没起疑心，谁会怀疑老迈尔斯的死另有隐情呢？不管怎样，所有人都认为老迈尔斯死于胃肠炎。头脑已经落伍的家庭医生没有起疑，没有人可能会对老迈尔斯的死产生怀疑。本不该有人那么巧地在衣柜里发现了死猫、装有砒霜的银杯，以及之后出现的有关巫术的书。

"马克·德斯帕德最初的计划很简单——将老迈尔斯的死伪装成自然死亡。可迈拉·科比特小姐并不满足于此。她不仅想杀死迈尔斯·德斯帕德，还希望顺便除掉她的眼中钉——露西·德斯帕德。我想这大概是因为一个情妇对其情人的原配夫人总是有某种特殊的感情。如果老迈尔斯死了，那必须得让人知道他是死于谋杀，而凶手必须得是露西·德斯帕德。

"要瞒着马克达到这个目的并不难。其实从一开始，我就断定身穿布兰维利耶侯爵夫人式样衣服的神秘女人是庄园里的人。我对我的朋友史蒂文斯说过，我不怎么相信所谓的不在场证明。可假如德斯帕德夫人或伊迪丝·德斯帕德小姐是凶手，那么问题就来了，很多人已经证明事发时她们并不在庄园，这样一来，我的推论——凶手是庄园里的人——就太没说服力了。如果神秘女人不是她们两人中的一个，那会是谁呢？有人已经敏锐地指出来了，凶手必须得有布兰维利耶侯爵夫人式样的衣服。那这人就不可能是庄园外的人。首先，庄园外面的人不知道德斯帕德夫人打算仿照画里那女人的穿着做衣服；其次，庄园外面的人也无法按照同一幅画做出同样的衣服，而且还以假乱真，骗过了亨德森夫人。要想在完全保密的情况下如此劳心费神地做出一件相同样式的衣服，就必须确保一件事……"

　　"什么事？"史蒂文斯忍不住脱口问道。

　　"必须确保自己的房间锁着，没人进来打扰。"克罗斯答道。

　　"这时，天赐良机，"克罗斯语气平和地继续道，"凶手等到了一个好借口，那就是史蒂文斯夫人在星期六晚上从她的房间里偷了装有吗啡片的药瓶，星期日晚上又还了回去。那时所有人并不知道德斯帕德夫人打算做布兰维利耶侯爵夫人式样的衣服，还要穿着它去参加化装舞会，大家是在星期一才听说了这事。药瓶一丢，迈拉·科比特便趁机找到了锁门的借口。接下来事情就简单了。她扮成德斯帕德夫人，戴着面具，我猜她还戴了假发。她不是害怕被看到，恰恰相反，她希望被人看到。

"在此之前，还有一件事要做。她必须给举办化装舞会的地方打个电话，支走德斯帕德夫人，不只要支走她，还要引她返回庄园。那样德斯帕德夫人就无法证明自己事发时不在现场了。

"接下来，凶手来到庄园，穿上德斯帕德夫人参加舞会时穿的那种衣服，乔装打扮成了德斯帕德夫人。

"她知道亨德森夫人11点才去阳台听收音机，所以她可以在厨房不慌不忙地将酒和蛋混好，也不担心被人看到：亨德森夫人当时还在墓室旁的家里。她做的是药酒，可以强迫老迈尔斯喝下去。她能在11点前进入老迈尔斯的房间。老迈尔斯瞧见她这身打扮也不会吃惊，因为他知道当天晚上有化装舞会，只是他并不知道科比特没有被邀请。他甚至不会因为假发而起疑，因为那可是化装舞会。

"科比特小姐希望亨德森夫人透过门帘缝隙瞧见她。这里我提醒各位注意，这一点其实从一开始就可以解开所有谜团。你们好好瞧瞧这个阳台。亨德森夫人当时坐在收音机旁，就是我现在站的地方，这地方位于阳台的一端；另外一端则是老迈尔斯的房间，当时他的房间关着门，还拉上了厚实的门帘；另外，案发时收音机一直开着。然而，我们的亨德森夫人依然清楚地听到老迈尔斯房间里有女人说话的声音。按照常理，凶手即使做不到悄无声息，也该用正常音量讲话。可她偏偏在把装有毒药的银杯递给受害人时说话声音特别大，这么做其实是故意要吸引别人的注意。至于她为什么想被人注意到，大家可以自己想一想。

"可凶手的如意算盘有一个纰漏，那就是门帘上还有另外一个缝隙，亨德森夫人正是通过那个缝隙瞧见凶手穿墙而过。那时凶手已得手。她给老迈尔斯递了毒药，见他没全喝光，她就顺手把剩下的残渣喂给了屋里的猫，然后故意将杯子放在衣柜里，以此引发人们对老迈尔斯之死的怀疑，暗示老迈尔斯是被谋杀的。在这里，我要提醒各位注意另外一点：凶手如果希望人们认为老迈尔斯是自然死亡，就不会给他喂下那么大剂量的砒霜，连残渣里都还剩下两格令砒霜。

"迈尔斯·德斯帕德根本没意识到自己中毒了。他把衣柜推回原来的位置，重新把画挂回去，再把椅子复位。用力加速了老迈尔斯的毒发，导致他腹部绞痛，短时间内人就不行了。而且他把自己锁在房间里了，无法向别人求救。

"凌晨 2 点之后，当马克·德斯帕德回到庄园，一切正如他计划的那样，他的伯伯马上就要咽气了。可他却在房间里发现了谋杀的证据，这些东西简直像血迹一样扎眼，能直接证明他伯伯是被谋杀的。我觉得他当时看到这些东西，心里一定十分震惊。而老迈尔斯那天晚上诡异反常的行为——语无伦次的不祥的话、用木棺材下葬的要求、枕头下出现的九结绳——这些说法其实都出自一人之口，那个人就是马克·德斯帕德。还有谁听到老迈尔斯要求葬在木棺材里吗？还有谁见过那根绳子吗？没有，这些其实都是马克事后编造的。

"马克·德斯帕德当时想必是一身冷汗，惶恐不安。他完全有理由藏起玻璃杯和银杯，把死猫埋了。但情况变得更糟糕了，第二天早上亨德森夫人找到他，说她瞧见有个穿着打扮像他妻子的女人把装有毒药的杯子给了他伯伯。那一刻他才恍然大悟，原来他的情人兼同谋是在故意设计陷害他妻子。他当时不知道该怎么办。但他首先要想方设法确保亨德森夫人会保密，我大胆猜一下，他一定逼你发了毒誓……"

克罗斯停顿了一下，瞥了眼亨德森夫人。亨德森夫人脸色惨白地点点头。

"上帝肯定会抛弃我的，"亨德森夫人道，"都怪他——"她突然伸手指着布伦南，"是他骗我说出来的。"

"不管怎样，"克罗斯继续说道，"马克必须先要确定一点，即目前的证物可以证明发生了谋杀，换句话说，银杯或玻璃杯里确实有毒药。这一点在他拿到化学检验报告时得到了证实。而更让他头疼的是，自从他伯伯一死，克里斯彭就流言四起，说他伯伯死于谋杀，尽管只是捕风捉影的只言片语，可架不住所有人一直在说。马克无法阻止流言，而且这种流言早晚会导致开棺验尸，在他伯伯死后的第二天，也就是星期四，马克就意识到这件事已经失控了。我想大家应该都猜得到是谁放风出去，说老迈尔斯是被谋杀的。

"一定不能开棺验尸。一旦在死者胃里查出砒霜，所有努力就前功尽弃了，所以尸体必须消失。老迈尔斯的葬礼是在星期六。可在葬礼筹备和遗体下葬的整个过程中，马克都没有机会在不受怀疑的情况下处理尸体，原因有二：首先，老迈尔斯下葬的所有事宜都由葬礼承办人经手；其次，也是更为关键的一点，他的同伙早有提防，会想法阻止他。要想处理尸体，马克只能偷偷做。

"有一点我必须承认，迈拉·科比特小姐的手段的确高明。本来她可以在自己的病人老迈尔斯刚死时就提出质疑，说怀疑老迈尔斯是中毒身亡，然后让医生立刻申请尸检。但这么做太冒险了。她不能冒险强出头，这么做没准，甚至极有可能会导致她和马克过去的关系被人发现，有人甚至会因此产生怀疑：为什么她会搅和到这件事中来？而扮演好一个无关人士或家庭护士的角色则是相对安全的，也不易引起众人的关注，所以最稳妥的办法是先宣布老迈尔斯是自然死亡，等老迈尔斯下葬后，再放风出去制造流言，然后耐心等待大约一个月，等她故意留在现场的那些证据发挥作用。这样做绝对安全，因为到那时就没人会怀疑她了。

"这时，整件事已变成两个凶手之间的角力。马克也改变了他最初的计划。这个新计划没准是他在星期四早上听说神秘女人'穿墙消失'这件事时才想到的。至于他是怎么看待这件事的，也许只有抓到他才能知道。另外，马克能想出这个计划，也是因为他想起来他伯伯曾读过一本关于巫术的书，似乎还对书中关于'不死之人'的内容印象深刻。于是马克此时开始极尽所能地放烟幕弹，先说在他伯伯枕头下找到一根系了九个绳结的绳子，还用'穿墙消失'的故事试探他的朋友史蒂文斯。这一切其实都是在为他的新计划中至关重要的一环烘托气氛，也就是他所说的他伯伯要求用木棺材下葬。

"这个要求很反常，所有人听了都会感到不解，国王詹姆斯一世曾说过，'恐怖的巫术通常更喜欢使用木头和石头，而非铁器'，马克谎称他伯伯要求用木棺材下葬，这确实是一个绝佳的烟幕弹，可以掩饰——"

一直坐着的帕廷顿突然腾地站了起来。

"掩饰什么？"帕廷顿一改之前的木然，质问道，"如果是马克从地下墓室偷出的尸体，那他是怎么做到的？铁棺材还是木棺材，又有什么区别？"

"因为木棺材更好移动，"克罗斯恼火地答道，"即便是对马克那种身强力壮的人来说，铁棺材也太重了。"

"移动？"帕廷顿迷惑不解地问。

"现在，我来列举一下与老迈尔斯的尸体及地下墓室相关的几个事实。一、老迈尔斯的棺材可以很快被打开，尽管拧开固定棺材盖板的螺栓需要点力气；二、老迈尔斯又瘦又小，只有一百零九磅重；三、在通往地下墓室的台阶的尽头，有一扇破木门挡在墓室门口，从外向里看，看不见墓室里面，星期五那天晚上你们瞧见木门是关着的；四、地下墓室里有两个巨大的大理石花瓶，瓶里装满了花——"

史蒂文斯回想起墓室的情景，一切如此清晰，仿佛就在眼前。

"等等，"史蒂文斯反驳道，"如果你想说尸体是被蜷起放进其中一个花瓶里了，那不可能。我们查过花瓶里面。"

"你们这些求我帮忙的人，"正讲得津津有味却突然被打断，克罗斯发火了，"如果能行行好，不打断我，好好听我说，那我就会把一切解释清楚的。

"最后一点，也是毫无疑问可以指明真相的一点。五、星期五晚上进入地下墓室后，你们瞧见花瓶旁的地上撒着许多花。地上为什么会有那么多花呢？它们显然是从花瓶里掉出来的。而葬礼通常要求整洁肃穆，没理由在举行葬礼时任由花撒在地上。

"现在，我们回忆一下当时葬礼的情形。葬礼是在4月15号，星期六的下午举行。具体情况马克·德斯帕德已经跟你们说过了，说得非常详细。他说的都是真的，因为当时有很多人在场，所以他必须说实话。现在我们再好好回忆一下。

"马克承认，他是最后一个离开地下墓室的。除了牧师，其他人都出了墓室，牧师是马克留下的。但牧师真的待在墓室里面吗？没有。这也是马克自己说的，由于墓室里的空气不好，除了下葬那一刻，谁也不想多在墓室里停留。那位牧师是站在台阶上等马克，他站的地方接近地面，为的是能呼吸到外面的新鲜空气。在牧师与墓室之间隔着那道木门，所以牧师瞧不见墓室里面。与此同时，马克正留在墓室里收拾铁制的烛台。他说他在里面停留的时间不超过一分钟，这是实话。六十秒钟足够他实施计划了。如果你们不嫌麻烦，可以看着自己的手表听我说接下来的步骤，你们会发现六十秒的时间足够了。

"接下来，马克做了以下几件事：抽出棺材，拧开螺栓，抬出尸体，扛着尸体穿过墓室，将尸体蜷起塞进花瓶，接着将棺材恢复原样，重新推回壁龛。该过程中发出的各种声音——碰撞声、拧螺栓的金属声——即使牧师听到，也会以为是马克收拾铁烛台发出的动静。尸体现在被藏在花瓶里，上面盖着许多花。这时无论谁来看，马克这个计划留下的唯一痕迹就是散落一地的花，这是无法避免的。

"以上这些还仅是前期准备而已，好戏现在才刚刚开场，马克要开始上演'奇迹'了。

"马克的这场'奇迹'有两个目的。经过前期的气氛烘托，马克已经为整件事蒙上了一层灵异的面纱，接下来他要引导人们落入圈套，让他们以为尸体凭空消失是灵异事件，从而为实施下一步计划扫清障碍。他就是要让一切变得诡异，从而转移肚子里有砒霜的尸体，达到毁灭证据的目的。但在尸体尚未被移出地下墓室，'奇迹'还没成功上演之前，他不敢过于强调事件的灵异性，否则他想骗的人会以为他疯了，反而不会帮他完成计划。马克需要这些人的帮助，因为打开墓室这件事必须完全保密，不能在光天化日之下干，也不能被警察干涉，总之要确保一切都在他渲染的气氛中进行。

"我先简要说一下马克是怎么骗过你们，让尸体凭空消失的。在马克的整个计划中，这一步我颇为赞赏，他的演技也堪称出色。他算准了尸体突然消失会对你们的精神造成什么影响，从而巧妙设计引你们入局。

"你们下到墓室。唯一的光源——手电筒，是在马克手里。他不让你们带提灯下去，借口说提灯会耗尽墓室里的氧气。接着你们打开了棺材……发现棺材里空空如也。我敢说，你们当时一定目瞪口呆。你们的第一反应是不敢相信自己的眼睛，而早有准备的马克马上开始误导你们，如果我没猜错，误导的话应该是他自己说出来的吧？当你们发现尸体不见了时，听到的第一句话是什么？有谁记得吗？"

"记得，"史蒂文斯一脸茫然道，"我记得。马克当时抬头瞧着墓室上方，用手电筒照着上面几层棺材，说：'你们说，我们是不是开错棺材了？'"

克罗斯对着史蒂文斯深鞠一躬。

"马克这么说，"克罗斯说道，"是要你们抱定一个念头：既然墓室一览无遗，尸体肯定是被藏在某个地方了。当然，老迈尔斯的尸体这时正被花埋在花瓶里。马克有一个巨大优势：他手里握着手电筒。他指哪里，你们就只能看哪里，而你们所有人当时都坚信尸体一定还在某口棺材里。嗯，接下来你们做了什么呢？你们先查了下层的棺材，却一无所获，所以你们以为尸体可能在上面棺材里，这就中了马克的圈套。接下来就是马克的计划中最简单的一环。马克所有的处心积虑都是为了制造机会，让其他人离开墓室回主宅，留他一个人在墓室里，只需几分钟就够。他的目的达到了。他让亨德森和史蒂文斯回主宅取折梯，帕廷顿也被他支回主宅喝酒解闷（这也不是什么难事）。这可以从监视你们的警官处得到证实：12 点 28 分，史蒂文斯、帕廷顿和亨德森离开墓室，返回主宅；12 点 32 分，史蒂文斯和亨德森又返回墓室，帕廷顿医生再回墓室时是 12 点 35 分。在此期间，如果那位警官继续留下来监视墓室的话，马克的阴谋就破产了。可警官也离开墓室，尾随你们返回主宅了。因此从 12 点 28 分到 12 点 32 分，马克·德斯帕德有整整四分钟一个人留在墓室，没人监视。[1]

"至于他做了什么，还用我继续说吗？他只是从花瓶里拿出尸体，扛着尸体上台阶出墓室，走到旁边的亨德森家，把尸体藏好——可能藏在了亨德森的卧室里。之后，等其他人返回墓室，马克便建议说：'既然墓室都找遍了，那最后把花瓶倒过来瞧瞧。'结果当然是一无所获。"

听到这儿，在旁边一直没吭声的乔·亨德森哆嗦着迈步上前，太阳穴上的瘀伤青得发紫。

"先生，您是说，那天晚上，我在卧室窗边摇椅里瞧见的迈尔斯先生是尸——"

克罗斯刚举起放在收音机上的雪莉酒，闻言又把酒杯放下。

"哈，没错。正好说一下你碰到的那起灵异事件，这可是真'鬼'的首次亮相，不过是有人在背后'搞鬼'。这件事完全不在马克的计划之中，他是在无奈之下，迫不得已借尸还魂。你瞧见的不是老迈尔斯的鬼魂，我的朋友，你是确实瞧见了老迈尔斯。

"其实只要稍微动动脑子，答案就显而易见：一旦马克把尸体移出墓室，他的计划就要大功告成了。现在，他可以告诉你们，那个神秘女人像鬼魂一样穿墙消失了，还可以将巫术书故意留在他伯伯的房间——后来伊迪丝在那里发现了

---

1. 原注：读者如对此处情节有疑惑，可参考本书第81页对尸体搜寻过程的描述，以及第165页对事件发展时间线的总结。

它。事实上，我一直觉得棺材里的绳子应该不是'角落里的老人'——殡仪馆的老阿特金森落在里面的，不然的话，马克看到肯定会吓一跳。还有，马克昨天惊讶地发现，史蒂文斯夫人竟然成了最大嫌疑人，他一定以为他的计划失败了，大家没相信他的灵异说法。我觉得这是唯一出乎马克意料的情况。

"至于如何处理尸体，马克要做的很简单。将尸体移出墓室后，他会尽快摆脱史蒂文斯和帕廷顿。他把史蒂文斯打发回家，让帕廷顿回主宅喝酒，现在只剩下亨德森了，尸体此时还藏在亨德森的卧室里，但这难不倒马克。吗啡片被偷的事大家都已经知道了，药是史蒂文斯夫人拿的，但她其实只拿了一片。其余两片是马克拿的，我们不知道这事他的同伙是否知情。

"支走史蒂文斯和帕廷顿之后，马克在亨德森喝的酒里放了两片吗啡片。只要老亨德森失去知觉，他就可以转移并销毁尸体了。"

"销毁？"伊迪丝惊得脱口而出。

"用火足矣。"克罗斯道，"过去这两天，楼下火炉里的火真是够旺的，屋里热得受不了，你们应该注意到房外的白烟了吧……不过，马克的计划出了点小意外。德斯帕德夫人和伊迪丝小姐收到电报后突然返回庄园，这打乱了马克的计划，因为尸体此时还藏在亨德森的卧室里。不过计划最终还是实现了，只是稍微耽搁了一点时间而已。等那天晚上所有人都离开亨德森家以后，马克吩咐亨德森去给墓室盖防水帆布。

他以为亨德森必须走几百码，穿过树林去庄园的另一头才能拿到帆布（亨德森自己也是这么以为的），这段时间足够他转移和焚烧尸体了。

"不幸的是，亨德森突然想起帆布不在网球场，而是在他家里。亨德森回到家时，马克其实也在他家。幸好马克之前作了准备，提前给亨德森喝了有吗啡片的酒，这时药劲刚好发作。马克拧松亨德森家的灯泡，把架在摇椅上的伯伯的尸体当作木偶或娃娃，开始装神弄鬼。他躲在摇椅后面，摇晃椅子，还举起尸体的一只手……本已惊慌失措的亨德森差点被吓破了胆，然后吗啡药效发作，他便晕了过去。马克这时便可以毫无顾忌地把尸体扔进火炉了。"

克罗斯停止了讲话，转身面对众人，脸上绽放出优雅迷人的笑容。

"有一件事我要补充几句，你们肯定也都注意到了：今天下午房间里冷得反常，所以我才安排大家留在楼上。布伦南警监现在正在掏火炉。不过可能什么也找不到了，但——"

迈拉·科比特向前迈了两步，双膝明显在颤抖，脸部因惊骇而扭曲。

"我不相信你说的！我不相信，"科比特道，"马克绝不会做这种事！就算他真这么做了，他也会告诉我……"

"哈，这么说，"克罗斯道，"你承认是你毒死了迈尔斯·德斯帕德。对了，亲爱的朋友们，关于我们的这位老朋友珍妮特，我还有一点要补充。没错，她昨天说的那番话，表面上好像要栽赃史蒂文斯夫人。大家当时听了都大吃一惊，连史蒂文斯夫人自己其实也吓了一跳。史蒂文斯夫人确实问过在哪儿能买到砒霜，但这并不能说明什么，就像伊迪丝·德斯帕德小姐为了毒老鼠而买砒霜一样。但在她特意指出此事时，你们注意到这里面的玄机了吗？是谁先聊起毒药的？是谁反复询问毒药和药效的？她说是露西·德斯帕德，我当时以为她口误说错了，还提醒她应该是史蒂文斯夫人，可她立刻纠正我，一口咬定是露西。她当时依然不肯放过露西。直到听说露西有事发时不在现场的铁证时，她才松了口。现在，既然她已经承认了罪行……"

科比特听了这话，拼命忍住了怒吼几声的冲动，只是伸出双手作祈祷状。

"我没杀迈尔斯先生。我没有。我从没想过要杀他。我不想要钱，我只要马克。马克跑了不是因为他做了你说的这些事。他跑掉是因为——是因为他妻子。你无法证明是我杀了迈尔斯先生。找不到尸体，你什么也证明不了。不管你如何折磨我，就是把我打死，你也别想从我嘴里得到什么。你知道的，我这人不怕任何折磨。你永远都别想——"

科比特突然住口，喉咙哽咽，伤心欲绝地发出令人动容的呼喊："就没有人相信我吗？"

鼻青脸肿的奥格登·德斯帕德这时突然冒出来，伸出手说："我开始有点相信你了。"奥格登瞧着众人，又道："不管我之前做过什么，"他的态度变得冷冰冰，"我都有权那么做，这点我希望你们别怀疑。但有件事我必须纠正一下。至少给圣戴维斯化装舞会现场打电话的人，不是这个女人。电话是我打的。我当时想，如果我告诉德斯帕德夫人，说马克和老情人旧情重燃，那她的反应一定会很有趣。你们不能把我怎么样，这点你们很清楚，所以你们最好冷静点。"

布伦南怒火中烧，瞪着奥格登。克罗斯则像一只类人猿，礼貌地端起自己那杯雪莉酒，对着奥格登举杯示意，然后喝了起来。

"祝你早日康复，"克罗斯道，"我不得不说，在你毫无价值的人生里，你起码还帮过别人一次。虽然我的判断从没错过，但我向你保证，我是一个开明的人，有错误就会承认。最后我要说一句，我——"

克罗斯突然住了口，手中的杯子微微一晃。科比特见状向前迈了几步，大家的目光都集中在她身上。这时突然传来了一声轻微的碰撞声，原来是克罗斯一下子扑到收音机前，挣扎着试图转过身。大家瞧见了克罗斯的眼睛，他的嘴唇肿了，嘴里好像只有出气没有进气。克罗斯终于转过了身，却一下子仰面跌倒在地，停止了挣扎。史蒂文斯瞧着眼前这一幕，目瞪口呆，他感觉当时所有人也都愣住了，过了好久大家才缓过神来。身穿暗褐色西服的克罗斯躺在收音机旁，手里攥着酒杯。等帕廷顿上前查看时，他已经一动不动了。

"他死了。"帕廷顿检查了一下，说道。

史蒂文斯后来回忆，当时无论帕廷顿医生说什么，无论说得有多令人难以置信，多令人感到恐怖，他都可以相信，可他就是无法相信医生说克罗斯死了。

"你疯了吧！"布伦南愣了一下，大吼道，"他只是滑倒，晕过去了什么的。不可能——不可能像你说的——"

"他死了，"帕廷顿道，"你自己过来瞧瞧吧。从他身上的味道判断，应该是氰化物中毒。那东西几乎一咽下去就毙命。我建议你把那个玻璃酒杯收好。"

布伦南小心翼翼地放下公文包，走到克罗斯身前。"是的，"布伦南道，"没错，他已经死了。"随后，他抬头瞧着迈拉·科比特，"这是你给他的酒。水瓶和玻璃杯都只有你一个人碰过。他从你手里接过酒杯，然后单独走到收音机前。没人再靠近过他，没人能在酒杯里放氰化物，除了你。但克罗斯并没像你预想的那样，马上把酒喝掉。他太喜欢在众人面前卖弄表演了，直到他觉得气氛达到高潮时，他才把酒喝了下去。你这个蛇蝎一般狠毒的女人，之前我们没有足够的证据给你定罪，但现在有了。你知道你会落得什么下场吗？你会被送上电椅的。"

科比特整个人好像突然垮了，看上去痴痴愣愣，脸上竟浮现出一丝浅笑，仿佛依然不敢相信眼前的一切。布伦南的手下上楼逮捕她时，只能搀着她把她带走。